달까지 가자

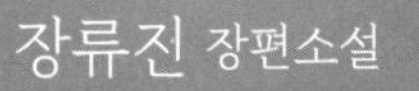

창비

차례

1부

다행이야

2017년 1월 17일

햇수로 5년, 근무 연수 3년 11개월.

길다면 길고 짧다면 짧은 내 회사생활에도 징크스라는 게 있다면 외근, 그리고 팀장일 것이다. 외근은 늘 그렇듯 좋을 때도 있고 나쁠 때도 있다. 팀장과도 매번 나쁘기만 한 것은 아니다. 그런데 팀장과 단둘이 외근을 나가면 크든 작든 꼭 사건이 발생했다.

회사 앞에서 택시를 잡아탈 때만 해도 그리 늦었다고는 생각하지 않았다. 오히려 평소보다 일찍 나선 편이었다. 우리 회사의 중요한 갑(甲)인 제이마트 본사를 향해 달린 지 5분 정도 지났을까, 내 오른편에 앉아 있던 팀장이 말을 걸어왔다.

“다해씨, 제이마트 바로 옆 건물에 원래 강남 쪽에서 유명한 드립커피 전문점 생긴 거 들었어? 거기가 2호점인데 본점보다 더 맛있대. 아주 맛집이래. 줄까지 서서 마신다더라고."

그가 이어 말했다.

"내가 오늘 미팅 가기 전에 거기 들렀다 가려고 모닝커피도 스킵했잖아."

팀장은 커피를 워낙 좋아해서 매일 제각기 다른 브랜드의 테이크아웃 커피잔을 한 손에 들고 출근했고, 퇴근 전까지 서너잔은 더 챙겨 마시곤 했다. 하지만 오늘은 제이마트 본사 옆에 새로 생긴 까페에서 첫 커피를 마시기 위해 일부러 아무것도 마시지 않았고, 그건 본인으로서는 대단한 결심이라는 거였다. 그때까지만 해도 별생각은 없었다. 그렇게 맛이 좋다고 하니 커피에 대해서는 잘 모르지만 이참에 나도 한번 마셔봐야겠다는 정도의 생각뿐이었다.

택시에서 내려 보니 팀장이 말한 까페는 생각보다 규모가 크지 않았고, 그래서인지 출근 시간대가 아니었는데도 대기 줄이 길게 늘어서 있었다. 마치 놀이공원처럼 텐스배리어까지 세워둔 광경을 보고 내가 깜짝 놀라 물었다.

"사람이 너무 많은데요?"

"그러게, 사람이 너무 많은데?"

같은 말을 하고 있었지만 내포된 뜻은 달랐던 모양이었다.

"얼마나 맛있길래 이렇게 사람이 많을까? 빨리 마셔보고 싶네."

팀장이 대기 줄의 맨 끝에 자리를 잡았다. 미팅 30분 전이었다. 미팅 장소인 제이마트 본사가 바로 옆 건물이긴 하지만 줄이 쉽사리 줄어들 것 같지 않아 걱정이었다. 주문까지는 아슬아슬하게 할 수 있다고 해도, 커피를 제조하고 받는 데까지는 또 추가적인 시간이 걸릴 테니까. 한참을 말없이 눈치만 보다 내가 먼저 입을 열었다.

"미팅 끝나고 마시는 게 낫지 않겠어요? 아무래도 이러다가 늦을 것 같은데……"

"괜찮아. 바로 코앞이잖아. 안 늦어, 안 늦어."

팀장이 손사래를 쳤다. 그러고는 제과회사 다니는 사람이 왜 이런 거에 관심이 없느냐면서 뜬금없이 나를 나무랐다.

"다해씨, 보완재라고 알지?"

제가 설마 그걸 모를까요?라고 되묻고 싶어졌지만 입 밖으로 내지는 않았다. 팀장의 말이 이어졌다. 제과와 커피는 크게는 같은 업계라고. 뭐든 새로 들어오는 거, 잘 나가는 거, 재깍재깍 먹어보는 것도 다 업무의 연장선이라면서 이것도 벤치마킹의 일환이고 시장조사라는 궤변을 덧붙였다. 많이 양보해서 그게 맞는 말이라고 해도 왜 꼭 지금이어야 할까. 휴대폰을 들여다봤더니 벌써 10시 45분이었다.

“팀장님, 15분 전이에요. 꼭 지금 드셔야겠어요?”

“응, 나는 마셔야겠어. 여태까지 줄 선 게 아깝잖아. 거의 다 왔잖아.”

아무리 생각해도 이건 아닌 것 같다는 생각이 들었다.

“끝나고 와도 되잖아요.”

참지 못하고 한마디를 더 내뱉었다.

“미팅 늦으면 팀장님이 책임지실 거예요?”

내 이야기는 듣는 둥 마는 둥 카운터 위에 붙은 메뉴판을 올려다보던 팀장이 뒤돌아 나를 쏘아봤다. 그러고는 코트의 왼쪽 소매를 바짝 걷어올리더니 손목시계를 오른손 검지로 두드리며 말했다.

“다해씨, 나한테는 커피가 되게 중요해. 알잖아? 난 이거 마셔야 돼. 지금 11시가 다 되어가는데 아직도 카페인 섭취를 못했잖아. 커피 못 마시고 피티 들어가서 내가 말 제대로 못하면, 그러면, 그건 다해씨가 책임질 거야?”

팀장은 직책자다. 직무상의 책임이 있는 자. 말 그대로 책임지는 역할을 하는 게 그 존재의 이유인데 우리 팀장은 어떤 상황에서도 책임진다는 말은 절대 하지 않았다. 심지어 이런 상황에서조차. 무슨 커피 안 마셨다고 말을 제대로 못해? 미팅과 커피, 커피와 미팅. 대체 뭐가 더 중요해?

10시 47분. 커피를 주문했다. 10시 51분. 커피 두잔이 나왔다. 10시 52분. 까페 밖으로 나왔다. 10시 53분. 팀장이 "뛰어!"라고 외쳤다. 10시 54분. 느닷없이 내가 들고 있던 테이크아웃 용기의 뚜껑이 열리면서 뜨거운 까페라떼가 왈칵 넘쳐흘렀고, 베이지색 모직 코트의 소매와 아이보리색 울 니트 한가운데와 스웨이드 재질의 부츠 앞코와 노트북 가방 전체를 적셨다. '앗, 뜨거!'라는 말도 못할 정도로 순식간의 일이었다. 10시 55분. 팀장이 재킷 안주머니에서 칙칙한 손수건을 꺼내 내 노트북 가방을 허겁지겁 닦았다. 그때 팀장의 입에서 나온 "노트북 괜찮겠지?"라는 걱정과 "다해씨는 급한데 이렇게 사고를 치냐"라는 질타를 듣고 어리둥절해졌다. 10시 56분. 제이마트 본사 인포데스크에서 각자의 신분증을 내고 방문객 출입증을 받았다. 10시 59분. 엘리베이터가 14층에 도착했다. 목이 타서 뭐라도 마시고 싶었지만 죄다 쏟아버려서 종이컵 안에는 커피가 단 한모금도 남아 있지 않았다. 11시. 회의실 문을 벌컥 열었다. 팀장은 "안녕하세요, 마론제과 스낵팀장

고대영입니다!"를 외치면서 들어갔다. 마치 무대로 오르는 계단에서부터 인사하는 행사장의 가수처럼.

배 한가운데에 커다란 연갈색 얼룩을 묻히고 우유 비린내를 풍기는 사원과 자기소개를 하며 입장하는 트로트 가수풍의 팀장. 우리 회사 영업팀 직원들이 미리 도착해 있어서 그나마 다행이었지, 그러지 않았다면 분위기가 정말로 이상할 뻔했다. 다가오는 밸런타인데이를 겨냥한 이벤트 기획안과 매장 디스플레이 제안에 관한 프레젠테이션은 무탈히 끝났다. 유명한 커피를 마시면 발표를 잘해낼 수 있을 것 같다던 팀장의 말이 아주 틀리지는 않았던 모양이라고, 애써 생각했다. 돌아오는 택시에서 팀장이 먼저 한마디 건넸다.

"아까 그 커피 말이야."

한번 쩝, 하고 입맛을 다시더니 말을 이었다.

"정말 맛있지 않았어? 너무 맛있어서 기분이 다 좋아지더라고."

기가 막혔다. 3년 11개월 전이었으면 어땠을까? 그냥 "네네" 대답하고 넘겼을 것이다. 하지만 사람이 그렇게 "네네"만 반복하며 살다가는 뜨거운 증기를 가득 머금은 밀폐용기처럼 위험해진다는 것을, 그래서 열기가 비집고 나갈 숨구멍 같은 게 필요하다는 것을, 지난 3년 11개월간의 "네네" 끝에 스스로 깨우쳤다. 그런 구멍은 클 필요도 없다. 아주 살짝, 가느다란 틈새만 만들어주면 된다. 그러면 감히 손대기가 두려울 정도로 위태롭게 들끓던 무언가가 그 실금 같은 틈으로 퓨슈슈슈, 하는 시시한 소리를 내면서 빠져나간다. 폭발하면 안 된다. 그릇이 깨져서는 안 된다. 나는 "네네" 뒤에 한마디를 힘주어 덧붙였다.

"팀장님 기분이라도 좋으셔서 다행이죠, 뭐."

그러자 그가 눈 하나 깜짝하지 않고 답했다.

"그럼, 다행이지. 다해씨가 아침부터 뚱한 표정 하고 있어서 기분 안 좋을 뻔했는데, 그 커피 마시고 기분 좋아졌잖아."

역시 보통 놈이 아니다. 확실히 노멀은 아니야. 나는 눈을 흐리게 뜬 채 방긋이 웃어 보였다.

"다행이네요, 다행."

"그렇지? 아주 다행이야."

나는 말없이 팀장에게서 시선을 거두고 고개를 창가 쪽으로 돌렸다. 동시에 광대의 힘을 뺐다. 억지로 올려뒀던 입꼬리가 중력에 의해 원래 있어야 할 위치로 되돌아가는 게 그대로 느껴졌다.

한겨울이지만 기온이 제법 올라간 날이었다. 차창 너머의 풍경도 어쩐지 봄처럼 따스해 보였다. 마침 하늘에 구름 한점 없어서 정오의 볕이 도시의 풍경 위로 고스란히 내려앉아 있었다. 눈앞에 스쳐지나가는 모든 것들이 반짝반짝 빛을 뿜어내는 것만 같았다. 높낮이가 제각각인 빌딩의 윤곽선도, 그 사이로 언뜻언뜻 보이는 새파란 대낮의 하늘도, 가만히 멈춰 있는 듯하지만 공기의 흐름에 따라 이따금 흔들리는 가로수의 얇은 나뭇가지들도, 편한 옷을 입고 밝은 거리를 돌아다니는 사람들의 얼굴도. 나는 행인들을 눈으로 좇으며 생각했다. 저 사람들은 다 어디로 가는 걸까? 왠지 다들 집으로 향하고 있는 것 같아서 밑도 끝도 없이 부러워졌다. 나도 지금 퇴근하면 딱 좋을 텐데. 이 택시가 곧장 집으로 향한다면 얼마나 좋을까?

"다 왔습니다, 손님."

그 말과 함께 눈을 뜨니 택시가 집 앞에 서 있다. 나는 붉은 벽돌 건물 바깥으로 난 철제 계단 난간을 잡고 두칸씩 밟아 2층의 내 방으로 빠르게 올라간다. 현관문을 열고, 커피 얼룩이 묻은 코트와 축축한 니트를 벗어 방바닥에 아무렇게나 던져놓은 다음 뜨거운 물로 샤워를 한다. 벌꿀 향이 나는 샤워젤을 샤워볼에 아끼지 않고 듬뿍 짠 다음 물을 살살 묻혀서 거품이 잔뜩 나게 한다. 그리고 천천히 비누칠을 시작한다. 온몸을 다 감쌀 수 있을 정도의 쫀득한 거품이 필요하다. 샤워젤을 두번 더 짜서 거품을 풍성하게 낸다. 비누칠을 마친 다음에는 눈을 감고 샤워기에서 쏟아지는 뜨거운 물줄기를 오랫동안 맞는다. 어깨에 뭉쳐 있는 피로가 다 풀릴 때까지, 손끝 발끝까지 나른하고 노곤해질 때까지. 아주아주 오래오래…… 잠깐만, 이러면 안 되는데?

정신을 차려보니 화장실 바닥이 물거품 천지다. 비눗물이 흐르고 흘러 화장실 면적의 반 이상을 차지하고 있는 통돌이 세탁기 아래를 지나 화장실 문 바깥까지 이어져 있다. 큰일이다. 이 집은 화장실에 환기장치가 따로 없기 때문에 수증기가 밖으로 빠져나갈 수 있도록 출입문의 위아래가 공중화장실의 문짝처럼 뚫려 있는 형태다. 게다가 욕실과 방 사이의 경계에 턱도 없다. 타일이 끝나면 바로 같은 높이에서 장판이 시작되었다. 그 사이로 물이 들어갈까봐 투명한 박스 테이프를 여러겹 덧붙여놓긴 했지만 어쨌든 조금만 방심해도 그 위로 물과 거품이 자연스럽게 흘러서 넘어간다. 절대 넋을 놓고 있어서는 안 된다. 나는 황급히 샤워기를 끄고 커다란 수건으로 몸을 감싼 뒤 문을 연다. 젠장. 얼마나 이러고 있었던 거지? 좁은 방 전체가 물바다 상태다. 화장실에서부터 출발한 물거품이 화장실 맞은편에 붙은 싱크대를 지나 방 끄트머리에 놓인 싱글 사이즈 침대까지 쭉 이어져 있다. 침대 아래 넣어둔 종이 재질의 공간 박스가 젖어 짙은 갈색이 됐고 바닥에 벗어둔 옷가지들은 이미 비늣물로 흠뻑 젖었다. 말도 안 돼. 나는 눈을 질끈 감았다가 다시 떴다.

택시가 회사 앞에 도착해 있었다. 지나치게 현실적인 꿈이었다. 기분을 나아지게 하려고 집에 도착하는 상상을 하기 시작한 건데 왜 꿈에서마저 이런 일이 일어나는 걸까? 언젠가부터 평소에 겪은 일이나 생각들이 그대로 꿈에 나타나곤 했다. 어떤 비유나 암시도 없이 부끄러울 정도로 투명하게. 지금 살고 있는 원룸은 2년씩 두번 계약했고 올여름 계약기간 만료를 앞두고 있었다. 더는 여기서 못 살겠다는 마음과 이번에는 꼭 이사하리라는 계획에 사로잡혀 있던 참이었는데, 그래서 이런 꿈을 꾼 모양이었다. 어쩜 이렇게 단순할까. 나 자신에게 머쓱해졌다. 이번 주말에는 꼭 부동산에 들러야겠다고 다짐하면서 법인카드로 택시비를 계산했다.

팀장은 어느새 회사 출입문을 통과해 로비로 들어가 있었다. 멀찍이 그 뒷모습을 바라보면서 얼른 쫓아들어가려는데 발걸음이 너무나 무겁게 느껴졌다. 퇴근까지는 아직 다섯시간이 더 남아 있었다. 옷이 안팎으로 축축해서 간절하게 집에 가고 싶었다. 반차를 낼까? 내일까지 끝내야 할 일이 너무 많아서 팀장이 허락해줄 것 같지가 않았다. 집에 가서 옷만 갈아입고 오겠다고 해볼까? 내가 생각해도 그럴 만한 거리는 아니었다. 어디든 가까운 옷 매장에 가서 니트를 하나 사 입고 올까? 하지만 월급날을 일주일 앞둔 내 잔고는 벌써 바닥을 향해 카운트다운 중이었다. 그런 데 쓸 여유가 없었다. 여름이라면 괜찮았겠지만 겨울옷은 꽤나 비싸니까.

나는 그냥 회사에 가면 좋은 점을 떠올려보기로 했다. 분명 좋은 점이 하나쯤은 있겠지. 있을 거야. 생각해내자. 정말이지 왜 이렇게 생각이 안 날까? 안 나오는 걸 쥐어짜느라 골머리가 빠질 것 같던 그때, 머릿속에 샛노랗고 납작한 박스 하나가 떠올랐다. 오늘 아침, 바로 옆 팀인 파이팀 팀장이 해외 출장을 다녀왔다면서 나눠준 바나나빵이었다. 작년에도 해외여행을 다녀온 누군가가 사다줘서 먹어본 적이 있었다. 샛노란 박스를 열면 손바닥만 한 빵이 하나씩 개별 포장되어 있고 각각의 포장지에는 꼭지에 파란색 리본을 매단 노란 바나나가 그려져 있다. 포장을 뜯으면 포장지에 그려진 것과 꼭 같은 크기의 바나나 모양 빵이 들어 있고 한입 베어물면 진짜 바나나를 으깨서 채워넣은 것만 같은 맛과 식감의 필링이 입안으로 달콤하고 끈적하게 쏟아진다. 한 사람당 한개씩 가져가서 먹으라고 했으니 우리 팀 원형 테이블 위에 내 몫이 아직 남아 있을 것이다.

"내 거 안 남겨놨기만 해봐. 그땐 진짜 반차 낼 거야."

그럴 용기도 없으면서 괜히 혼잣말을 해봤다. 나는 바나나 필링으로 가득 찬 바나나빵처럼 바나나빵 생각으로만 머릿속을 가득 채우고 사무실로 발걸음을 옮겼다.

무난이들

2017년 3월 13일

일년 중에 하루, 그런 날이 있다. 겉보기엔 평소와 딱히 다를 바가 없는데도 사무실에 흐르는 공기가 미묘하게 뒤틀려 있는 날. 각자의 모니터를 들여다보고 있는 사람들의 눈빛이 어쩐지 붕 떠 있는 날. 자판을 두드리는 소리, 마우스를 클릭하는 소리에 날 선 긴장이 느껴지는 날. 별다른 소란이 있는 게 아닌데도, 오히려 평소보다 조용한데도 모두에게서 내적인 웅성거림이 느껴지는 날. 속이 시끄러운 날.

출근하자마자 오늘이 바로 그날이라는 것을 직감할 수 있었다. 컴퓨터를 부팅시키면서 숨을 깊게 들이마셨다가 내뱉기를 천천히 반복했다. 곧장 이메일에 접속해 인사팀 메일을 확인했고 본문의 링크를 클릭해 들어갔다.

아…… 또야? 한숨부터 나왔다. 팔꿈치를 책상 위에 올린 채 양 손날을 이마에 대고 기댔다. 나도 모르게 힘이 빠져 눈꺼풀이 스르르 내려왔다. 잠시 눈을 감고 있다가 다시 떴다. 한참을 그렇게 책상 위 먼지만 응시하고 있다가 맥없이 마른세수를 한 뒤, B03 그룹 채팅방에 메시지를 보냈다.

—전 무난이요.

그러자 은상 언니와 지송이의 메시지가 연달아 도착했다.

—무난.

—나도 무난……

바야흐로 평가 시즌이었다. 작년 한해 동안 한 일에 대한 성적표를 받는 시간. 평가 등급은 총 다섯등급이었는데, 최상위 등급이 O, 그다음 순서대로 I, M, B, 그리고 마지막 N, 이렇게 나뉘었다. 최상위와 최하위를 제외하고는 상대평가여서 누군가는 반드시 M이나 B를 받아야 하는 구조였다. 각 등급의 알파벳은 이런 뜻이었다.

Outstanding: 특출함

Incredible: 뛰어남

Meet requirement: 요구 충족

Below requirement: 요구 이하

Need supplement: 보충 필요

하지만 우리는 이렇게 바꿔 불렀다. 아무래도 이쪽이 훨씬 직관적이었다.

O : 오짐

I : 인정

M: 무난

B : 별로

N : 나가

올해로써 은상 언니, 나, 지송이 모두 입사 이래 네번 연속 '무난' 등급을 받게 된 것이다. 첫해에는 그러려니 하고 지나갔는데 그다음 해, 그다음 다음 해에도 '무난'이 나오자 점점 마음이 상하기 시작했고, 우리 셋 다 '이번엔 꽤나 기여를 했다'라고 생각해서 은근한 기대를 품고 있었던 이번 해조차 같은 평가를 받고 나니 어차피 무난하다는 말 들을 거, 왜 그렇게까지 고생하며 일했을까? 하는 생각이 들면서 기운이 쭉 빠져버리고 말았다. 심지어 나는 얼마 전 팀 송년회 때 '올해의 야근왕' 부문에서 MVP

에 선정되어 싸구려 와인 한병을 선물로 받기까지 했다. 말로는 '잘했다' '고생했다' '너 없으면 어쩔 뻔했니?' 해 놓고서 정작 평가는 '무난'이라니. 이쯤 되자 '인정'은 대체 누가 받는 것인지, '인정' 받는 사람이 있기는 한 것인지 궁금해졌다. 사실인지는 모르겠지만 올해부터는 대리 진급 시기까지 '인정'이 한개도 없으면 진급 대상에서 누락된다는 흉흉한 소문도 있었다.

하지만 진급보다 더 신경 쓰이는 건, 그러니까 내게 무엇보다 중요한 건 바로 이 등급에 따라 연봉 인상률이 결정된다는 사실이었다.

4년 전, 길고 긴 채용 과정 끝에 합격 소식을 들었던 날을 기억한다. 이 업계가 임금이 높은 편은 아니라는 걸 알고 왔음에도, 분명 각오했음에도 불구하고 회의실 테이블 위에 놓여 있던 첫 연봉계약서의 숫자는 날 깜짝 놀라게 만들었다. 기대를 하지 않았는데도 예상했던 금액을 한참이나 밑도는 박봉이었다. 어쩐지 단출한 느낌마저 드는 그 숫자들을 내려다보면서, 나는 속으로 되뇌었다. 그래도 명색이 마론인데, 정말 이렇게까지 적다고?

우리나라 사람 중에 마론제과의 이름을 모르는 사람이 있을까? 업계 톱으로 꼽히는 회사는 아니지만 편의점이

나 슈퍼에 가면 누구나 살 수 있는 제품들을 만드는 회사였다. 전국 어느 슈퍼마켓에 가도 팔지 않는 경우가 없다고 해도 무방할 정도의 올 타임 베스트셀러인 '초코밤'과 '초코아이스밤'을 보유하고 있어 초콜릿 바와 막대 아이스크림 쪽은 시장점유율이 상당했다. 제품이 히트상품일 뿐 회사 자체가 딱히 취업 준비생들에게 선망받는 기업은 아니어도 서울 한복판에 작지만 번듯한 사옥도 있고 경기도 외곽에는 공장도 있는 회사였다. 그래서 월급이 이 정도로 짜디짤 줄은 생각지도 못했고…… 그걸 알고 나자 뒤이어 이런 생각이 들었다. 그럼 마론보다 작은 회사들은 대체 얼마를 주는 거야?

물론, 사인을 안 하지는 않았다.

그로부터 약 1년 뒤의 첫 평가 날은 쉴 새 없이 깜빡이던 휴대폰의 알림창과 진동음으로 기억된다. 은상 언니가 그룹 채팅방에 메시지를 연달아 보냈기 때문이었다.

—M등급 인상률 2%. 말이 된다고 생각해?

—안 그래도 코딱지만큼 주면서, 여기서 2%라고?

은상 언니는 경영학과 출신에, 구매팀에서 일하고 있어서 그런지는 모르겠지만 숫자에 밝고 또 예민했다. 내가 대답할 새도 없이 언니의 메시지가 또다시 도착했다.

—올해 소비자물가상승률이 1.9%야. 그런데 인상률이 2%면?

내가 답장했다.

—거의 동결이네.

—동결이지.

언니가 이어서 말했다.

—근데 보통 체감물가는 더 높잖아. 한은발 올해 체감물가상승률이 2.6%래. 한마디로 사실상,

—깎인 거네.

—깎였다고 봐야지.

조용히 있던 지송이가 메시지를 보내왔다.

—언니들 이야기 들으니 힘 빠져서 야근 못하겠어. 오늘은 집에 갈래……

그리고 덧붙였다.

—어차피 '인정'은 공채 아니면 잘 안 준다는 이야기도 있더라고.

아마 그즈음이었을 것이다. 은상 언니가 '강은상, 김지송, 정다해(3)'라고만 적혀 있던 그룹 채팅방의 이름을 'B03'으로 바꾼 것이. B03은 '비공채 출신 3인'이라는 뜻이라고 했다. 우리 회사는 매년 신입사원 대여섯명 남짓

을 뽑기 위해 가을부터 시작해 연말에 끝나는 대졸 공채 프로세스를 진행하는데, 동시에 회사 규모가 아주 크지는 않고 물갈이도 잘 안 된다는 특성을 가지고 있었다. 그래서 서로 몇년도 사번인지, 누구랑 동기인지를 인사처럼 물어보곤 했다. 잘은 모르지만 같은 기수끼리의 모임이나 채팅방도 따로 있는 모양이었다. 이런 분위기 속에서 공채가 아닌 경로로 입사한 소수의 신입들은 알게 모르게 '근본 없는 애' 취급을 받을 수밖에 없었다. 그런 기준에 따르면 우리 셋 다 '근본'이 없는 건 사실이었다.

은상 언니의 경우, 갓 2년 차에 한 자동차 부품회사 구매팀에서 우리 회사 구매팀으로 옮겨왔다. 2년 차의 이직은 업계를 막론하고 드문 케이스였다. 완전히 신입은 아니었지만 그렇다고 경력직이라고 보기에도 좀 부족한 구석이 있었다.

나보다 한살 어린 지송이의 경우, 회계팀 사람들이 4년 전 갑자기 줄퇴사를 하는 바람에 수시 채용으로 급하게 뽑혀 입사하게 되었다고 했다. 이 역시 우리 회사에서 결코 흔한 케이스는 아니었다.

나 같은 경우는, 대학 졸업 후에 이 회사의 빙과팀에서 사무보조 아르바이트를 3개월 했는데 그때 있던 팀장이 나를 좋게 봐줘서 일반 인턴으로 전환되어 1년을 더 근무

할 수 있었다. 기존에는 없던 프로세스라고 했다. 대단한 특혜를 주는 것처럼 이야기해서 나도 대단히 감사하는 척 하긴 했지만 애초부터 제과회사에 취직하고 싶었던 건 아니어서 아르바이트 근무 중에도, 일반 인턴 근무 중에도 계속 다른 회사의 채용공고가 뜨면 원서를 넣고 있었다. 마론제과에서의 인턴 경력이 다른 기업에 지원할 때 한줄 경력이 되길 바라며 다니던 거였다. 업계를 가리지 않고 마론보다 괜찮아 보이는 회사에는 죄다 원서를 썼다.

하지만 지원했던 회사 중 아무 곳에서도, 단 한군데에서도 연락이 오지 않았다. 서류에 통과해서 면접을 보러 가게 되면 뭐라고 말하고 자리를 비우지? 휴가를 쓸 수 있을까? 고민했던 건 말 그대로 쓸데없는 걱정이었다. 마지막 희망을 걸었던 회사—여기 갈 바에야 마론에 붙어 있는 게 낫나? 그래도 일단 이력서나 넣어보자,라는 마음으로 지원했던 홍보 에이전시—에서마저 서류 불합격 통보를 받고 나서야 정신이 번쩍 들었다. 나를 인턴으로 써주고 있는 이 회사, 마론제과가 알고 보면 내가 다닐 수 있는 가장 좋은 회사가 아닐까? 하는 생각이 들었던 것이다.

때마침 마론의 인사팀으로부터 정규직 전환 프로세스에 도전해보지 않겠느냐는 제안을 받았다. 인턴 종료를 한달 앞두고 있었다. 이 기간이 끝나면 다시 어느 곳에도 소속되지 않은 취준생 신분으로 돌아가야 했다. 그건 2,000자, 3,000자, 글자 수를 헤아려가며 자기소개를 해야 하는 우울한 글짓기를 또다시 기약 없이 반복해야 한다는 의미였다. 더는 못해,라는 생각밖에 들지 않았다. 마론제과가 내 손에 유일하게 쥐여진 마지막 희망이자 기회였다. 나는 브랜딩과 마케팅에 대한 과제를 제출하고, 프레젠테이션을 동반한 실무 면접, 인사팀 면접, 임원 면접을 차례로 보고 겨우 신입사원이 될 수 있었다.

문제는 그다음이었다. 날 뽑았던 빙과팀장이 대기업 식품 계열사의 고위직으로 스카우트되면서 회사를 떠나는 바람에 갑자기 내가 끈 떨어진 신세가 되어버린 거였다. 입사가 취소되면 어쩌나 전전긍긍하던 사이 인사팀은 마침 티오가 있던 스낵팀으로 날 배치했는데, 스낵팀장은 자기가 뽑지도 않은 애가 자기네 티오를 떡하니 차지하고 들어앉은 게 기분 나빴는지 처음부터 나를 고운 눈으로 보지 않았다. 첫 만남에 이렇게 말했으니까.

“자기가 빙과팀장이 꽂은 애야? 아, 농담이야 농담. 기분 나쁜 거 아니지?”

어쨌든 나도 이 회사에서 전례 없는 프로세스를 통해 입사한 셈이었고, 그래서 종종 이런 이야기를 들어야 했다.

“다해씨가 지영씨랑 동기인가? 아니야? 그럼 누구랑

동기야? 아…… 그래? 예전 팀장님 덕에 운이 좋았다. 요즘 애들 취직이 그렇게 어렵다면서. 다해씨 친구들은 어때? 취직들은 다 했대? 친구들이 다해씨 되게 부러워하겠다, 그치?"

경영지원실 구매팀의 은상 언니와 회계팀의 지송이, 그리고 브랜드실 스낵팀의 나. 각자 다른 팀에 서로 다른 경로로 입사하는 것이었지만 그 시기가 비슷해서 인사팀에서는 우리 셋의 입사일을 같은 날로 맞추고, 작은 회의실에서 한시간짜리 약식 오리엔테이션을 같이 받게 했다. 우리 셋은 이때 처음 만났다. 나이도 연차도 약간씩 달랐지만 많이 다르지는 않았던 우리는 서로를 한날한시에 입사한 '동기'라고 생각하게 되었다.

우리는 잘 맞았고 금세 친해졌다. 인턴으로 근무하던 1년 동안은 회사에서 만난 사람이라면 그게 누구든 불편한 사람으로만 여겼다. 무릇 '회사 사람'이란, 내게 일을 시키거나 나를 평가하는 사람이라고만 생각했고 그게 사실이기도 했다. 하지만 은상 언니와 지송이를 알고 나서부터는 회사에서 만난 사람과 '친구'가 되는 경험을 할 수 있었다. 각기 다른 부서였기 때문에 직접적인 이해관계도 없었고 서로를 평가할 필요도 없었다.

심지어 나는 은상 언니와 지송이를 어릴 때부터 오래 알고 지내던 친구들보다 더 가깝게 느꼈다. 오히려 '원래 친구들'보다 할 이야기도 훨씬 많고 잘 통하는 면이 있었고 가끔 그런 사실을 곱씹어보면서 신기해하기도 했다. 돌이켜보면 그럴 만도 했다. 우리는 잠자는 시간을 제외한 하루 대부분을 회사에서 보내고 있었고 그래서 내게 벌어지는 일들은 직접적이든 간접적이든 '회사 일'이었다. 기쁜 일도, 슬픈 일도, 웃기는 일도, 화나는 일도, 통쾌한 일도, 기가 막힌 일도. 은상 언니, 지송이와 그런 일들에 관해 이야기할 때는 주요인물과 선행 사건들을 공유하고 있어서 배경 설명을 따로 할 필요가 없었다.

회사생활에 확실히 도움되는 부분도 있었다. 우리는 매일 B03 그룹 채팅방에서 각자의 팀에서 벌어지는 일들을 실시간으로 공유했는데, 그러다보니 자연히 서로가 없었다면 모르고 지냈을 회사의 뉴스와 동정과 가십들—그러니까 공채들이 독점하고 있는 사내 동향, 인맥, 정보—로부터 조금은 소외당하지 않을 수 있었다.

평가 발표날인 오늘도 은상 언니가 새로운 소식을 물어왔다.

—작년 함박사 상여금이 5억이었대. 올해는 대체 얼

마를 받으려나.

—5억? 확실해?

—내가 확실하지 않은 거 얘기하는 거 봤어?

지송이가 놀라며 물었다.

—정말? 그런 건 또 어떻게 알았어?

—기업공시정보에 다 나와.

함박사는 전사에서 유일하게 직급이나 직책이 아닌 학위로, 그러니까 '박사'라고 불리는 인물이었다. 작년 초, 무슨 빅데이터 분석 전문가라는 미명 아래 입사했는데 기존에는 없던 직책이었다. 연구개발실의 조직도에 뜬금없이 '빅데이터TF'라는 가지가 하나 생겨났고 그 아래에는 함박사와 그의 비서만 덩그러니 놓여 있었다. 자리를 부러 만들어주었다는 말로밖에는 설명이 되지 않는 조직이었다. 함박사는 사장의 대학 후배이자 이종사촌 동생이라고 했다. 출근하고 싶을 때 출근하고 퇴근하고 싶을 때 퇴근했다. 타자를 치는 손에 나도 모르게 힘이 들어가서 타닥타닥 소리가 크게 났다.

—대체 그 아저씨가 작년에 뭘 했는데? 초코밤이랑 츄잉껌 개수 센 것밖에 더 있어?

지송이가 대답했다.

—또 뭔 보고서 하나 만들긴 했었어. 우리 초코밤 중

량 20% 줄이고 포장 바꾸면 매출 늘어날 거라고 했잖아.

이번에는 은상 언니가 말했다.

— 그런 보고서는 박사 학위 없이도 충분히 만들 수 있잖아.

사장의 인맥 경영에 진절머리가 난다며 한참 사장 욕, 함박사 욕, 회사 욕을 하던 은상 언니가 갑자기 주의를 환기하기 시작했다. 우리 채팅창을 혹시 누군가 엿보면 큰일이니 대화 내역 전체를 삭제하라는 거였다. 지송이가 물었다.

— 어떻게 하는 건데?

언니가 친절하게 설명해줬다.

— 채팅창 오른쪽 위에 보면 메뉴 버튼이 있잖아.

— 응.

— 거기에서 대화방 설정 메뉴를 눌러 들어가면 대화 내역 지우는 버튼이 있어.

— 찾았어. 대화 내역 내보내기! 이걸로 다 내보내면 되는 거지?

내가 놀라서 입을 딱 벌리고 있던 사이, 은상 언니가 다급하게 메시지를 보냈다.

— 야, 정신 차려! 너 대화 내역 내보내면 우리 셋, 손잡고 퇴사해야 해!

웃음소리가 입 밖으로 튀어나올까봐 이를 악물고 꾹 참았다. 은상 언니가 제안했다.

—안 되겠다. 이럴 게 아니라 우리 무난이들 얼굴 보고 얘기해야지. 다들 오늘 점심 괜찮아?

그때 알아차렸다. 우리 그룹 채팅방 이름이 'B03'에서 'B03_무난이들'로 바뀌었다는 사실을.

안 뻔한 소리

2017년 3월 13일

우리 회사만의 정설이 있다. 식후 커피가 스타벅스면 순수한 동료, 커피빈이면 썸이다.

정설은 이런 상황에서 도움이 될 것이다. 사내의 어떤 인물과 왠지 가깝고 특별한 사이가 된 것 같다고 가정해보자. 메신저로 업무를 주고받다가 어느새 일과 관련 없는 사적인 연락이 오가고, 자연스럽게 회사 근처에서 점심도 몇번 따로 먹었는데 아직 저녁 약속까지는 가지 않았을 때. 좀더 발전 가능한 관계인지 아니면 착각일 뿐인지 헷갈릴 때. 점심 외식 후의 커피 타임이 스타벅스에서 이루어졌다면 마음을 접는 게 정신건강에 좋을 것이고, 커피빈이었다면 조금 더 진도를 나가도 될지 모른다. 그러니까, 그다음 약속은 점심이 아닌 저녁으로 질러봐도 괜찮을지도.

주변 인물에게도 적용해볼 수 있다. 예를 들어 옆 팀 신입과 사수의 분위기가 심상치 않다면? 요즘 부쩍 단둘이 외근을 자주 다니는 저 둘, 뭔가 있는 게 아닐까?라는 추측을 모두가 하고 있다면? 업무를 함께하는 동료라는 이름으로 주변 사람들의 눈을 가린 채 과감한 사내 연애를 하는 것 같은 분위기를 본인들만 모른 채 줄줄 흘리고 다닌다면? 점심시간 후 복귀하는 둘의 손에 어떤 커피가 들려 있는지 확인해보는 게 도움이 될 수 있다. 스타벅스의 초록색이 아닌, 커피빈의 보라색 빨대를 쪽쪽 빨고 있다면—둘 사이의 일은 확인 전까지는 아무도 모르는 것이지만—아무래도 합리적 의심 쪽으로 마음을 기울이게 된다.

커피 브랜드에 별다른 함의가 있는 건 아니었다. 스타벅스는 회사 건물 바로 맞은편에 하나, 그리고 두 블록 건너 식당이 밀집해 있는 곳에 2층짜리가 하나 더 있다. 둘 다 사무실에서 접근성이 좋았다. 커피빈은 2층짜리 스타벅스에서 한 블록을 더 지난 다음 작은 길을 한번 더 건너는 수고를 해야 나타났고, 살짝 외진 곳에 있다. 잠시라도 둘만의 시간을 보내고 싶은 게 아니라면, 뭔가 켕기는 게 있어서 회사 사람들 눈에 띄고 싶지 않은 게 아니라면, 굳이 맛도 크게 다르지 않은 프랜차이즈 커피 한잔 마시는데 그곳까지 갈 이유는 없었다. 비록 5분 차이의 거리라고 해도 말이다. 5분은 점심시간 전체의 8.3333…%에 해당할 정도로 소중한 시간이니까. 게다가 탁 트인 스타벅스와는 달리, 이곳의 커피빈은 테이블 사이에 칸막이가 세워진 자리가 네칸이나 마련되어 있어서 은밀한 대화를 나누기에 더 적합했다. 우리는 이곳을 '기차 칸'이라고 불렀고, 입구와 가까운 쪽에서부터 1호 칸, 2호 칸, 3호 칸, 4호 칸이라고 이름 붙였다.

B03이 모일 때는 늘 스타벅스가 아닌 커피빈으로 향했다. 우리가 썸이라서? 아니다. 그렇다면 뭔가 켕기는 게 있어서? ……그렇다. 우리의 대화는 90%가 회사에 대한 불만으로 구성되어 있었지만 회사 사람들이 우글거리는 스타벅스에서 회사 욕을 할 정도로 간이 크지는 않았다. 우리는 기꺼이 도보 5분을 더 투자해서 커피빈의 기차 칸을 사수한 다음에야 회사 욕을 마음 놓고 할 수 있었다.

은상 언니, 지송이와 점심 약속을 잡은 뒤 11시 55분부터 1분 간격으로 시계를 확인했다. 56분. 57분. 58분. 58분. 아직도 58분……? 시간이 왜 이렇게 안 가지? 59분. 59분. 59분…… 12시가 되었다. 팀장을 포함해 아무도 자리에서 일어나지 않는다. 12시 1분. 역시 미동도 없다. 12시 2분.

그대로다. 12시 3분이 되는 순간 나는 바퀴 달린 의자를 스윽 밀고 일어나면서 들릴 듯 말 듯한 목소리로 말했다.

"전…… 오늘 약속 있어서 점심 따로 먹을게요. 맛있게 드세요."

동시에 공용 옷걸이에 걸어둔 코트를 팔에 걸고 후다닥 복도로 나갔다. 엘리베이터 문이 열렸다. 꼭대기 층에서부터 싣고 내려온 빽빽한 사람들 사이에서 지송이와 은상언니를 발견하고는 눈짓으로 인사하며 괜히 쿡쿡 웃었다.

메신저로 못다 한 수다가 목적인 만남이었으므로 메뉴는 뜨겁지 않은 전주식 콩나물국밥으로 정했다. 맛도 있지만 무엇보다 빨리 먹을 수 있기 때문이었다. 우리는 10분 만에 국밥을 후루룩 해치운 다음 커피빈으로 향했고 마침 비어 있던 4호 칸에 자리를 잡았다. 롱코트를 벗어 놓고 지갑을 챙겨 일어난 은상 언니가 커피를 사주겠다고 나섰다.

"갑자기 왜?"

언니가 환하게 웃으며 답했다.

"그냥!"

웬 하이 톤? 언니의 대답을 듣고 나는 좀 의아해졌는데, 평소의 은상 언니는 저렇게 들뜬 목소리로 이야기하는 법이 없었기 때문이다. 간결한 대답이었지만 평소와는 다른 밝은 기운이 은근슬쩍 묻어나왔다. "뭐 마실래?"라는 또 한번의 밝고 경쾌한 목소리에 나는 사양하지 않고 "따뜻한 캐러멜 라떼"를, 지송이는 "아이스아메리카노"를 외쳤다. 언니가 우리의 주문을 외우면서 카운터 쪽으로 향하다가 뭔가 생각난 듯 갑자기 뒤돌아섰다. 그러고는 다시 테이블로 성큼성큼 걸어오면서 말했다.

"우리, 케이크도 먹을까?"

"그럴까?"

"그래, 먹자. 콩나물국밥은 맛있긴 한데, 이거 먹은 날은 꼭 2시부터 배고프더라."

은상 언니의 말에 지송이가 놀라며 물었다.

"정말? 2시는 너무 심했다."

"야, 이것도 줄여 말한 거야. 솔직히 1시 반부터 허기질 때도 있다고."

언니가 덧붙였다.

"케이크도 내가 살게. 인당 하나씩 시켜. 나는 치즈케이크. 너희는?"

우리는 은상 언니가 시키는 대로 순순히 각자의 케이크를 주문했다. 언니가 계산하러 간 사이, 지송이가 손등으로 입을 살짝 가리고 곁눈질하며 내게 물었다.

"저 언니, 오늘 뭔가 좀 달라 보이지 않아?"

역시, 나만 그렇게 느낀 게 아니었다.

"그치? 기분이 좀 심하게 좋아 보이지?"

"응, 좀 이상해."

그 말을 듣고 다시 은상 언니를 바라봤다. 맞아, 이상해. 확실히 이상했다. 우선 눈빛부터 달랐다. 전에 없이 자애롭고 충만했다. 주문을 위해 점원과 대화하다가도 뭐가 그렇게 재밌는지 두번쯤 고개까지 젖히고 웃었다. 커피가 나오기를 기다리면서는 패딩 조끼 주머니에 양손을 깊숙이 찔러넣고서 어깨를 한껏 추켜올렸다가 빠르게 툭 내리기를 반복했다. 그럴 때마다 점차로 은은한 미소가 만면에 번졌다. 저 언니가 왜 저러지? 원래 저런 언니가 아닌데.

은상 언니는 잘 웃는 법이 없었다. 우리 셋 중에 가장 차분하고, 이성적이고, 냉철하며 감정 기복도 적었다. 아니, 우리 셋을 떠나 내가 만나본 사람 중에 손꼽히게 침착한 사람이었다. 그런 언니에게도 지금 컨트롤하기 어려운 무언가가—아마도 기쁨 같은 것—휘몰아친 듯했다.

불현듯 무언가 떠오른 사람의 얼굴을 한 언니가 패딩 주머니에서 휴대폰을 허겁지겁 꺼냈다. 화면을 들여다보는 언니의 눈이 멀리서 보기에도 확연히 드러날 만큼 커지기 시작했다. 뒤이어 한 손으로 황급히 입을 가렸다. 아치 모양의 눈썹을 잔뜩 올린 채 커다랗게 뜬 눈을 몇번 더 끔뻑거리던 언니는 입을 막고 있던 손을 천천히 내리고 다시 휴대폰을 패딩 주머니에 넣었다. 그리고 입술을 안쪽으로 잔뜩 말아넣고 꾹 다물었다. 입술은 숨겨 넣었지만 입꼬리는 거짓말을 하지 못했다. 언니의 입은 자기도 모르게 얼굴에 번지는 큰 웃음을 애써 참고 있었다.

플라스틱 쟁반에 각기 다른 세잔의 커피와 세조각의 케이크를 받쳐 들고 4호 칸으로 다시 돌아온 은상 언니는 케이크 접시를 하나씩 내려놓으면서 달뜬 목소리로 이렇게 말하기까지 했다.

"주문하신 케이크 나왔습니다, 손님."

"풋, 언니. 오늘 대체 왜 그래?"

웃음을 참지 못한 지송이가 먼저 물었다.

"뭐가?"

언니가 반문했고, 내가 거들었다.

"아까 채팅으로 얘기할 때랑 분위기가 너무 다른데? 평가 때문에 기분 잡쳤다고 난리 난리를 치더니 말이야."

"그러니까. 근데 막상 만나니까 기분 되게 좋아 보이잖아? 뭔가 이상해."

"내가?"

지나친 반문. 어설프게 시치미를 떼고 있었다. 내가 물었다.

"이상해. 알고 보니 혼자 '인정' 받은 건 아니겠지?"

"야, 그럴 리가 있겠어? 날 뭘로 보는 거야. 서운하려고 그래."

"언니가 '인정'이면 당연히 축하해줘야지. 우리 때문에 숨길 필요는 없다는 말이었어."

지송이가 끼어들더니 의미심장하게 말했다.

"그런 거 아니야. 이건 분명…… 남자야."

그 말을 듣고 나니 또 그게 정답인 것 같았다. 설마 연애하느냐는 내 물음에 언니는 호방하게 웃더니 아니라고 손사래를 쳤다. 하지만 언니의 사소한 행동 하나하나에서 비어져나오다 못해 꿀렁, 넘쳐버린 것만 같은 오묘한 긍정의 기운은 그걸로밖에는 설명이 되지 않았다. 입사 이래 이렇게 희망적인 버전의 강은상은 본 적도, 상상해본 적도 없었다. 돌이켜보니 언니가 마지막 남자친구와 헤어진 지도 벌써 2년이 훌쩍 넘었다. 대체 남자를 언제 어디서 만난 거지? 우리는 서로의 생활 패턴을 훤히 꿰뚫고 있었는데, 작년부터인가 서핑에 빠져서 종종 주말에 스폿을 찾아다니는 지송이라면 모를까, 은상 언니의 삶은 그야말로 회사와 집이 전부여서 남자를 만날 기회라고는 전혀 없었다. 삭막한 환경 속에서도 잘되려는 사람은 어떻게든 잘되는 건가? 설마 사내에서? 사내라면 그게 누구든 별로일 테니 제발 말리고 싶다는 생각에까지 이르렀을 즈음, 언니가 또다시 휴대폰을 들여다보더니 무언가 잽싸게 확인하고 테이블 위에 내려놓았다. 내가 단언하듯 말했다.

"맞네. 저거 봐. 이 언니, 남자 생겼네."

"진짜야, 언니? 썸이라도 타는 거야? 누군데? 누구한테 이렇게 연락이 오는 거야?"

지송이가 테이블 맞은편에 놓여 있던 은상 언니의 하얀색 휴대폰 끄트머리를 잽싸게 잡아올렸다. 동시에 은상 언니가 그걸 다시 낚아채며 깔깔 웃었다.

"아휴, 이것들아! 그런 거 아니라니까."

그럼 대체 뭘 숨기고 있는 거냐고 우는소리를 하자 언니가 말없이 휴대폰 액정 화면을 자기 허벅지에 스윽 문질렀다. 뒤이어 여유만만한 미소를 지으면서 한쪽 팔꿈치를 테이블 위에 올리고 턱을 살짝 괴었다. 그 모든 동작이 슬로모션이라도 건 것처럼 아주 천천히 그리고 우아하게 이루어졌다. 언니는 살짝 기울어진 시선으로 맞은편에 나란히 앉은 나와 지송이의 눈을 한번씩 마주치더니 이렇게 말했다.

"뭔지 알려주면, 너희도 같이할래?"

'같이하자'는 말에 지송이와 내가 동시에 서로를 바라봤다. 우리의 시선이 허공에서 잠시 만났다가 다시 은상 언니에게로 향했다. 지송이가 주저하며 물었다.

"뭘…… 하는데?"

따뜻한 아메리카노를 한모금 호록, 들이마신 언니가 양손으로 깍지를 만들어 낀 다음 그 위에 동그란 턱을 살포시 올려놓으면서 속삭였다.

"혹시 비트코인이라고, 알아?"

잠시 침묵이 흘렀다. 기대했던 대답과는 너무 다른 질감의 단어에 당황했다. 보드랍고 촉촉한 치즈케이크의 세계에서 갑자기 질긴 콩나물의 세계로 넘어온 것만 같은 기분. 나는 말없이 고개만 끄덕였고, 지송이가 물었다.

"사이버머니 같은 거 아니야?"

"그게 아니라 가상화폐지."

내가 면박을 주자 지송이가 반박했다.

"그게 그거지. 사이버는 가상, 머니는 화폐. 합쳐서 사이버머니. 맞잖아?"

듣고 보니 은근히 맞는 말 같아서 나는 가만히 있었다. 은상 언니가 정리해줬다.

"그래, 맞아. 대충 맞는데, 좀더 정확히 하자면 비트코인은 암호화폐의 일종이야."

언니는 암호화폐를 이해하려면 우선 블록체인의 개념부터 알아야 한다고 했다. 블록체인이라는 시스템에 참여한다는 건 내가 가진 휴대폰이나 컴퓨터 같은 디바이스를, 말하자면 공통의 '거래장부'로 사용한다는 의미라는 거였다. 대략 10분에 한번씩 이 시스템을 통해 거래에 참여한 사람들의 거래장부가 갱신되는데 이 거래내역 묶음이 바로 블록, 그리고 그 블록의 묶음이 블록체인인 것이고…… 이게 대체…… 무슨 소리야? 본론은 아직 나오지도 않은 것 같은데 벌써부터 헷갈리기 시작했다. 슬쩍 곁눈질해 보니 나뿐 아니라 지송이 역시 마찬가지인 것 같았다. 차마 입은 못 벌렸지만 코로 하품을 하느라 콧구멍이 과하게 늘어나 있었다. 우리의 표정을 읽었는지 은상언니가 한번 더 풀어서 설명해줬다.

"자, 집중. 이거 생각보다 되게 쉬운 거야. 만약에 지송이 네가 예금통장에서 만원을 찾는다고 쳐봐. 은행에 가서 '내 만원 주세요' 그러겠지. 그런데 은행이 만원을 그냥 내줄까? 아니지. 네가 은행에 만원을 맡긴 적이 있었는지 기록해놓은 장부를 먼저 펼칠 거야. 그 장부에 여기 김지송이가 올해 몇월 며칠에 10만원을 맡겼다고 적혀 있네? 그걸 확인하고 나서야 만원을 줘. 그리고 장부에 '김지송이 1만원 출금하고 9만원 남음' 이렇게 쓴다고. 입금

할 때도 마찬가지겠지? 그래야 나중에 이런 식으로 찾을 수 있으니까."

우리는 고개를 끄덕였다

"그런데 이런 시스템, 중앙관리형 시스템이라고 하는 이런 시스템은 일단 돈이 많이 들어. 은행이 있어야 하고 은행원도 있어야 하고 온라인뱅킹조차도 그걸 유지하는 데 비용이 들고. 장부에 누가 불을 질러버리거나 해킹해서 자기 통장 잔고를 조작하거나 남의 돈을 몰래 빼가거나 하면 안 되잖아? 그래서 장부를 지키기 위해서 이중 삼중으로 보안을 해야 돼. 그런 게 다 비용이란 말이지. 그리고 또 문제가 있는데 그 장부만 손에 넣으면 개인의 거래내역이 어떻고, 누가 얼마를 가졌는지 같은 걸 훤히 들여다볼 수 있게 되어버리는 거야."

그런 단점들을 극복하기 위해 나온 게 블록체인이라고, 언니가 열띤 설명을 이어갔다. 거래 장부를 블록체인 시스템에 참여한 사람의 수만큼 복사해서 모든 사람이 가지고 있다고 생각하면 된다는 거였다. 중앙에서 하나의 주체가 관리하는 것이 아니라 시스템에 참여한 사람들이 공동으로 관리하는 장부인 셈이었다. 그러면 전세계 컴퓨터에 장부가 분산되어 유지비용도 거의 들지 않고, 따라서 수수료도 없고, 누군가로부터 감시받을 가능성도 없다고 했다. 누군가가 장부를 버리거나 조작한다고 해도 복사본이 있으니 소용이 없었다. 물론 모든 거래는 주기적으로 암호화되어 자동으로 업데이트된다고 했다.

"자기 이익을 위해서 참여했을 뿐인데 모두의 재산이 안전해지는 거야. 어디서 많이 들어본 것 같지 않아?"

"보이지 않는 손?"

긍정의 의미인지는 모르겠지만 언니가 손바닥을 테이블 위에 소리 나게 내려놓으며 말했다.

"아무튼, 신기하지?"

이어서 이런 블록체인 시스템에 직접 참여하는 행위를 채굴이라고 하는데…… 암호랑 문제를 풀고…… 알고리즘을 풀고…… 어쩌고저쩌고…… 대충 그런 설명을 들었는데 사실 제대로 이해하진 못했다. 아무튼 이 채굴이라는 것에 대한 보상으로 수수료를 받는 게 코인이고, 그 대표 격인 코인이 바로 우리가 들어본 비트코인이라는 거였다. 마지막 말만 알아들겠고 그 모든 과정은 알 듯 말 듯 아리송했다. 나와 지송이의 미심쩍은 눈동자를 포착했는지 언니의 해설이 좀더 이어지려고 하는데 더 듣고 싶지는 않아서 말을 잘랐다.

"언니, 그래서 결론이 뭐야? 지금 우리한테 비트코인을 하자는 거야?"

"다해야."

언니가 자세를 낮춰 테이블 건너 앉은 내 쪽으로 몸을 슬쩍 기울이더니, 이렇게 말했다.

"넌 내가 그렇게 뻔한 소리를 할 것 같니?"

강풍주의보

2017년 3월 13일

언니는 이더리움을 하자고 했다.

그 말과 동시에 까페 출입문이 크게 덜그럭거리는 소리가 났다. 까페에 있던 모두가 그쪽으로 시선을 돌렸다. 커다란 유리문이 불안하게 덜그럭덜그럭 소리를 내며 흔들리더니 누가 민 것도 아닌데 순식간에 종잇장처럼 가볍게 활짝 열리고 찬 바람이 밀려들어왔다. 입구 쪽에 앉아 있던 사람들 몇명이 짧게 비명을 질렀다. 바람에 컵이 넘어지면서 음료가 쏟아진 모양이었다. 우리는 매장의 가장 안쪽인 4호 칸에 자리 잡아서 그런 피해까지는 없었지만 한기가 제법 느껴졌다. 카운터를 보고 있던 점원이 달려와 문을 반대 방향으로 밀었지만 바람의 저항 때문에 꿈쩍도 하지 않았고 결국 커피를 만들고 있던 점원들까지 모두 달려와 힘겹게 유리문을 밀어 닫으면서 상황이 마무리되었다. 언니는 '바람이 많이 부네'라는 식으로 그 쪽의 소동에 잠시 눈길을 준 뒤, 별로 아랑곳하지 않고 이더리움에 대한—앞서 말한 비트코인과 뭐가 다른지 모를—설명을 이어갔다.

비트코인에 대해서라면, 그 원리는 잘 이해하지 못했지만 그간 들은 몇가지 재미있는 일화는 알고 있었다. 코딩을 좋아하는 미국의 한 십대가 오래전 재미로 채굴해둔 비트코인이라든지, 평범한 개발자가 초창기에 테스트 삼아 사뒀던 비트코인에 대한 이야기들 말이다. 자신에게 비트코인이 있다는 사실 자체를 잊고 살다가 십수년이 지나 비트코인 계좌를 열어봤더니 백만장자가 되어 있더라는 식의 해외토픽 기사를 보거나 전해 들은 기억이 떠올랐다. 또, 반대의 이야기도 들어봤다. 호기심에 비트코인을 얼마간 채굴한 뒤에 그걸로 피자를 결제해 맛있게 먹었는데 그때 그 피자를 먹지 않았더라면 지금쯤 백만장자가 되었을 수도 있다며 통한의 눈물을 흘리고 있을 거라는 둥 하는 번역 투의 글도 본 적이 있었다.

하지만 내 주위의 누군가가 비트코인을 하고 있을 거라는 생각을 해본 적은 한번도 없었다. 낯선 이름만큼이나 머나먼 나라의 이야기처럼 느껴진데다…… 뭐랄까,

'이미 다 끝난 판'으로 여겨졌던 탓이다. 누군가가 백만장자가 되었다는 건 이미 가치가 오를 대로 올라서 엄청나게 비싸졌다는 말인데 이제 와서 그걸 사는 게 무슨 의미가 있을까? 얼핏 듣기로 지금은 만질 수도 볼 수도 없는 코인 한개가 100만원이 넘는다고 들었다. 그런데 비트코인도 아니고 이더리움이라니? 그런 이상한 이름은 처음 들어본 것이었다. 심지어 이름에 '코인'이 들어가지도 않잖아? 이름부터 수상했다. 아무런 실체도 없는 걸, 하루아침에 휴지 조각이 될 수도 있는 그야말로 '가상'의 무언가를 뭘 믿고 어떻게 사라는 걸까?

은상 언니가 콧잔등을 살짝 찌푸리면서 말했다.

"그러니까 지금 사야 한다는 말이야, 이 바보야."

은상 언니에 의하면 이더리움은 2년 전 개발된 새로운 블록체인으로, 비탈릭이라는 이름을 가진 러시아 출신 천재 개발자가 만든 이른바 '2세대' 블록체인이라고 했다. 아주 간단히 설명하면 비트코인과 같은 금융 거래뿐만 아니라 모든 종류의 거래와 계약에 대한 신용을 블록체인 형태로 보증해주는 시스템을 위한 코인이라는 거였다. 예를 들면 부동산 계약을 할 경우, 임대차계약 문서가 자동으로 참여자들 모두에게 복사, 갱신되는 형태를 상상해볼 수 있다고 했다. 따지고 보면 세상의 모든 것은 계약으로 이루어져 있으니 오히려 비트코인보다 훨씬 광범위하게 쓰일 수 있는 안전하고 혁신적인 기술이며 따라서 앞으로는 이더리움의 시대가 올 거라고 설파했다.

"흐음."

의도가 모호한 콧소리를 낸 지송이가 자기 몫의 시폰케이크 한조각을 큼지막하게 잘라 입에 넣었다. 우리의 시답잖은 반응에도 불구하고 은상 언니의 이더리움 강의는 지칠 줄 모르고 계속되고 있었다. 아직 국내에는 아는 사람이 그리 많지 않고 북미와 유럽 쪽에서 유행을 타고 있는데 현재 이더리움 한개의 가격이 13,950원이라고 했다. 그러면서 지금 비트코인 한개 가격은 150만원이라고 덧붙였다. 바로 그때, 그 순간이었다. 언니의 검고 또렷한 눈동자 위로 무언가가 번쩍, 스치고 지나가는 것을 나는 분명하게 포착했다. 언니는 이게 비트코인처럼 100만원, 더 나아가 200만원이 되는 상황을 상상해보라고 했다.

"이해했어? 지금이 발목이라고, 발목."

분명 처음에는 블록체인 기술의 선진성과 대안성에 대한 설명으로 시작했었는데 지금은 그냥 주식 종목 중 하나에 대해 이야기하는 것 같았다. 이어지는 은상 언니의 말을 요약하자면, 한마디로 발목에서 사서 어깨에 팔아야 대단한 수익을 챙길 수 있으니 발목으로 추정되는 지금 사두라는 소리였다. 지송이가 4호 칸의 등받이 쿠션에 한쪽 어깨를 비스듬히 기대며 말했다.

"간만에 연애라도 하는 줄 알았더니. 또 이런 얘기야? 강은상이 그렇지 뭐."

"난 연애 필요 없다. 연애가 밥 먹여주니?"

"그럼 그거, 이베리코인지 이더리움인지 그건 밥 먹여줘?"

그 말에 언니가 자기 허벅지 위에 올려뒀던 휴대폰을 다시 들어올려 지송이의 코앞에 들이댔다.

"밥이 뭐야, 더한 것도 먹여주지. 보여줄까?"

지송이가 진저리를 내며 손바닥으로 언니의 휴대폰을 강하게 밀어냈다.

"그래서 요즘 가상화폐에 투자 중이라는 거야? 이 언니 정말 큰일 날 언니네."

은상 언니가 바로 받아쳤다.

"큰일 날 언니가 아니라 크게 될 언니지."

그러더니 눈을 흘기며 덧붙였다.

"너야말로 대만 보이 만나러 대만 간다고 허공에 돈 뿌리지 말고 그 돈으로 차라리 이걸 해."

지송이는 작년 여름휴가 때 첫 원정 서핑을 해보겠다며 혼자 발리에 갔다가, 거기에서 만난 타이베이 출신 일곱살 연하남과 원거리 연애 중이었다. 그걸 연애라고 부를 수 있는지는 모르겠지만 말이다. '웨이린'이라는 이름을 가진 그 친구를 만나러 주말과 공휴일을 이용해 여태까지 네번 정도 타이베이에 다녀왔다. 거의 두달에 한번꼴인 셈이었다. 은상 언니는 그건 제대로 된 연애가 아니라 허튼짓이라고 생각하는 입장이었고 잊을 만하면 그 이야기를 꺼내 지송이를 나무랐다. 그런 허튼 데 돈 쓰지 말고 너도 코인이나 해라, 나는 싫다, 하면서 둘이 티격태격하는 것을 흘려듣다가…… 나는 내가 은상 언니의 휴대폰을 뚫어져라 보고 있다는 사실을 깨달았다.

솔직히 보고 싶었다. 대체 그 휴대폰 안에 있는 게 뭐기에 천하의 강은상에게 그토록 밝은 미소를 짓게 했는지 궁금했다. 하지만 지송이가 너무 부정적으로 반응하는 바람에 더 묻지는 못했다. 은상 언니가 지송이에게 눈을 흘겼다.

"싫으면 말아라? 알려달라고 해서 알려줬더니."

나는 아니었다. 나는 알고 싶었다. 하지만 동시에 알고 싶지 않기도 했다. 이유는 확실히 모르겠다. 만약 언니가 해외토픽 기사에 나온 미국의 십대나 운 좋은 개발자처럼 백만장자가 된다면, 평가 등급의 I와 M, 연봉 인상률의 2%와 3%의 차이 같은 것에 대해 더는 연연하지 않을 수 있게 되었다는 걸 내가 알게 된다면, 그뒤에 내게 찾아올 욕망이 조금은 두려웠기 때문이라고 해야겠다.

"세상에, 벌써 49분이야."

갑작스러운 은상 언니의 외침에 깜짝 놀라 시계를 봤다.

"말도 안 돼."

"벌써? 이제 막 앉은 것 같은데."

지송이가 믿을 수 없다는 표정을 지었다. 매번 겪으면서도 매번 놀란다. 회사에서 잠시 떨어져 달리는 이 기차칸에서는 시간이 두배 정도는 빨리 흐르는 것 같았다. 우리는 남은 케이크를 허겁지겁 입안에 쑤셔넣고 나와 사무실을 향해 잰걸음으로 걷기 시작했다.

우리 회사는 점심시간을 그야말로 칼같이 지키는 분위기였다. 다른 회사 이야기를 들어보면 보통 11시 50분쯤에 자리에서 일어난다고 했다. 그때 일어나 식당으로 가면 대충 12시가 되니까. 따로 약속이 있거나 한 경우는 11시 40분쯤 일어나기도 한다는 친구네 회사 이야기를 들었을 땐 정말이지 깜짝 놀랐다. 복귀시간 역시 여유로운 회사는 1시 30분까지는 그럭저럭 봐준다던데, 우리 회사는 그런 게 일절 없었다. 부서를 막론하고 회사 전체가 그랬다. 정확히 12시부터 1시까지만 자리를 비울 수 있고,

특히 우리 팀장은 1시 넘어서 들어오면 대단히 눈치를 줬다. 그래서 대부분 12시 55분이면 자리에 앉아 있었다. 복귀시간은 그렇게 칼같이 지키면서 점심시간이 시작될 때, 그러니까 12시 정각에 칼같이 일어나면 그건 또 그것대로 곱지 않게 봤다. 나야 이제는 눈치를 주거나 말거나 12시 3분이면 일어나버리긴 하지만 말이다. 아마 다른 사람들의 눈에는 팀에서 가장 먼저 일어나는 내가, 남 시선 따윈 신경 쓰지 않는 당돌한 '요즘 애들'로 보일 터였다. 실상은 전혀 아니었다. 나는 그 모든 시선이 미치도록 신경 쓰인다. 그럼에도 불구하고 딱 3분까지만 참고 일어나는데 배가 너무 고프니까 어쩔 수가 없다. 각자의 사이클에 맞게 식사시간을 가지면 얼마나 좋을까. 1980년대도 아니고 무려 2017년인데 아직도 이렇게 빡빡한 회사가 있을 줄은 몰랐다. 내가 이런 회사에 다니게 될 줄도. 멀리 갈 것 없이 주변 회사를 둘러봐도 이 정도는 아니라고 들었다. 이 동네에는 국내 주요 제과회사 다섯개의 본사가 옹기종기 모여 있는데, 12시 50분부터 사무실을 향해 허둥지둥 뛰는 사람들은 전부 샛노란 사원증을 목에 건 마론 사람들뿐이었다.

그런데 오늘은 뛸 수도 없었다. 바람이 지나치게 세게 불었기 때문이다. 은상 언니 말로는 강풍주의보가 내려진 날이라고 했다. 정말이지 묵직하다는 느낌이 들 정도로 강력한 바람이 우리가 걷고 있던 방향과 정반대 방향에서 맞서 불어왔다. 머플러를 코끝까지 동여맨 지송이의 구불거리는 머리카락이 아무렇게나 나부꼈다.

"너무 춥다!"

우리는 바람에 저항하기 위해, 그리고 조금이라도 체온을 높이기 위해 누가 먼저랄 것도 없이 서로의 팔짱을 꼈다. 양옆으로 나란히 걸어가던 구도 그대로 팔만 서로 엮듯이 걸었다. 가운데 은상 언니가 서 있었고 그 왼팔은 내가, 오른팔은 지송이가 단단히 붙들었다. 앞으로 한발짝 걸어나가기가 힘들 정도의 강풍이 또다시 불어왔다. 도로 가장자리에 쌓여 있던 흙모래와 담배꽁초, 정체 모를 쓰레기들이 공중에 마구 흩날렸다. 우리는 "으악!" 하고 냅다 소리를 지르면서 반대편으로 피했다. 그 와중에도 서로의 팔은 놓지 않았다. 마치 이인삼각 게임을 하는 것 같았다. 아니, 정확히 말하면 삼인사각이었다. 이쪽으로 또 저쪽으로 뒤뚱뒤뚱 걸으면서 귀신처럼 허공에 둥둥 떠 있는 쓰레기들을 피하며 으악! 으악! 소리 지르다 이내 웃었다.

참 이상했다. 소리를 지르고 난 뒤에는 곧바로 웃음이 따라나왔다. 비록 그게 헛웃음일지라도 말이다. 비명과 웃음은 어쩌면 한 세트일지도 몰랐다. 한차례 더 강풍이 불었고 지송이와 내 사원증의 플라스틱 케이스가 바람에 날려 서로 부딪치면서 달그락 소리를 냈다. 우리는 또 한 번 비명과 웃음의 사이클을 반복했다. 은상 언니가 몸을 잔뜩 움츠리며 한탄했다.

"아, 좀 걷자고! 뛰겠다는 것도 아니고 그냥 걷기만 하겠다는데 그게 왜 이렇게 힘들어?"

지송이가 손바닥으로 앞머리를 꾹 누르고 인상을 잔뜩 쓴 채 말했다.

"꼭 그것 같아. 게임하다가 디버프 걸리면 걸음 느려지는 거. 앞으로 전진하는 방향 키를 아무리 눌러도 발에 모래주머니 단 것처럼 무겁게 천천히 나가는 그런 거."

"완전…… 우리 인생이잖아?"

내가 말했고,

"어휴, 재수 없는 소리 좀 하지 마. 벗어나야지."

언니가 대답했다.

"어떻게?"

내가 다시 묻자 언니가 팔짱을 더 세게 꼈다.

"디버프 해지 스킬을 써야지."

바람이 한번 더 불었고, 한번 더 비명을 질렀고, 한번 더 와르르 웃었다.

우리는 12시 56분에 회사 1층 로비에 도착했다.

엘리베이터를 기다리는 줄이 길게 늘어서 있었다. 이 시간대의 엘리베이터는 출근길 만원 지하철과 비슷했다. 어떻게든 1시 이전에 들어가려는 몸부림들이 꾸역꾸역 이어졌고, 인원 초과 경고음이 울릴 때까지 가차 없이 밀고 들어가야 했다. 우리는 마지막 3인이 되어 겨우 올라탈 수 있었다. 이러다 코가 끼이는 게 아닌가 싶을 정도로 그야말로 코앞에서 엘리베이터 문이 아슬아슬하게 닫혔다. 안도의 한숨을 내쉰 것도 잠시, 엘리베이터가 멈추지 않고 경영지원실이 있는 7층까지 한번에 쭉 올라가기 시작했다. 은상 언니와 지송이가 키득거리며 웃었다. 방심하고 내가 내릴 층의 버튼을 누르는 걸 깜빡한 것이었다.

7층에서 모두를 내려보내고 텅 빈 엘리베이터에 나 혼자 남았다. 버튼이 모두 꺼져 있었다. 그제야 내가 근무하는 3층을 눌렀다. 문이 저절로 닫혔다. 텅 빈 엘리베이터 안에서 나도 모르게 휴대폰을 들어 '이더리움'을 검색했다. 나오는 자료가 별로 없었다. 스크롤을 몇번 내리다가 이내 검색창을 닫았다. 잠금화면의 시계는 1시 3분을 가리키고 있었다. 조금 불안했다.

사무실에 들어가 의자를 빼고 조용히 앉으려는데 아니나 다를까 팀장이 날 힐끗 보더니 한마디 했다.

"일찍 일찍 다니세요."

분명 나는 12시 3분에 출발했고 지금이 1시 3분이니 따지고 보면 근로계약서에 적힌 점심시간인 한시간을 아주 정확히 지켰을 뿐이었다.

"네!"

나는 일부러 팀장 쪽은 쳐다보지도 않고 경쾌한 어조로 말했다. 속으로는 능력 없는 사람들이 주로 근태에 집착한다는 생각을 하면서. 할 줄 아는 게 그것밖에 없기 때문일 것이라는 합당한 추측도. 그가 내게서 시선을 거두면서 한 소리 덧붙였다.

"제일 먼저 나간 사람이 제일 늦게 들어오면 어떡해?"

이럴 줄 알았다. 만약 내가 경쾌하게 말하지 않고 기죽어서 대답했으면 이렇게 2절까지는 하지 않았을 거였다. 그에게는 내가 점심시간을 3분 더 썼다는 사실이 중요한 게 아니었다. 아랫사람인 내가 고분고분한 태도를 보이지 않는 것이, 자신의 나이와 경력과 그로 인한 권위를 세워주지 않는 것이 못마땅한 거였다.

1996년도에 입사해 직급으로 치면 부장인 우리 팀장이 무능하다는 건 사내의 모두가 암묵적으로 동의하고 있는 사실이었다. 한마디로 브랜딩의 '브' 자도 몰랐다. 그나마 팀원들의 실무에 의지해 팀이 어찌어찌 돌아가고는 있었지만…… 사실 스낵은 우리 회사의 주력 상품이 아니었다. 회사의 대표 상품을 만드는 초콜릿팀과 빙과팀에 밀려 스낵팀은 몇년째 신제품도 내지 않고 유지보수만 하고 있는 가장 작은 팀이었고 회사에서도 큰 기대를 하지 않았다. 당연히 팀장인 고대영 부장에 대해서도 기대가 없었다. 원래 부장이면 팀장이 아니라 실장 정도는 해야 할 직급이었다. 자르지는 않을 테니 그냥 거기서 소수의 인원을 데리고 팀장 자리나 채우고 있으라는 정도로 생각하는 것 같았다. 아, 물론 내 느낌이긴 하지만 말이다.

다른 사람들 그러니까 다른 대리나 과장들은 팀장이 일을 아무리 못해도, 그야말로 이름만 팀장인 허수아비인 것을 알아도, 뒤에서 매일 욕해도, 적어도 앞에서는 최소한의 기를 세워줬다. 팀장 대접을 해줬다. 싫은 소리는 돌려 했고 이상한 지시는 한 귀로 듣고 한 귀로 흘린 다음 알아서 처리했다. 어차피 팀장은 아는 게 별로 없기 때문에 그렇게 해도 일이 잘 굴러갔다. 그게 5년 차 이상 대리들, 10년 차 이상 과장들의 존경할 만한 기술이었다. 나도 이제 곧 대리가 될 텐데, 이상하게 그게 잘되지 않았다. 그쪽이 편하다는 건 알고 있었다. 그냥 앞에서 기죽은 척해주고 네네, 하고 고분고분한 척만 하면 된다. 그래야 '인정' 받고 지낼 수 있다. 장기적인 회사생활을 생각하면 그편이 더 수월했다. 그런데 나는 꼭 비꼬고 싶었고, 한마디 덧붙이고 싶었다. 팀장이 자신의 무능함을 스스로 인지할 수 있게 눈앞에 들이밀어 보여주고 비웃고 싶었다. 그럴 상황이 안 되면 말투라도 얄밉게 해서 열이라도 받게 하고 싶었다. 내가 너무 못됐나? 그럴 리가. 2절에는 아예 대답을 하지 않았다.

원래는 바로 이를 닦으러 가야 할 타이밍이었지만 내가 칫솔을 들고 일어날 경우 3절이 시작될 것 같아서 양치는 일단 스킵하기로 했다. 책상 위에 올려둔 열대과일향 껌을 두알 털어넣었다. 침이 고이면서 새콤달콤한 과즙의 맛이 입안에 서서히 퍼졌다. 자리에 앉자마자 노트북 화면의 대기 모드를 해지시키고 브라우저를 띄웠다. 그리고 이번에는 구글에 '이더리움'이라고 쳐봤다. 처음에는 한글로, 스펠링을 알고 난 다음에는 영어로 검색했다. 방금 전보다 훨씬 더 많은 검색 결과가 쏟아져나왔다. 다만 영어로 적혀 있어서 한눈에 파악하기가 어려웠다. 여러 출처의 다양한 기사와 콘텐츠가 수백 페이지에 걸쳐 있다는 것만 어렴풋이 확인할 수 있었다.

스크롤을 쭉 내리면서 제목만 훑던 중에 팀장이 자리

에서 일어나는 것을 느꼈다. 뒤이어 그가 내 자리 쪽으로 걸어오는 것도 감지했다. Ctrl 키와 W 키를 동시에 눌렀다. 팀장이 내 등 뒤쪽을 통로 삼아 지나갔다. 나는 또다시 손가락을 재빨리 놀렸다. Ctrl+Shift+T. 저 멀리 창문 너머로 함박사가 이를 쑤시면서 어슬렁어슬렁 걸어들어오고 있는 게 보였다.

1.2룸

2017년 4월 27일

이사 갈 방을 구하면서 마음속에 세운 세가지 기준이 있었다. 나는 그걸 다이어리에 적어두었다.

우선 방의 크기가 지금 살고 있는 곳보다 넓거나 최소한 같을 것. 지난 4년간 일해서 모아둔 적금이 있으니 보증금이 더 센 것은 어느 정도 선까지는 가능. 다만 월세가 더 비싼 곳은 피하기. 그리고 마지막으로 가장 중요한 것. 현관과 방 사이, 그리고 방과 욕실 사이에 수직의 경계가 존재할 것. 한마디로 턱이 있을 것.

이사를 결심한 결정적인 계기는 두가지의 '턱' 때문이었다. 현관과 방 사이의 턱, 그리고 방과 화장실 사이의 턱. 그 당연한 게 우리 집엔 없었다. 현관이랄 게 따로 없이 문을 열고 들어오자마자 장판이 시작되는 형태여서 아무리 조심히 신발을 벗어두어도 신발 바닥에 묻어 있던 흙먼지가 쉽게 방 안까지 굴러들어왔다. 화장실도 마찬가지였다. 물론 화장실에는 타일이 깔려 있긴 했지만 타일이 끝나고 턱이 지지 않은 채로 장판과 연결되었다. 아무런 경계나 높낮이의 변화가 없었다. 조금만 방심해도 화장실의 오수가 내가 먹고 자는 공간으로 침투했다.

처음 계약할 때는 잘 몰랐다. 가격에 비해 괜찮은 집이라고만 생각했지 두가지 턱의 부재가 이런 불편을 초래할 것이라고는 예상하지 못했다. 그건, 아주 사소해 보이지만 겪어보면 치명적인 불편이었다. 나는 이사하고 이틀이 지나서야 그 사실을 깨달았다.

원룸이라는 게 '하나의 방'이라는 뜻이긴 하지만…… 이렇게까지 일체형인 건 좀…… 그렇지 않나?

당장 이사할 여력은 없어서 나름의 방도를 찾긴 했다. 현관문 앞에는 코일 매트를 깔아두었고, 샤워는 되도록 짧게 했다. 빗자루를 늘 꺼내두고 바닥을 매일 쓸었고, 물이 빨리 내려갈 수 있게 하수구 용해제도 자주 사다 부었다. 그래도 문제가 완전히 해결되지는 않았지만 그런 불만 속에 어찌어찌 시간이 흘렀고, 이번에는 꼭 이사를 해야겠다는 마음에 퇴근 후 부동산에 들르기로 했다. 지난 주말에도 갔던 부동산이었다. 그날 부동산중개인은 방 세개를 보여줬다. 첫번째 방은 지금보다도 훨씬 좁아서 들어가자마자 답답해 보였는데 대신 나름대로 신축이라서 깨끗한 편이었다. 아, 지금 생각해보면 여길 잡아야 했을지도 모른다. 두번째 방은 지하철역까지 가는 마을버스 정류장이 너무 멀었고, 마지막 방은 보증금도 월세도 예산 초과였다. 뒤늦게 첫번째 방을 계약하려고 했더니 그 사이에 벌써 다른 부동산에서 선계약금을 넣었다고 했다. 앞으로는 우물쭈물하지 말고 마음에 들면 바로 결정을 내려야겠다고 다짐하던 차에 부동산에서 다시 연락이 온 거였다. 세군데의 방을 도는 사이사이에 "곧 빌 것 같은 방이 하나 더 있는데 급하지 않으면 기다려봐라. 아주 괜찮다"라고 중개인 아주머니가 이야기했던 바로 그 방이었다. 내심 그 말에 기대를 거느라고 그날은 쉽사리 결정을 내리지 못했던 것 같기도 하다.

6시 정각에 칼퇴근하고 부리나케 약속한 장소에 도착했다. 먹자골목 끄트머리에 위치한 작은 빌라였다. 1층에는 배달만 전문으로 하는 피자집과 네일아트숍이 나란히 있었고 2층부터 5층까지는 원룸이 열세대 정도 있는 아담한 건물이었다. 그 앞에서 부동산중개인을 만났다. 우리가 볼 집은 301호이며 엘리베이터도 물론 있다고 했다.

"이 집이 너무 괜찮아서 잘 안 나오던 집이에요. 전에 살던 아가씨가 6년 살았거든요. 여자 혼자 살던 집이라 깨끗하게 썼어요."

이전 세입자가 이사를 나가는 시점에 맞추어 집주인이 낡은 부엌과 문제가 있는 수도관을 수리하기로 결정해서 집이 얼마간 비어 있는 거라고 했다.

"솔직히 이 집은 원래 부엌이 흠이었는데 새 싱크대로 싹 갈아주기로 했거든요. 아가씨 타이밍 진짜 좋다."

그러고는 대단한 비밀이라도 말하듯 속삭였다.

"또, 이 집이 이번에 잘돼서 나가요. 검사랑 결혼해서 나가는 거잖아요. 아주 기운이 좋은 집이에요."

큰일이었다. 들으면 들을수록…… 너무 칭찬 일색이라 걱정이 됐다. 지금 중개인의 눈에는 이 집이 완벽해 보인다. 그 말인즉슨, 이제부터 이 집의 흠결은 내가 셀프로 찾아야 한다는 말이었다. 벌써부터 머리가 아팠다. 지금 살고 있는 집도 가격에 비해 넓은데다가 벽걸이형 에어컨과 미니 냉장고까지 옵션이라고 해서 좋다고 들어갔었다. 현관과 욕실과 방 사이의 턱, 그 몇 센티미터 안 되는 사소한 높이에 대해서는 대수롭지 않게 생각했다. 그후로 매일은 아니지만 때때로 후회했다. 문밖에서 신발 밑창을 아무리 탈탈 털고 들어와도 침대 앞까지 굴러들어오는 정체 모를 모래알들, 문을 닫아도 훤히 보이는 화장실의 자주색 타일, 그 아래로 흘러넘어오는 물을 밀어내기 위한 고무 밀대, 늘 쫓기듯 하는 샤워, 우글우글한 벽지와 장판…… 지긋지긋했다.

엘리베이터가 3층에 섰다. 301호는 엘리베이터에서 내리자마자 왼쪽으로 꺾으면 나오는 첫번째 집이었다. 빈집이라 중개인이 문에 달린 키패드의 비밀번호를 직접 눌렀고, 어쩐지 두근거리기 시작했다. 중개인은 말해주지 않는 이 집의 약점이 이제부터 내 눈에 들어와야 한다.

현관문이 열렸다.

처음 든 생각은 '나쁘지 않은데?'였다. 현관문을 등지고 바라본 정면에 커다란 창문이 나 있었고 왼쪽에는 화장실로 통하는 문이, 오른쪽에는 낮은 신발장이 있었다. 그리고 신발장 너머로는 싱크대를 뜯어낸 너저분한 자리가 보였다. 솔직히 전체적으로 벽지나 장판의 상태가 깨끗하지는 않았고 특히 부엌은 곰팡이가 잔뜩 슬어 있었지만 그쪽은 공사 예정이라고 하니 감안하고 보기로 했다. 평수는 지금 살고 있는 방이랑 똑같은 6평이라고 했는데 짐이 빠진 상태라서 그런지 더 넓어 보였다. 현관에는 무난한 회색 타일이 깔려 있었고 타일과 방 사이에는 알맞은 높이의 턱이 있었다. 그래, 일단 합격.

중개인이 신발을 신고 들어가도 된다고 했다. 나는 조

심스럽게 발을 들여놓고 본격적으로 방을 구석구석 훑었다. 화장실도 내가 그토록 원하던 평범한 화장실이었다. 옥색의 문짝은 좀 난감했지만 최소한 아래위가 뚫려 있지는 않은 일반적인 형태의 문이었다. 이 정도면 괜찮다. 옥색은 대충 민트색이라고 생각하기로 했다. 환기장치도 있었고 문을 열어보니 타일과 바닥 사이에 역시, 턱이 있었다. 좋아, 합격. 세면대의 수도꼭지도 한번 틀어보고, 변기 물도 내려봤다. 잘 나오고, 잘 내려갔다. 음, 합격.

아직까지는 꽤 마음에 들었고 치명적인 단점이 나오지 않았다. 그런데 그게 오히려 불안했다. 다시 한번 강조하지만 그 말은 이 집의 약점이 잘 드러나지 않은 대신 그만큼 치명적이거나…… 그것도 아니라면…… 엄청 비쌀 거라는 말이었다. 중개인은 공사 때문에 어차피 당장 입주할 수는 없으니 일단 보기나 하라면서 가격을 정확히 말해주지 않았다. 나는 아직 한겹의 의심을 마음속에 방패처럼 품은 채로, 천천히 정면 창가 쪽으로 다가갔다. 등 뒤에서 중개인 아주머니의 자신 있는 목소리가 들려왔다.

"한번 열어봐요. 여기가 새시도 이중 새시예요."

시키는 대로 창문을 열었다. 1층 피자집의 피자 냄새가 희미하게 올라왔고, 대각선 건물의 꼭대기에 달린 노래주점 간판이 눈에 들어왔다. 노랫소리가 들릴 정도의 거리는 물론 아니었지만 이 주변에 취객이 오갈 수 있었고 또 간판이 너무 밝고 요란한 것 같기도 했다. 저거 꽤나 신경 쓰이겠다, 싶어 판단을 보류하면서 고개를 오른쪽으로 돌린 순간, 나도 모르게 입 밖으로 헉, 하는 소리가 새어나왔다. 그건 갑작스럽게 많은 숨을 한번에 들이마실 때 나는 소리였고, 나는 정말이지 숨이 멎을 것처럼 깜짝 놀랐다.

그곳에, 숨은 공간이 있었다.

여태 사각 형태인 줄 알았던 이 방은 알고 보니 사각형이 아니었다. 사각은 사각인데 꼬리가 살짝 달렸다고 할까. 싱글 사이즈 침대가 하나 들어갈 정도의 폭을 지닌 아늑한 공간이, 그곳에 있었다. 심지어 그 부분만 천장이 맞배지붕 형태로 뾰족하게 디자인되어 있었고 아주 작은 할로겐 조명이 지붕 한쪽에 두개씩 알알이 박혀 있었다. 세상에…… 예쁘다!

나는 진심으로 경탄했다. 인정할 수밖에 없었다. 그 얇지만 깊은 공간에 내가 속수무책으로 반해버렸다는 사실을. 중개인 아주머니가 거 보라는 듯 뿌듯한 표정으로, 그러나 너무 호들갑스럽지는 않게 말했다.

"요게 또 너무 괜찮지요?"

대답은 못하고 고개만 연신 끄덕였다. 생각지도 못했던 풍경에 머릿속 시뮬레이션이 바빠지기 시작했다. 이 집에 들어온 순간부터 그리고 있던 가구 배치도를 다시 그려야 했다. 원래는 침대를 부엌의 대각선 쪽, 그러니까 왼쪽 구석에 배치하려고 했다. 이 공간을 발견하기 전까지는. 나는 상상 속에서 침대를 크레인으로 살포시 들어 이 공간 안에 쏙 집어넣어보았다. 그리고 복도로 나갔다가, 다시 현관문을 열었다. 침대가 보이지 않는다. 밥을 먹을 때에도, 침대가 보이지 않는다! 당연히 방의 면적도 그만큼 넓어진다. 그 자리에는 미니 소파를 사서 둘 것이다. 방은 식사를 하고 디저트를 먹고 영화와 드라마를 보는 공간이 될 것이다. 그리고 한발짝 더 걸어가서 오른쪽으로 스윽 꺾으면…… 거기가 바로 내 침실, 베드룸이 되는 것이다.

중개인이 말했다.

"여기는 보너스 공간이에요. 아가씨라 옷 많지 않아요? 이 안에 행거 같은 거 설치해서 옷장으로 쓰면 딱이지."

물론 그렇게 할 수도 있겠지만 나는 거기에 꼭 침대를 두고 싶었다. 어차피 옷도 별로 없었다. 현관문 열자마자 침대가 보이지 않고, 자는 공간에서 부엌이 보이지 않고, 밥 먹을 때 화장실이 보이지 않는 게 더 중요했다. 휴식과 식사와 수면과 배설의 경계. 생활에 따른 공간의 분리. 아, 잠깐만! 아이디어가 또 하나 떠올랐다. 이 폭에 딱 맞는 블라인드를 입구에 설치한다면 블라인드를 올렸다 내렸다 하면서 문처럼 더 완벽하게 분리할 수도 있을 것이다. 두 뺨에 소름이 돋았다.

손바닥을 힘주어 쫙 펼쳤다. 그리고 조심스럽게 그 공간의 폭이 몇뼘인지를 재기 시작했다. 이쪽 벽에서, 저쪽 벽까지. 새끼손가락과 엄지를 허공에서 붙였다가 다시 쫙 펼치기를 반복했다.

하나…… 둘…… 셋…… 넷…… 다섯…… 총 여섯뼘 반이었다.

이제 정했다. 나는 이 집이 마음에 든다. 그제야 비로소 모든 걸 내려놓고 중개인에게 미루고 미뤘던 그 한마디를 꺼낼 수 있었다.

"이 집, 괜찮네요."

"역시 그렇죠?"

중개인이 벽에 붙은 할로겐 조명의 스위치를 연속으로 똑딱거리면서 대답했다. 눈앞에 내 베드룸이 보였다가, 안 보였다가를 반복했다.

깜빡, 깜빡.

깜빡, 깜빡.

집으로 돌아가는 길은 뛰어갔다.

마음이 급해 현관문을 열자마자 신발을 신은 채로 침대까지 저벅저벅 걸어들어갔다. 생각지도 못한 해방감을 느꼈다. 현관과 방이 일체형인 집에서 신발을 벗는다는 게 무슨 의미가 있을까? 이사 가기 전까지는 당분간 아메리칸 스타일로 살까? 어차피 내 집도 아닌데? 하는 생각마저 들었다. 아침에 내가 빠져나간 자리가 그대로 남아 있는 침대 앞에 쪼그리고 앉았다. 그리고 손바닥을 펴서 침대 프레임의 가로 폭을 재기 시작했다.

하나…… 두울…… 세엣…… 네엣…… 다섯…… 여섯.

충분했다. 침대는 새집의 베드룸에 맞춤하게 쏙 들어갈 것이다.

이른바 분리형 원룸이나 투룸에 살 수 있기를 늘 바라왔다. 열심히 살다보면 언젠가는 정말로 그런 곳에 살 수 있는 날이 오지 않을까?라고 막연히 희망 섞인 기대를 해본 적도 있었고, 때로는 그날이 오긴 올까? 서른 될 때까지는 그른 것 같고 마흔쯤 되면 가능한 걸까? 하고 아득한 기분에 빠지기도 했다. 실은 그런 날이 더 많았다.

그래서 나는 좀 얼떨떨했다. 그날이 이렇게 갑작스레 올 줄은 몰랐기 때문이었다. 물론 방금 본 그 집이 분리형 원룸이나 투룸인 것은 아니었다. 원룸은 원룸이었다. 그렇지만 일반적인 원룸이라고 할 수는 없었다. 부동산에서 많이 쓰는 용어인 1.5룸이라고 하기도 좀 그렇고…… 뭐랄까…… 1.2룸이라고 하면 될까?

나는 1말고 1.2를 원했다.

그 추가적인 0.2가 내게는 꼭 필요했다.

나는 얇지만 깊고 아늑한 그 0.2에 분명하게 사로잡혀 있었다.

전자레인지에 즉석밥을 돌리고, 밀폐용기 안의 밑반찬을 한 접시에 조금씩 덜고, 팬에 식용유를 두르고 달걀 한 알을 부쳤다. 방 안이 금세 음식 냄새와 열기로 가득해졌다. 나는 달걀을 한알 더 까넣으면서 골똘히 생각했다.

만약 그 집을 계약하게 된다면 보증금은 2,000만원을 더 내야 했고 월세는 지금보다 15만원이 더 비쌌다. 대출이자까지 포함하면 월 35만원 정도가 매달 추가로 나갈 예정이었다.

밥을 대충 먹고 설거지까지 마치고 난 뒤 냉동실에서 컵 아이스크림을 하나 꺼냈다. 우유 맛 아이스크림 사이사이에 캐러멜 시럽과 초콜릿 크럼블이 박혀 있는 신제품이었다. 너무 꽝꽝 얼어 아직 숟가락이 들어가지 않았다. 나는 아이스크림의 표면이 녹기를 기다리면서 B03 그룹 채팅방이 아닌 개인 채팅으로 은상 언니에게 메시지를 보냈다.

—언니, 자?

답이 없었다. 나는 휴대폰을 조금 만지작거리다 내려

놓고 아이스크림을 천천히 떠먹었다. 적당히 녹아 입안에 퍼지는 우유의 맛. 끈적이며 달라붙는 캐러멜 시럽과 초콜릿 크럼블의 바스락거리는 식감까지. 얼마 전 편의점에서 투 플러스 원 행사를 놓치지 않고 여섯개나 쟁여두길 잘했다고 생각하면서 한통을 금세 비웠다. 그동안 언니의 답장을 기다렸지만 아무런 연락이 없었다. 휴대폰을 침대 위에 던져놓고 화장실로 들어갔다. 샤워를 마치고 나오니 물과 비누 거품이 밖으로 조금 흘러나와 있었다. 나는 벽에 세워둔 창문 청소용 고무 밀대로 그것들을 다시 화장실 쪽으로 밀어넣었다. 투명 테이프로 붙여둔 타일과 장판의 이음새가 너덜거렸다. 먼저 수건으로 몸을 닦았고 그걸로 물기가 남은 방바닥을 훔친 다음 세탁기에 던져넣었다.

화장솜에 토너를 적셔 평소보다 더 꼼꼼하게 얼굴을 닦았다. 그 위에 크림을 천천히 바르면서 계속 휴대폰을 힐끔거렸다. 아직도 답장이 없었다. 하는 수 없이 자려고 불을 끄고 누웠지만 어쩐지 쉽사리 잠이 오지 않았다. 사실 부동산에 들르기 전부터 언니에게 물어보고 싶은 게 있었다. 정말 그걸 물어볼지 말지는 아직도 결정하지 못한 상태였지만 말이다. 물어볼까, 말까. 천장만 바라보며 또다시 갈등하던 그때, 머리맡의 휴대폰이 밝게 빛났다.

은상 언니의 답장이 뒤늦게 도착한 거였다.

—아직. 왜?

미리보기 창에서 내용을 볼 수는 있었지만 들어가서 메시지를 확인하지는 않았다. 생각을 좀더 정리한 뒤, 답장은 아침에 해야겠다고 생각했다. 중요한 이야기를 시작하기에는 너무 늦은 시간이었다.

아니야.

나는 마음을 고쳐먹었다. 목요일 밤의 노곤한 몸과 달리 정신은 말짱했다. 알고 있지만 애써 모른 척하려 했을 뿐이었다. 이대로는, 언니에게 그걸 물어보지 않고서는 쉬이 잠들 수 없을 거라는 사실을. 휴대폰의 잠금을 해제하고 모로 누워 네모난 빛 속에 얼굴을 밀어넣고 은상 언니에게 메시지를 보냈다.

—저번에 말한 그거, 어떻게 하는 거야?

—뭘?

—가상화폐.

—참나.

언니의 메시지가 또다시 도착했다.

—내가 그렇게 하자고 할 때는 안 한다더니?

강은상회

2017년 5월 4일

은상 언니는 내 친구 중에 가장 돈을 밝히는 사람이다.

밝힌다는 표현이 좀…… 그런가? 돈독이 올랐다고 한 정도는 아니니까 괜찮지 않나? 좀 다른 말로 바꿔봐야겠다. 은상 언니는 경제적인 인간이다. 이윤욕이 강하다. 다시 말해 이익을 추구한다. 매사에 금전적으로 유리한 선택을 하고 싶어한다…… 뭔가 부족하게 여겨진다. 그래, 어쩌면 이 말이 가장 어울릴지도 모르겠다. 은상 언니는 돈을 좋아하는 사람이다. 이상하게 들릴지는 모르겠지만 정말 순수하게 좋아한다. 우리 팀장이 커피를 좋아하는 것처럼, 지송이가 서핑을 좋아하는 것처럼, 은상 언니는 돈을 좋아한다.

그 사실을 처음 인지한 건 입사 첫해의 어느 겨울날이었다. 출근길 지하철 안에서 은상 언니를 우연히 만나 같이 회사까지 걸었던 그날, 열차 안도 역사 안도 유난히 붐벼서 이상한 낌새를 느끼고 있었는데 역사 밖으로 나와 보니 더 놀랄 만한 풍경이 펼쳐져 있었다. 우리가 엉뚱한 역에 잘못 내린 게 아닌가 하는 의심이 들 정도로 생소한 광경이었다. 이른 아침부터 엄청난 무리의 인파가 인근의 한 대학교 방향으로 물밀 듯이 줄지어 걸어들어가고 있었고, 도로를 점령한 자동차들의 행렬도 마찬가지로 그쪽을 향하고 있었다. 거의 마비라고 해도 될 교통 상황이었다.

"세상에, 이게 무슨 난리야?"

처음 마주한 출근길 풍경에 언니와 내가 당황하고 있는 사이, 웅성거리는 인파 속에서 "오늘이 논술시험 날이래"라는 말이 들려왔다. 그 한마디에 모든 상황이 납득되기 시작했다. 그러니까 이 행렬은 근처 사립대학에 입학하기 위해 논술고사를 보러 온 학생들과 그들을 배웅해주러 온 학부모들이었던 것이다. 나는 혀를 내둘렀다.

"어휴, 정말 바글바글하네."

언니가 고개를 절레절레 저었다.

"대학교 놈들. 원서비 장사로 노났겠어."

"여기 따라온 학부모들은 시험 치는 내내 밖에서 기다

리는 걸까?"

"그러게, 날씨도 엄청 추운데."

내가 수험생이던 시절의 기억을 떠올리며 괜히 애잔한 마음이 되어 있는 동안, 언니는 고개를 쭉 빼고 인파를 한참 훑어보다가 느닷없이 이렇게 말했다.

"여기서 손난로나 담요 같은 거 떼다가 팔면 진짜 잘 팔릴 것 같지 않아?"

그런 생각을 하는 사람을, 나는 그때 처음 봤다. 그런 이야기를 하면서 그렇게 신나 보이는 사람도. 언니는 끼고 있던 장갑을 급하게 벗어서 주머니에 넣더니 뒤이어 휴대폰을 꺼내 '극세사 담요 도매 원가'를 검색하기 시작했다.

"오백개 정도 했을 때…… 대충 한장에 2,500원이라고 치면……"

언니는 손가락을 접었다 폈다 하며 암산하고 있었다.

"5,000원에만 팔아도 순이익이 125만원, 천개 팔면 250만원이네. 아니지. 천개면 원가가 더 싸질 테니까…… 얼마냐…… 못해도 260은 벌겠다. 야, 우리 월급보다 훨씬 많아."

우리는 사무실 방향으로 걷고 있었고, 그 엄청난 인파와는 점점 멀어지고 있었지만 언니는 중간중간 고개를 돌려 다시 인파 쪽을 바라보면서 담요 한장을 6,000원에 팔 경우, 7,000원에 팔 경우를 계산하고, 손난로 원가도 검색했다. 언니는 그 짧은 시간 안에 손난로보다는 담요가 낫겠다는 결론을 내린 것 같았다.

"다해야, 나 내년에는 미리미리 준비해서 휴가 내고 담요 팔까? 같이할래?"

당시에는 그게 농담이라고 생각했다. 하지만 언니와 아주 가깝게 지내고 난 뒤부터는 매해 겨울 그맘때 논술고사일만 되면 혹시 언니가 저 인파 속에서 담요를 팔고 있지는 않을까, 하는 마음이 되어 출근길에 괜히 그쪽을 한번 더 쳐다보게 되었다.

같이 점심을 먹을 때도 마찬가지였다. 은상 언니는 주문한 음식이 나오기를 기다리면서도 이런 질문을 던지는 사람이었다.

"너희는 이 동네 식당 중에 제일 잘되는 데가 어디일 것 같아?"

나는 인기가 많아서 매번 줄을 서는, 가성비 좋은 런치세트로 유명한 초밥집을 말했고 지송이는 어느 동네에나 한개쯤 있는 부담 없는 맛의 부대찌개 체인점을 골랐다. 언니는 의아하다는 듯 "그래?"라고 되묻더니 자기 생각엔 우리가 앉아 있는 바로 이 집이 진짜 알짜배기일 거라고 하면서 손가락 두개로 탁자를 가볍게 톡톡 쳤다. 그와 동시에 전주식 콩나물국밥과 별도의 작은 스테인리스 그릇에 담긴 수란이 나왔다. 나와 지송이는 숟가락으로 국밥의 따뜻한 국물을 한 스푼 떠서 수란 그릇에 넣고 휘휘 저으며 입맛을 다시고 있었는데, 언니도 똑같은 행동을 하고 있지만 그러면서도 하던 말을 계속 잇고 있었다.

이것 보라고, 이것 좀 보라고. 여기는 음식이 이렇게나 빨리 나온다고. 또, 국밥이라는 음식의 특성상 다들 금방 금방 먹기 때문에 회전율이 이만큼 빠른 곳이 없을 거라고. 자기 생각엔 점심시간 동안 네 타임, 잘하면 다섯 타임까지도 가능할 것 같다고. 그리고 재료 들어가는 게 뭐 대단한 게 있겠느냐고. 가장 비싼 게 이 수란일 거라고. 콩나물 원가는 그리 비싸지 않을 거고, 보니까 직원도 주방에 한명 홀에 한명이 전부여서 인건비도 인근 다른 식당에 비해 적게 나갈 거라고. 그리고 여긴 체인점도 아니니까 로열티도 안 낼 거고, 무엇보다 싸고 맛있다고. 이 주변 회사원들이 가장 좋아하는 음식 중 하나가 바로 이 콩나물국밥이지 않느냐고. 해장에도 좋고 은근히 인기가 많아서 가끔 줄도 선다고. 우리만 해도 한달에 세번은 여길 오지 않느냐고…… 언니는 또 원가 이야기를 꺼내면서 두당 얼마, 회전율…… 급기야는 상가 월세까지 검색해가면서 콩나물국밥집의 순매출을 추측했다.

나는 일단 곱셈이 두자리를 넘어가면 무조건 휴대폰 계산기를 꺼내는 타입이었다. 구구단 범위를 넘어가는 그런 건 감히 머릿속으로 계산할 시도조차 안 하는 스타일이었기 때문에 언니가 그런 이야기를 할 때마다 한 귀로 듣고 한 귀로 흘렸지만, 그리고 지송이 역시 딱히 관심이 없는 것 같았지만, 은상 언니는 남들이 듣고 있는지 여부는 어느 순간부터는 신경 쓰지 않고 혼자 거의 중얼중얼에 가까울 정도로 빠져들어 이야기하곤 했다. 그래서 언니는 떠들고 나와 지송이는 밥을 먹는 일에 이제는 익숙하다고 해도 좋을 정도로 적응이 된 상태였고 그런 일은 꽤 자주 일어났다. 그럴 때마다 나와 지송이는 '저 언니가 또 저러네?' 하는 식의 눈빛을 교환하면서, 몰래 웃곤 했다.

또, 이 이야기는 정말로 하지 않을 수 없을 것 같다.

회사에서 은상 언니를 모르는 사람은 거의 없었는데, 그건 바로 한때 성행했던 그녀의 부업 '강은상회' 때문이었다. 놀랍게도 언니는 2년 전, 약 1년 동안 사무실에서 잡화를 팔았다. 시작은 치약이었다. 은상 언니네 부모님은 경기도 수원의 한 주택가에서 작은 슈퍼마켓을 운영했는데, 어느날 거기서 치약 한상자를 가져왔고, 어쩌다보니 그걸 상자째로 사무실 책상 위에 올려두게 되었고, 급하게 치약이 떨어진 사람들에게 치약을 한번 짜주는 대신 새 치약을 하나씩 꺼내서 팔기 시작한 거였다.

사무실의 치약은 은근히 사다놓기 귀찮은 아이템이었다. 바닥을 드러낼 즈음이 되면 '다음에 사야지' 하게 되고, 그러다 그 사실을 매번 잊어버리고, 마지막엔 꼭 몇 번 더 짜면 나올 것 같은데 더이상 나오지 않는 상황이 되고, 그래서 꼭 옆 사람에게 빌리게 되는 물품이었다. 사무실에서 조금만 걸어나가면 편의점이 있긴 했지만 고작 치약 때문에 엘리베이터를 기다렸다가, 타고 내려가서, 길을 건너서…… 그 와중에 날씨가 너무 춥거나 너무 덥거나 비나 눈이라도 오기까지 한다면…… 그런 수고를 들이기에는 왠지 억울한 아이템. 그게 바로 치약이었다.

은상 언니로부터 편리한 사내 치약 구매를 경험한 사람들이 입소문을 내기 시작했고, 치약이 떨어지면 7층 구매팀 강은상에게 가면 된다는 팁 같은 게 많은 사람들에게 전해졌다. 치약 한상자는 금세 동이 났다. 아마 나였으면 그쯤에서 멈췄을 것이다. 하지만 은상 언니는 새 치약을 계속 채워넣었고 장부까지 따로 만들고 있었다. 그리고 부모님의 슈퍼에서 몇가지 물품들을 더 떼어오기 시작했다.

개인 머그컵이나 텀블러를 닦을 때 쓰는 베이킹 소다

와 수세미를 구비해두었고, 급하게 올이 나갔을 때를 대비한 커피색 스타킹, 점심때 청국장이나 삼겹살을 먹고 왔는데 바로 미팅이 잡혀 있을 경우 아주 유용한 페브리즈, 대체 어디서 어떻게 구해오는지 모르겠는 인공누액과 반창고와 후시딘과 동전 파스와 타이레놀까지. 그중에서도 단연 잘 팔리는 건 컵라면이었다. 김치라면, 짜장라면, 비빔라면, 심지어 베트남쌀국수도 있었다. 3시와 4시 사이, 그리고 7시와 8시 사이에 정말 불티나게 팔렸다. 언니는 주말에 본가에 들러 물품들을 여행용 트렁크로 옮겨오다가 컵라면이 잘나가면서 컵라면의 경우에만 서울에서 따로 공급처를 '뚫었다'라고 이야기하기도 했다.

품목이 늘어나고 어쩐지 '본격적'이라고 부르지 않을 수 없는 상태가 되자 언니는 자리의 파티션 너머 벽에 '강은상회'라는 팻말을 인쇄하고 코팅해서 걸어두었다. 업무에 방해받지 않도록 하는 자율 판매 시스템은 이른바 '치약 온리' 시절부터 구축되어 있었다. 언니의 자리는 사무실의 맨 구석 모서리 자리였다. 오른쪽은 통로, 앞쪽은 벽이어서 파티션 앞쪽으로 남는 공간이 있었는데, 안 쓰는 박스 같은 게 늘 그곳에 쌓여 있었다. 어차피 거의 창고나 다름없게 쓰이던 공간이었다. 언니는 거길 깔끔하게 정리하고 어디서 구했는지 모를 플라스틱 카트에 물건을 비치해두었다. 카트 한편에는 황금색 돼지저금통이 있었고, 파티션의 벽 — 강은상회 팻말 바로 아래 — 에는 각 물품의 가격표, 그리고 바로 입금이 가능한 계좌번호와 즉시결제 QR코드까지 붙여두었다. 물론 수기 외상장부도 있었다. 노트와 볼펜이 야무지게 노끈에 묶여 걸려 있었고 언니는 그걸 매일 정리해서 외상 리마인드 메일을 돌렸다.

언젠가 야근을 마치고 퇴근하는 길에 역시나 야근 중이라는 은상 언니의 자리에 들러본 적이 있다. 자정이 다 되어가는 시간이어서 7층에는 사람이 거의 남아 있지 않았다. 전등까지 대부분 꺼져 어둑어둑한 가운데 귀퉁이 자리만 밝게 빛났다. 은상 언니의 자리였다. 어둠 속에서 잔뜩 수그린 언니의 어깨 위로 스탠드 조명이 마치 핀 조명처럼 떨어져 있었다. 무언가에 열중한 언니의 뒷모습이 어쩐지 결연해 보였다. 나는 인기척을 내지 않고 살금살금 걸어가 언니의 등 뒤에 바짝 붙어 섰다. 그리고 무엇을 하고 있는지 슬쩍 내려다봤다.

책상 위에는 황금색 돼지저금통이 배 쪽의 뚜껑이 열린 채 뒤집혀 있었다. 언니는 거기서 쏟아냈을 동전 더미를 손가락으로 마구 헤집다가 오백원짜리만을 골라 두개씩 집어 올리면서 손에 쥐었다. 동시에 천, 이천, 삼천, 사

천…… 들릴 듯 말듯한 목소리로 리듬을 타면서 수를 세고 있었다. 열개를 모으면 모은 것들을 가지런히 쌓아 탑을 만들었고 그렇게 탑 하나가 완성되면 저금통 옆에 둔 메모지에 선을 하나 그어 바를 정(正) 자를 완성해나갔다. 언니는 그 일을 규칙적으로 쉴 틈 없이 반복했고…… 왜인지는 모르겠지만 동전들이 서로 부딪치는 서늘한 소리를 계속 듣고 있자니 이상하게 팔뚝에 소름이 돋았다. 같은 높이로 쌓아올린 백원, 오백원짜리 동전 탑이 종횡으로 열을 맞춰 점점 늘어났다. 그에 따라 메모지의 바를 정자도 차곡차곡 증식했다. 얼마나 대단한 집중력인지 그렇게 뒤에서 지켜본 지 꽤 오랜 시간이 흘렀는데도 기척을 못 느낀 것 같았다. 내가 마침내 어이없어하면서 소리 내 웃자 언니가 그제야 내가 온 걸 알아차렸는지 뒤돌아 나를 올려다봤다.

"어? 다해야. 퇴근한다더니 여긴 왜?"

나는 "그냥"이라고 답하면서 잔뜩 굽은 언니의 동그란 어깨를 잡아 뒤쪽으로 열듯이 쫙 폈다. 승모근이 딱딱하게 굳어 있었다. 언니가 "아이고, 아이고" 하고 앓는 소리를 내면서 조금만 더 주물러달라고 했다. 나는 잔뜩 뭉쳐 있는 언니의 어깨와 목덜미를 손끝으로 힘주어 꾹꾹 누르면서 물었다.

"언니, 대체 왜 이렇게까지 열심히 하는 거야? 귀찮지도 않아?"

언니는 양 손바닥을 펼쳐 박수를 치는 모양으로 차곡차곡 쌓아둔 오백원짜리 동전 탑의 균형을 착, 착, 소리 내어 맞추더니 고개를 돌려 등 뒤의 나를 올려다보면서 희미하지만 정확하게 미소 지었다.

"이게, 생각보다 되게 쏠쏠하거든."

'쏠쏠'을 발음하면서는 무언가 짜릿하다는 듯 미간을 살짝 찌푸렸다가 펴기까지 했다. 내가 물었다.

"얼마나 남는데?"

언니는 약간 망설이다 너만 알고 있으라는 듯 손등으로 입을 가린 채 속삭였다.

"구."

"9만원?"

"응."

"한달에?"

"응."

기가 막혔다. 나 같으면 9만원 안 벌고 말지…… 이 언니는 정말이지 돈에 진심이구나,라는 생각밖에 들지 않았다. 나란히 늘어선 동전 탑이 스탠드의 조명을 받아 반짝반짝 빛나고 있었다.

그로부터 얼마 지나지 않아 강은상회 시대는 1년 6개월의 절찬리 영업 끝에 막을 내리게 되었다. 누군가 구매팀 강은상 사원이 사내에서 영리활동을 한다며 인사팀에 제보한 거였다. 결국 징계위원회가 열렸고 다행히 징계는 없었지만 입사 시에 서명했던 겸업 금지조항을 들어 언니의 판매활동을 금지시켰다. 많은 사람들이 아쉬워했다. 심지어 은상 언니를 불러 철수를 통보하던 인사팀 직원조차 강은상회의 단골이었다. 다시는 사내 영업을 하지 않겠다는 문서에 서명하라고 내밀면서 그 인사팀 대리는 이렇게 말했다고 했다.

"아쉽네요. 제가 사장이라면 지원금을 드렸을 거예요. 진심으로요."

돌이켜보니 은상 언니는 단순히 돈을 '벌고' 싶다는 생각을 넘어서 돈을 '굴리고' 싶어 하는 사람에 더 가까울지도 모르겠다. 언니는 어떤 상황에서도 늘 '레버리지'를 생각했다. 그러니까 돈을 쥐는 것만으로 끝나는 게 아니라 수중에 있는 그 돈을 어떻게 활용할 수 있을지, 어떻게 해야 더 큰 수익을 창출할 수 있을지, 여러 선택지 중에 어떤 선택을 하는 것이 더 큰 이득을 볼 수 있을지, 동시에 덜 손해를 볼 수 있을지 같은 것들을 늘 저울질하는 사람이었다.

하지만 그런 사람이라고 해서 늘 레버리지에 성공하는 것은 아니었다. 강은상회만 해도 갑작스럽게 영업을 중단하게 되면서 남은 재고를 떠안아야 했고, 결국은 적자가 난 것으로 알고 있다. 또 언니는 마론제과에 들어오기 전에 다니던 첫 회사의 퇴직금을 전부 주식에 부었다가 반토막을 낸 경험이 있다. 언니는 그 이야기를 할 때마다 그걸 듣고 있는 사람까지 괴로울 정도로 고통스러워했다. 그래서 먼저 꺼내지 않는 이상 그 일에 대해서 일부러 물어보지는 않았는데 가끔 저녁을 먹으러 가는 회사 근처 백반집 텔레비전에서 투자했던 회사에 관한 뉴스가 나오면 언니는 전에 없이 상스럽게 욕을 해댔다. '쥐벼룩을 놔도 뛸 장에 저 혼자 바닥을 쳐 뚫고 앉아 있는 개잡주'라면서.

언니는 친구들끼리 돈을 모아 홍대입구역 근처의 오피스텔을 매입해서 에어비앤비를 운영한 적도 있다. 수익은 투자금액에 비례해서 나누어 가졌는데, 모아둔 돈이 별로 없어서 가장 적은 액수를 넣을 수밖에 없었던 언니에게 떨어지는 수익은 한달에 15만원이었다고 했다. 1년 정도 운영하다 청소 당번 문제로 친구들과 대판 싸우고 투자금을 돌려받고 절교를 하는 소동으로 끝나버렸지만. 언니는 자신의 투자 비율이 제일 낮은데 왜 청소 당번은 똑같이 해야 하는지 납득할 수 없었다고 했다. 그 이야기를 하면서 언니는 그때 그 친구들과 절교하는 바람에 자기는 이제 친구가 나와 지송이밖에 없다고 해서 우리를 부담스럽게 만들었고, 그런 형태의 오피스텔 에어비앤비 영업이 알고 보니 국내에서 불법이었다고 해서 우리를 뜨악하게 만들었다.

이런 말들을 하는 언니를, 하나하나 밝혀질 때마다 사람을 깜짝깜짝 놀라게 하는 그런 이야기를 아무렇지 않게 내뱉는 언니를, 이런 은상 언니를,

믿어도 될까.

열여덟살 때부터 아르바이트를 하며 야금야금 부어온 10년짜리 소액 적금과 입사 후에 차곡차곡 생활비 일부를 조각내 모아온 적금 두개가 곧 만기였다. 나는 지금 블록체인이, 암호화폐가 뭔지도 모르면서 언니가 시키는 대로 전재산을 털어 이더리움을 구매할 계획을 세우고 있었다. 이더리움이 어떤 혁신적인 기능을 보유하고 있다고 해도 내겐 그 기술이 직접적으로 필요하지 않았다. 가상화폐는 손에 쥘 수도 없다. 코드로만 존재한다. 만약 이걸 다시 되팔 수 없다면 나는 허공에 전재산을 날려버리는 꼴이 될 것이다. 제로에서부터 다시 시작해야 한다. 아니지, 아직

학자금 대출이 남아 있기 때문에 꼼짝없이 마이너스 신세가 된다. 어쩌면 지송이가 한 말인 “이 언니는 큰일 날 언니”라는 말이 맞을지도 모른다. 큰일 날 언니를 따라 하다간 나도 큰일이 날지 몰랐다.

그래도, 이번에는 은상 언니를 믿어보기로 했다.

언니가 내민 그래프가 믿을 수 없을 만큼 아름다운 곡선을 그리고 있었기 때문이었다.

J 커브

2017년 5월 2일

부처님 오시기 전날, 연휴를 앞두고 커피빈의 3번 칸에서 은상 언니를 만났다.

테이블 위에 못 보던 물건이 놓여 있었다. 부드럽고 우아하게 빛나는 은은한 골드 컬러의 뒷면이 눈에 들어왔다.

"아이패드 샀어?"

언니가 과장되게 거만한 표정을 지으며 팔짱을 끼고 고개를 끄덕였다.

"이번에 새로 나온 모델이야?"

"응."

나는 선 채로 그걸 집어 들고 둥글면서도 날렵한 모서리와 거울처럼 반짝이는 뒷면의 사과 로고를 번갈아 만지작거렸다.

"예쁘다…… 언제 샀어?"

"일단 앉아봐."

언니는 내 옷자락을 잡아당겨 옆자리에 앉힌 뒤, 아이패드 커버를 삼각기둥 모양으로 말 듯이 착착 접어 테이블 위에 세워두었다. 그리고 스프레드시트 앱을 실행시켰다. '내 이더리움'이라는 제목의 문서에 언니의 투자내역이 시간순으로 촘촘히 기록되어 있었다. A열은 매입 날짜, B열은 매입 당시 가격, C열은 언니의 입금액이었다. 언니는 1ETH(이더리움)이 7,252원일 때 200만원을 넣었고, 9,000원대가 되자 700만원을 넣었다고 — 그리고 이 시점에서 적금을 깼다고 — 했다. 1만원이 넘었을 때 남은 적금 300만원을 더 투입했으며…… 그 이후에도 매입 기록이 소액으로 조금씩 이어지고 있었다. 월급을 받는 족족, 최소한의 생활비와 대출 상환을 위한 원금과 이자를 제외하고 남는 현금으로 전부 이더리움을 사들여온 셈이었다. 깨알 같은 숫자가 펼쳐진 화면에서 눈을 떼지 못하고 있는 내게 언니가 질문 아닌 질문을 했다.

"이게, 지금은 얼마가 된 줄 알아?"

근원을 알 수 없는 두려움에 젖은 채, 나는 고개를 천천히 저었다. 언니는 대답 대신 아이패드의 홈버튼을 연속으로 빠르게 두번 눌렀다. 이번엔 웹브라우저를 선택해 들어갔다. 촘촘한 격자 형태의 새하얀 화면이 순식간에 어두운 검은색으로 전환되었다. 화면 속 세상이 갑자기 한낮에서 한밤으로 뒤바뀐 것만 같았다.

브라우저의 새까만 바탕색 위에는 높낮이가 제각각인 색색의 막대들이 들쭉날쭉 규칙 없이 제멋대로 줄지어 있었다. 빨강과 초록이 뒤섞인 막대그래프였다. 빨간색도 녹색도 거의 형광에 가깝게 선명한 색이어서 눈에 도드라졌다. 언니가 화면 위에 올린 검지를 좌우로 움직일 때마다 색색의 막대기들이 깜빡이며 자리를 바꿨다. 그 모습이 마치 크리스마스트리에 걸어둔 알록달록한 전구들이 반짝반짝 빛을 내며 돌아가고 있는 것만 같았다. 정신없이 오르락내리락하는 혼란스러운 그래프 위 빨간불, 그리고 초록불. 그 강렬한 색의 대비를 들여다보고 있으니 어쩐지 눈이 시렸다. 내가 시선을 어디에 둬야 할지 몰라 방황하고 있자 언니가 그제야 양옆으로 움직이던 화면을 멈추고 친절하게 내가 봐야 할 숫자를 손가락으로 짚어주었다. 그러면서 목소리를 조금 낮추고 속삭였다.

"92,350원. 이게 지금 가격이야."

나는 조금 전 언니가 보여줬던 스프레드시트의 숫자와 이 숫자 사이에 괴리를 느껴 한동안 멍해져 있었다. 언니가 이번에는 빨간 막대와 초록 막대가 이리저리 늘어선 화면에 엄지와 검지를 브이 자 모양으로 벌린 채 가져다 댔다. 뒤이어 화면 위에서 두 손가락을 재빨리 모아 붙였다. 두 손가락 사이의 거리가 좁아짐과 동시에 그래프도 빠른 속도로 축소되기 시작했다. 화면 배율이 순식간에 줄어들었고, 막대기들도 일제히 축소되고 모이면서 시야가 삽시간에 넓어졌다. 그러자 마침내,

화면 속에 거대하고 가파른 곡선 하나가 나타났다. 왼쪽에서 오른쪽으로 조금씩 오르락내리락하기를 반복하며 약간 아래로 기우는 듯하다, 아무도 예측하지 못한 때에 별안간 치솟으며, 깎아지를 듯, 뭐라도 뚫을 기세로, 급하게 우상향하고 있는, J커브였다.

몸속에서 무언가가 발밑을 향해 덜컥 내려앉는 느낌이 들었다. 그로 인한 파동이 온몸의 세포를 떨리게 만드는 듯한 감각마저 일었다.

그 순간 누군가 나를 어느 불꽃축제의 현장에 데려다 놓은 것만 같았다. 폭죽이 칠흑 같은 밤하늘 한가운데로 환한 빛을 밝히며 솟아오르는 기분. 고개를 잔뜩 쳐들어야 볼 수 있는 높은 곳에서 화약이 팡, 하고 터지며 황금색 불꽃을 흩뿌리는 것 같은 기분. 그 파편들이 다시 반짝이며 아래로 내려앉는 소리, 왜인지 짤랑거리는 소리가 들리는 것 같은 기분. 단지 보는 것만으로도 돈벼락을 맞

은 기분. 그런 기분들에 나는 꼼짝없이 휩싸였다.

그제야 비로소 알아차렸다. 내가 깊이 바라왔던 게 있다는 것을. J. 이거였다. 내게 절실히 필요한 것. 그래서 내가 기다려왔던 것은 다른 게 아니라 바로 이런 모양, 이런 곡선이었다는 진실을 그 순간 섬광처럼 깨달았다.

나는 매일매일 모래알처럼 작고 약한 걸 그러모아 알알이 쌓아올리고 있었지만 그걸 쌓고 쌓아서 어딘가에 도달하리라는 기대도 희망도 가져본 적이 없었다. 그냥 그 행위를 멈추지 않고 계속하고 있다는 사실을 위안 삼으며 그런 동작을 반복하고 있을 뿐이었다. 여태껏 쌓은 건 지나가는 누군가의 콧김 같은 것에도 쉽게 부스러져내릴 수 있다는 사실은 구태여 직시하지 않을 뿐 이미 잘 알고 있었다.

대학에 입학하면서 처음 서울에 살게 되었을 때는 세 명이 한방을 쓰는 기숙사에 살았다. 전공은 물론 지나온 삶도 성격도 성향도 생활 패턴도 다른 난생처음 보는 사람들과 한방을 쓰는 게 너무도 어색하고 답답해서 그곳에선 그야말로 잠만 잤지만, 그 잠만 자는 시간조차 불편했다. 좀처럼 익숙해지지가 않았다. 다음 해 기숙사 추첨에 떨어지고 나서는 학교 후문 근처 하숙집을 구했다. 작은 상가 건물의 꼭대기 층을 여러칸으로 나눠 개조한 집이었다. 방 여섯개, 공용 부엌이 한개, 화장실은 두개였고 그곳에서 여덟명이 살았는데 여학생용 화장실의 변기는 한개뿐이었다. 이때 생긴 만성 변비가 지금까지도 날 따라다니게 될 줄은, 그때는 몰랐다. 화장실만 따지면 다섯명이 변기 한개를 쓰는 것보다 세명이서 변기 한개를 쓰던 기숙사가 차라리 나았다는 생각이 들었다. 그다음 해에는 프리미엄 고시원으로 옮겼다. 조금 무리를 해서 방 안에 화장실이 딸린 곳에 살기로 한 것이었다. 그런데 아직도 정확한 이유를 모르겠지만, 그곳은 방과 화장실의 경계가 되는 두 면이 투명한 유리로 되어 있었다. 변기의 크기는 통상 일정하다. 어느 정도의 편차는 있겠지만 거기서 거기다. 아주 작은 사람도 아주 큰 사람도 비슷한 사이즈의 변기를 사용한다. 다시 말해 방이 좁다고 해서 변기가 줄어들 수는 없다는 말이었다. 따라서 방이 좁을수록 변기의 존재감은 커졌다. 4평이 채 안 되는 방에서 유리로 된 벽 안에 자리한 변기를 피할 수 있는 방법은 없었다. 아침에 잠에서 깨자마자, 물 마실 때에도, 옷을 갈아입을 때에도, 뭘 먹을 때에도, 과제나 시험공부를 할 때에도, 그리고 다시 잠들기 직전까지도, 그 하얗고 미끈한 변기가 우두커니 시야에 들어와 있었다. 나는 그걸 조금이라도 가려보기로 했다. 다용도 흡착 걸이를 사서 흡착면에 입김을 쏘인 다음 유리에 단단히 붙이고 거기에 커다란 수건을 걸어두어 간신히 가릴 수 있었다. 하지만 그건 종종 한밤중 혹은 꼭두새벽에 우당탕탕 소리를 내면서 떨어지곤 했다. 취직하고 나서는 지금 살고 있는 집으로 옮길 수 있었다. 여태까지 살아온 곳 중에 가장 넓은 공간이었다. 창문도 크고, 방이 네모반듯하다는 것도 좋았다. 나는 전에 살던 하숙집의 방이 묘하게 이상했다는 것을 이 집에 이사 오고 나서야 깨달았다. 하숙집의 방은 찌그러진 오각형 모양이었다. 방에 각이 너무 많았고, 그 와중에 면면의 길이가 제각각으로 다 달랐다. 나는 산비탈에서 못생기고 거대한 다각형이 데굴데굴 굴러와 나를 덮쳐오는 꿈, 뾰족한 모서리에 찍히는 꿈을 악몽으로 자주 꿨다. 그래서 정갈하게 네모반듯한 이 방을 좋아했다. 하지만 문제는…… 그놈의 턱! 신발에 묻은 모래가 방으로 침투해오는, 아무런 경계도 없는 방. 이건 애초에 신발을 벗고 입장하는 시스템이었던 기숙사에서도 하숙집에서도 프리미엄 고시원에서도 없던 문제였다.

나는 분명 내가 원하는 방향으로 옮겨가고 있었다. 이전보다 세개쯤의 나은 점과 한개쯤의 별로인 점이 있는 곳으로 조금씩. 플러스마이너스를 해보면 결국 두개쯤 나은 곳으로 나아가는 셈이었다. 비단 주거 공간 이야기를 하는 것이 아니다. 그냥, 인생 자체가 그랬다. 태어나면서 지금까지 시간이 지날수록, 해가 지날수록, 한살 더 먹을수록 늘 전보다는 조금 나았고 또 동시에 조금 별로였다. 마치 서투른 박음질 같았다. 전진과 뒷걸음질을 반복했지만 그나마 앞으로 나아갈 땐 한땀, 뒤로 돌아갈 땐 반땀이어서 그래도 제자리걸음만은 아닌 그런 느낌으로. 그렇게 아주 조금씩…… 천천히…… 서서히…… 차츰차츰…… 매일매일…… 하루하루…… 그뿐이었다. 대체 무엇을 감히 더 바랄 수 있을까?

이런 식의 박음질이 더는 지겨웠다. 나는 그냥 부스터 같은 걸 달아서 한번에 치솟고 싶었다. 점프하고 싶었다. 뛰어오르고 싶었다. 그야말로 고공 행진이라는 걸 해보고 싶었다. 내 인생에서 한번도 없던 일이었고, 상상 속에서도 존재하지 않았고, 그렇기 때문에 당연히 기대조차 염원조차 해본 적 없는 일이었다. 그런데 바로 지금, 그것이 내 눈앞에 번쩍이며 펼쳐져 있었다.

J.

마주하는 순간 내가 그것을 원해왔다는 걸 한눈에 알아볼 수 있었다.

은상 언니가 다시 아이패드의 홈버튼을 눌렀다. 이번에는 진보라색 그러데이션 배경에 하얀색 폰트로 'GO'라고 적혀 있는 앱 아이콘을 눌러 들어갔다. 그리고 자신의 암호화폐 지갑을, 그 안에 가상화폐가 몇개나 있는지를, 그게 화폐로 얼마의 가치를 지니고 있는지를 보여줬다.

1억 3,600만원.

"미쳤다."

나도 모르게 내뱉은 말이었다.

"다해 니 말이 맞아. 지금 이거…… 정말 미쳤어."

은상 언니는 자신도 믿을 수 없다는 듯 목소리를 살짝 떨었다. 아침부터 그래프가 지붕을 계속 뚫고 있는데 하루 종일 일이 안 되더라고 했다. 그리고 이런 일이 지난 일주일간 몇번이나 반복되었다고도. 급상승 받고 급상승…… 받고 또 급상승.

그 말을 듣고 나니 내가 시작하기엔 이미 늦은 게 아닐까? 하는 생각이 들어 위축되었다. 언니가 내 마음을 읽었는지, 할 거면 지금 시작해야 한다고 힘주어 말했다. 원래가 그런 거라고 했다. 이렇게 오를 때일수록 더 사야 하는 거라고 했다. 원래 올라가는 기세에 올라타야 한다고. 내려가는 거 잡는 게 제일 바보라고. 그런 건 더 내려갈 일만 남았다고. 오를 때 쫓아가야 한다고. 오르고 있는 거니까 더 오를 거라고. 아직 더 오를 수 있다고. 한참 남았다고……

알고 보니 은상 언니는 전세계 가상화폐 투자자들이 모인 커뮤니티에서 가상화폐 동향을 매일같이 들여다보고 있었다. 그뿐만 아니라 이더리움 개발자인 비탈릭의 레터를 번역기를 돌려가며 꼬박꼬박 챙겨보면서 관련 기술에 대한 지식도 업데이트하고 있다고 했다. 그런 자신의 판단으로 이것도 비트코인처럼, 아니 그 이상의 가치가 될 거라고 주장했다. 내가 별다른 말이 없자 언니가 갑자기 오른손을 들어 누군가를 급히 불러들이는 모양으로 손바닥을 자기 쪽으로 휙휙 끌어당기는 동작을 반복하면서, 그리고 그 박자에 맞추어 고개까지 지그시 끄덕이면서, 은밀하게 말했다.

"들어와. 더 늦기 전에."

은상 언니는 '들어오라'라는 표현을 썼고, 그 때문인지 나는 내가 무언가로 통하는 입구에 서 있는 것만 같았다. 아등바등의 세계로부터 고공 행진의 세계로 넘어가는 문턱을 밟고서. 그 안쪽을 자신 없이 기웃대면서.

"다해야, 잘 봐."

언니가 이어 말했다.

"나 지금부터 빚 갚을 거야."

휴대폰을 꺼내 은행 앱을 실행시켰다. 그리고 예금통장을 보여줬다. 전날 언니는 이더리움 지갑에서 1,500만원을 자기 예금통장으로 인출해두었다고 했다. 은행 앱의 대출 메뉴를 누르고, 상환 메뉴를 누르고…… 마침내 전액 상환 버튼을 눌렀다. 그리고 대출 통장에 1,400만원을 입금했다. 한줄의 메시지가 떴다.

대출금 전액이 상환되었습니다.

"이것 봐, 나 이제 빚 없는 사람이야."

언니가 이어서 물었다.

"너도 학자금 대출 있다고 하지 않았어?"

있지. 있고말고. 보아하니 언니는 등록금만 대출받은 모양이었지만 나는 4년 내내 등록금은 물론 생활비 대출까지 받아서 언니보다 상환할 금액이 훨씬 많았다.

"너도 빨리 들어와. 솔직히 우리한텐 이제…… 이것밖에 없어.

아무런 대답 없이 생각에 잠겨 있는 내게 언니가 뜬금없이 물었다. 예전에 우리가 아주 어릴 때 방영하던 타임리프 소재의 한 텔레비전 만화영화를 아느냐고.

"왜, 이상한 선글라스 낀 주전자 나오는 거 있잖아."

물론 기억하고 있었다. 과거에서 온 천재 박사가 만든 돈데크만이라는 이름의 주전자가 이상한 리듬의 주문을 외우면 허공에 동그라미 형태의 터널 같은 포털이 뚫리고 주인공들이 그 터널로 쏙 빠져들어가면서 시간과 공간을 넘나들게 된다는 설정이었다. 언니는 다른 차원의 세계로 통하는 그 터널 형태의 포털이 어디서 어떻게 열렸는지를 잘 떠올려보라고 했다.

"아주 어이없는 곳에, 난데없이 열리잖아. 상상도 안 해본 곳에서."

그러더니 아이패드 화면에 띄워둔 이더리움 그래프를 다시 가리키며 이게 바로 그런 것이라고 말했다. 생각지도 못한 엉뚱한 곳에 갑자기 열린 만큼, 포털은 계속 그곳에 뚫려 있지 않을 거라고 했다. 기이하고 불가해한 띠용띠용 소리를 내면서, 꿀렁이는 파란빛을, 어쩐지 기분 나쁜 파장을 반복적으로 내뿜으면서, 이쪽 세계에서 저쪽 세계로 터널을 열어주며 뚫려 있다가 몇명이 들어가고 나면 그 동그란 형태의 입구가 서서히 좁아지고, 금세 봉합하듯 샤샤삭 닫혀버리는 거라고. 그건 찰나의 행운과도 같아서 열려 있을 때 바로 들어가지 않으면 놓쳐버리는 거라고.

"난 이게 우리 같은 애들한테 아주 잠깐 우연히 열린, 유일한 기회라고 생각해."

'우리 같은 애들'이라는 세 어절이 머릿속에 메아리처

럼 계속, 또 계속 맴돌았다.

은상 언니, 지송이, 그리고 나. 우리가 금세 친해질 수 있었던 건 암묵적으로 서로가 서로를 같은 부류라고 생각했기 때문이었다. 지난 몇년간 깨닫게 된 것 중에 하나는 같은 회사에 다녀도, 비슷한 월급을 받아도, 결코 같은 세계를 살고 있지 않다는 사실이었다. 그 사이에는 투명한 선과 보이지 않는 계단이 있었다. 일터에서 일 이야기만 할 수는 없었다. 출퇴근길 지하철 안에서 우연히 만나 걸어오면서, 매일 점심 먹을 때, 또 저녁 먹을 때, 거길 오가는 길에, 엘리베이터 앞에서, 로비에서, 회식과 워크숍 술자리에서, 그리고 거길 향하는 버스 안에서…… 사적이고 개인적인 이야기를 싫어도 나눌 수밖에 없었다. 나는 스쳐지나가는 사람들의 대화를 하나하나 캐치해서 추측하고 재배열하고 그 아래에 내 자리를 만들었다. 일부러 그러려고 한 건 아닌데, 나도 모르게 그랬다. 잡담 속 은연중에 흘러나오는 정보들. 어느 동네에서 학창시절을 보냈는지, 출퇴근을 어떻게 하고 있는지, 주말에 무슨 일을 했는지, 명절에 어디에 가는지, 부모님이 어떤 사람인지 같은 것들. 강남 주민, 유학파, 교수 딸, 의사 아들. 그런 걸 알고 난 후에는 그 사람을 볼 때마다 속에서 무언가 이상하게 작아졌다. 부러움, 질투, 이런 상투적이고 민망한 이름들이 붙기도 전에 정말로 오장육부가 물리적으로 수축되는 느낌이 들었다. 알게 된 즉시 쪼그라들었다. 당연히 이런 스스로가 마음에 들지 않았지만 어쩔 수가 없었다. 그건 제어할 수 있는 종류의 것이 아니었다. 똑같은 회사에 다녀도, 비슷한 월급을 받는다고 해도, 겉으로는 나랑 같은 처지인 것처럼 보여도, 저 사람과 나는 다르다. 다른 세계를 살고 있고, 앞으로도 계속 그럴 것이다…… 갑자기 상대와 나 사이의 거리가 하염없이 멀어지는 느낌이 들곤 했다.

물론 그런 이야기를 하는 사람은 악의가 없다. 그냥 자기 주변의 일상적인 소재로 평범한 대화를 했을 뿐이다. 나를 쪼그라들게 하려는 의도 따위는 티끌만큼도 없었을 것이다. 그런 게 사람을 위축시킬 수 있다는 생각 자체를 못할 것이다. 타인을 주거지와 부모의 직업으로, 재력으로 평가하지 않을 것이다. 만약 그런 사람이 있다면 교양 있는 시민이 아니라고 생각할 것이다. 천박하다고 생각할 것이다. 사람을 사람 자체로만 볼 것이다. 그런데 나는, 그러지 못했다. 이런 태도가 형편없다는 걸 알면서도 그들의 지나가는 한마디 한마디를 놓치지 않고 선을 그은 다음 나 자신을 아래에 위치시키고 거리를 뒀다.

아…… 그래서 이렇게 월급 짜게 주는 회사 다니면서

도 저렇게 표정이 좋았구나. 일도 재밌게 하고, 야근해도 보람 있어 하고, 열정이 넘치고. 저런 애들은 여기서 박봉 받으면서 일해도 결혼할 때 엄마 아빠가 집 사주고 차 사주겠지? 못 사줘도 일부라도 보태줄 거 아냐? 마음이 되게 편하겠다…… 야…… 진짜로…… 걱정이 없겠다…… 저렇게 살 수만 있으면…… 되게 든든하겠다…… 저 사람은 내가 이렇게 옹졸하다는 걸 모르겠지? 아마 날 좋아할지도 몰라…… 생각이 여기까지 오면 여유 있는 집안에서 자란 게 부러운 게 아니라 사람을 그 사람의 존재만으로 볼 수 있는 건강한 마음이 부러웠다. 반대로 나는 속으로 이렇게 좀스럽게 굴면서 쉽게 사람을 좋아하지 못했다.

하지만 은상 언니, 지송이와 이야기할 때는 그런 게 없었다. 첫날부터 우리는 우리가 같은 '부류'라는 걸 직감으로 알았고, 그 느낌을 바탕으로 한 호감으로 자주 모여 이야기를 나누면서 완전히 확신할 수 있게 되었다. 우리의 일상은 아무리 탈탈 털어도 부모가 대졸자라거나, 더 나아가 공무원이라거나, 전문직이라거나 즉 경제적인 지원을 받을 수 있는 형편이라는 정보값은 없었다. 대신 여러 가지 이유들로 집안에 빚이 있고, 아직 다 못 갚았으며, 집값이 싸고 인기 없는 동네에 살고, 주거 형태가 월세이고 5평, 6평, 9평 원룸에 살고 있다는 공통 정보가 나왔다. 나는 이 사람들을 마음 놓고 편히 좋아할 수 있었다. 이 둘과 있으면 내 삶이 딱히 별로라는 생각도 잘 들지 않았다. 서로가 자신의 자리에서 이 정도면 성실하게 잘 지내고 있다는 생각만 들었다. 여태까지는 그랬다.

그런데 바로 지금, 난데없이 허공에 뚫린, 기이한 빛을 내뿜으며 일렁이는 터널 앞에서 은상 언니만 자기 발목에 매달린 쇠사슬 같은 걸 눈앞에서 툭 끊어내고 그 속으로 쏙 들어가버린 것이다. 그 입구에 서서 손을 흔들고 있는 것이다. 언니는 이제 다른 세계로 넘어가려 하고 있었다. 나도 할 수만 있다면 들어가고 싶었다. 두 다리에 매달려 있는 무거운 것들을 끊어내고 나도 가볍게 넘어가고 싶었다. 그때 눈앞에…… 깜빡…… 깜빡…… 아늑한 미니 지붕을 가진 베드룸이 깜박이기 시작했다.

은상 언니와 헤어지고 돌아오는 길, 부동산에 전화를 걸었다.

"저번에 봤던 그 집, 공사 끝나면 제가 들어갈게요. 지금 바로 계약금 넣을게요."

은행 앱을 열고 선계약금을 입금했다. 전화를 끊고서는 곧바로 언니가 알려준 '비트GO' 앱을 다운로드했다. 앱이 설치되는 동안은 다시 은행 계좌를 확인했다. 적금은 이미 지난주에 자동으로 만기 해지되어 내 예금통장에 꽂혀 있었다.

이틀을 더 고민 후, 나는 이더리움 300만원어치를 매수했다.

2부

To the Moon

2017년 5월 5일

1ETH이 149,980원이 되었다. '만약 지금이 J의 끝부분이면 어떡하지?'라고 걱정했던 그 지점이 다시 J의 앞코가 되어 올라가고 있었다. 나의 가상화폐 총자산은 300만원에서 하루아침에 400만원이 되었다. 기뻤지만 잠시였다. 왜 300만원만 넣었을까 하는 후회가 몰려왔다. 아직 적금을 깨고 남은 현금이 있었다. 나는 400만원어치를 추가 매수했다.

2017년 5월 19일

1ETH이 164,850원이 되었다. 나의 가상화폐 총자산은

889만원이 되었다.

내가 미쳤지.

이런 후회의 말은 위험한 투자의 쓴맛을 보고 나서 하게 될 줄 알았다. 무언가에 홀려서 돈을 다 잃고 난 끝에 모든 걸 반성하며 하게 될 줄 알았다. 그래서 은상 언니가 강력하게 권했던 대로 '올인'하지 못했다. 현실은 정반대였다. 나는 이제 다른 의미로 그 말을 쓰고 있었다.

내가 미쳤지, 그때 더 샀어야 했는데. 애초에 다 걸었어야 했는데. 전재산을 때려넣었어야 했는데…… 정말 왜 그랬을까? 왜 그렇게 소심했을까?

매일 밤, 잠을 다 설쳤다. 후회를 잠재우는 방법은 한가지뿐이었다. 남은 적금을 비롯해 통장에 있는 모든 현금을 이번 달 생활비만 최소한으로 남기고 죄다 털어서 다시 추가 매수에 들어갔다.

2017년 5월 21일

1ETH이 204,300원이 되었다. 나의 가상화폐 총자산은 1,969만원이 되었다. 이윤이 늘어가면 늘어갈수록 이상하게 조금 기쁘고, 조금 화났다. 과감하지 못했던 내 자신에

게 화가 나고 분했다. 이제 더 넣을 돈도 없는데 진작 더 사지 않은 게 너무도 억울했다. 1ETH이 10만원일 때 내게 3,000만원이 있었으면 지금 6,000만원이 되었고 1억이 있었으면 지금쯤 2억이 되었을 것이라는 식의 의미 없는 가정을 자주 하게 됐다. 지금도 수익을 많이 낸 편이었지만 여태까지 번 돈에 대해서는 잘 생각이 나지 않았다. 돈이 조금만 더 있었어도 더 많이 벌 수 있었겠다는 생각뿐이었다.

2017년 5월 22일

1ETH이 269,400원이 되었다. 나의 가상화폐 총자산은 2,597만원이 되었다. 초조해졌다. 지금이 바로 언니가 말하는 '오르는 기세'인 것 같았다. 분명 더 오를 일만 남았다. 더 오르기 전에 더 사두고 싶었다. 5만원씩 붓고 있던 청약통장을 깼다. 현금이 더 있으면 좋겠다는 생각밖에 들지 않았다.

평소라면 그냥 지나치고 말았을 사내 게시판의 공지마저 눈에 다르게 들어왔다. 회사가 퇴직금 관리하는 증권업체를 바꾸게 되면서 원하는 사람에 한해 퇴직금 중간정산을 해주겠다는 글이 올라온 것이었다. 그날 오후, 은상 언니로부터 연락이 왔다. 목돈을 현금으로 챙길 수 있는 기회이니 가능하면 신청해서 받아두라는 이야기였다. 내가 대답했다.

— 이미 신청했지.

— 잘했네.

퇴직금 중간정산액이 입금되면 그 돈으로 추가 매수를 할 생각이었다.

2017년 5월 23일

1ETH이 246,400원이 되었다. 나의 가상화폐 총자산은 2,558만원이 되었다.

2017년 5월 24일

1ETH이 270,200원이 되었다. 나의 가상화폐 총자산은 2,800만원이 되었다.

2017년 5월 27일

1ETH이 200,400원이 되었다. 나의 가상화폐 총자산은 2,100만원이 되었고, 퇴직금 중간정산액이 입금되었다. 아주 큰 돈은 아니었지만 내게는 큰돈이었다. 나는 그 돈을 몽땅 추가 매수하는 데 썼다.

2017년 6월 1일

1ETH이 304,000원이 되었다. 나의 가상화폐 총자산은 4,970만원이 되었다. 은상 언니의 총자산은…… 3억 9,000만원이 되었다고 했다. 돈을 벌었는데도 돈이 더 필요하다는 생각밖에 들지 않았다. 거래하던 은행에서 마이너스통장을 개설하려고 했지만 이미 대출이 많아서 더는 빚을 낼 수 없는 상황이었다. 나는 저축은행에서 300만원을 대출받았고, 전부 이더리움을 사는 데 썼다.

2017년 6월 2일

그사이에 질곡이 없었던 건 아니었다. 가격이 내려갈 때도 있었다. 그야말로 피가 다 마르는 것만 같았다. 짧게는 이틀, 길게는 열흘 연속 떨어진 적도 있었다. 그때마다 이만큼 벌었으면 된 게 아닐까? 이제 현금화를 해야 할 시점이 아닐까? 이러다가 하루아침에 폭락해서 모든 걸 잃는 게 아닐까? 걱정하며 은상 언니에게 조언을 구했다. 언니는 늘 차분히 답했다.

—작년 말에 한달 내내 폭락했던 적이 있었어. 그런 걸 '떡락'이라고 해. 걷잡을 수가 없었지. 거의 본전까지 내려갔거든. 그때 내가 무슨 생각 했을까? 너랑 똑같은 생각 했어. 정말 예전 주식 때처럼 다 털고 나오려고 했다니까. 매도 버튼 누르기 직전까지 갔었어.

그때 마침 비탈릭의 새로운 레터가 떴고, 그걸 열심히 읽으며 여기가 끝일 리가 없다는 생각으로 버텼다고 했다. 그리고 내게 물었다.

—내가 그때 버티지 않았다면, 다 팔고 나와버렸다면, 지금 어떻게 됐을까?

답은 하나였다. 땅을 치고 후회하고 있었겠지.

—버텨. '존버'만이 살길이야.

결과적으로 은상 언니 말이 맞았다. 불안해도 마음 졸이며 버티면 며칠이 지나지 않아 또 금세 올랐다. 변화무쌍했다. 조금만 참고 견디면 마음을 졸였던 바로 그 지점에서부터 다시 시작하는 J커브를 그렸다. 최고가에서 다시 최고가를 갱신했다. 한동안 초록색 그래프만이 연속으로 이어졌다. 우리는 초록색 막대가 그래프의 y축을 확장시키며 전에 없던 높이로 쭉쭉 올라갈 때마다 그래프 화면을 캡처해서 B03 채팅방에 공유했다. 아침에 눈뜨자마자 휴대폰부터 확인했고 출근해서 컴퓨터를 켜자마자 메신저부터 접속했다. 내가 먼저 보낼 때도 있었고, 은상 언니가 먼저 보낼 때도 있었다. 주체할 수 없는 환희에 휩싸인 채로, 우리는 매일 외쳤다.

—가자!

—가즈아!

—100만원 가즈아!

1ETH이 40만원이 넘어가면서, 나는 언니를 장군님이라고 부르기 시작했다.

—강장군님! 장군님만 믿습니다!

—10억 가즈아!

—장군!

지송이는 늘 조용했다. 대꾸도 해주지 않았다. 한동안

아무 말도 않고 있던 지송이가 어느날 더는 못 참겠다면서 말문을 열었다.

—그거, 대체 언제까지 할 거야? 그만 좀 하면 안 될까?

그리고 이런 메시지를 보냈다.

—[공지사항] B03방 금칙어 목록: 코인, 이더리움, 장군, 장군님, 가자, 가즈아, 존버/ 비트GO 캡처 화면 공유도 금지

그걸 채팅방 상단에 고정하고 난 뒤에 다시 이어서 말했다.

—마지막으로 경고. 앞으로 이 중에 하나라도 발견되면 난 이 방 나간다.

내가 은상 언니를 다시 불렀다.

—제너럴 강! 믿습니다.

—우리 어디까지 간다고?

—달까지! 투 더 문!

지송이가 본격적으로 화를 내기 시작했다.

—다들 미친 거 아니야? 정말 이럴 거야?

—쏘리야, 그러지 말고 너도 조인해!

은상 언니의 말에 지송이가 채팅방을 나가버렸다. 당황한 내가 곧바로 지송이를 다시 초대했다. 은상 언니가 하지 않을 것 같아서 내가 먼저 사과하고, 달래고, 약속했다.

—알았어, 미안해. 네 앞에서 이제 코인 얘기…… 안 할게.

지송이는 그동안 참아둔 말이 많았다면서 나와 은상 언니에게 연속으로 쏘아붙였다. 언니들이 얼마를 벌었느니 마느니 하면서 호들갑 떨어대는 모습이 제삼자의 입장에서 바라보면 대단히 우습다고 했다.

—그래서, 지금 그 돈 어디 있는데? 가.상.지.갑?

음절 사이사이에 친절히 점까지 찍어가며 비아냥거렸다. 그냥 휴대폰에 찍혀 있는 숫자일 뿐인데, 그 숫자가 실제로 현금이 된 것도 아닌데, 하루아침에 휴지 조각이 되어도 이상할 것 없는 걸 매일같이 들여다보면서 그 돈이 진짜 자기 손안에 들어와 있다고 믿는 게 어리석어 보인다고 했다. 처음에는 언니들이 장난삼아 그러는 줄 알았다고. 그런데 이게 몇주째 매일 반복되는 걸 지켜보자니 결코 장난이 아니더라고. 언니들은 진심으로 가상지갑이 진짜 자기 지갑이나 마찬가지라고 믿고 있는 것 같아서 이제 더는 웃기지도 않고 걱정이 된다고 했다. 언니들이 '가상'으로 얼마를 굴렸건 벌었건, 가상지갑에 얼마가 있건 말건, 여하간에 자기는 관심이 전혀 없고 앞으로도 알고 싶지 않으니 자기 앞에서는 이제 그런 유의 이야기를 그만했으면 좋겠다고 했다.

그리고 무엇보다, 우리 둘의 이야기를 듣다보면 묘하게 박탈감이 느껴져서 불쾌하다고 했다. 말도 안 되는 큰돈을 벌고 있다는 이야기를 매일같이 가까이서 듣다보니 자신은 그냥 평소와 똑같은 일상을 살고 있었을 뿐인데 갑자기 뭔가를 크게 잃은 기분이 든다는 거였다. 가상화폐에 관심 없는 내가 바보인가? 가만히 있는 사이에 손해를 보고 있나? 하는 생각이 자기도 모르게 스쳐지나간다고 했다.

—나도 모르게 그런 생각을 하는 내 자신이 싫어져. 언짢고, 거슬려. 내가 왜 언니들 때문에 이런 불편한 감정을 느껴야 하는데?

—지송아, 너 아까 우리가 얼마 버는지 관심 없다 그랬지?

은상 언니가 물었다. 지송이는 대답을 하지 않았다. 언니가 이어 말했다.

—나도 네가 그런 줄 알았어. 그런데 지금 네 말 듣고 나니까…… 너 안 그래 보여. 그런 느낌, 그러니까 박탈감 같은 게 든다는 건…… 관심이 있다는 거야. 너도 우리처럼 돈 벌고 싶은 거야. 부정하지 마. 그리고 네가 뭔가 잘못 알고 있는 것 같은데 가상지갑에 있는 건 당장이라도 현금화할 수 있는 돈이야. 더 벌려고, 더 불리려고 안 하고

있을 뿐인 거지…… 이 돈, 진짜 우리 돈 맞아.

언니가 웹사이트 링크와 함께 메시지를 다시 보냈다.

—너도 우리랑 같이하면 되잖아. 안 늦었어. 이 링크를 한번 들어가봐. 비탈릭이 엊그저께 올린 글이 있는데……

—아, 싫어! 나는 싫다고! 난 그런 거 안 한다고 몇번 말해.

지송이가 몇년 전 이야기를 꺼냈다. 예전에 언니들 주식한다고 난리 칠 때 기억 안 나느냐고, 그때도 맨날 사고 팔고 넣고 빼고 하더니 무슨 푼돈이나 벌었느냐고, 잃지나 않으면 다행이지 않느냐고. 자기는 매일 그런 거 들여다보면서 스트레스받기도 싫고, 언니들처럼 그럴 여유도 없다고. 그러더니 뜬금없이 일침을 놓았다.

—벌써 10시야. 일들 안 해? 난 할 일 많으니까 말 시키지 마.

그후로 서로 아무 메시지가 오가지 않았다. 한참 뒤에 지송이가 한마디를 덧붙였다.

—언니들 솔직히…… 너무 위험해 보여.

나는 오른쪽 귀퉁이의 × 버튼을 눌러 B03 채팅창을 닫았다. 모처럼 업무에 집중하려고 하는데 다시 모니터 하단의 상태표시줄이 번쩍거렸다. 은상 언니였다. B03 그룹 채팅방이 아니라 우리 둘만 있는 개인 채팅방이었다.

—우리 이제 여기서 얘기할까?

그후에도 우리, 그러니까 은상 언니와 나는 달라지지 않았다. 시시각각으로 그래프 캡처 화면을 공유했고, 장군! 가자! 가즈아!를 외쳤다. 언니가 우리 둘만 있는 채팅방의 이름을 'To the Moon'으로 바꿨다. 자신이 매수한 가상화폐의 가격 폭등을 바라는 전세계 투자자들의 은어였다. 우리는 달까지 가기로, 그때까지 버티기로 약속했다.

내 일상은 그래프 위주로 돌아갔다.

빨갛고 파란 막대의 꼭짓점을 이은 오렌지색 선. 그 가느다란 선 위에 내 전재산이, 열여덟살 때부터 다종다양한 아르바이트를 하면서 10년 동안 조금씩 모아온 내 자산 전부가 들어 있었다. 그 선 위에 그간의 내 삶이, 내 인생의 명운이 오롯이 걸려 있었다.

두달 사이, 그래프는 하루에도 몇번씩 요동쳤고 내 정신도 그에 따라 널을 뛰었다. 1ETH의 가격이 위로는 48만원까지도 찍었고, 아래로는 13만원까지도 찍어봤다. 그때마다 내 전재산은 9,000만원이 되었다가 2,000만원이 되었다가 했다.

단 한번도 만져본 적 없는 액수의 큰돈이 눈앞에서 왔다 갔다 했다. 정말이지 혼이 통째로 뒤흔들리는 것 같은 나날들이었다.

나는 하루의 대부분을 '48만원 찍었을 때 팔았어야 했는데……'라는 후회를 하면서 보냈다. 다른 일, 다른 행동, 다른 생각을 하고 있을 때에도 머릿속에는 그 후회 구문이 배경처럼 은연히 깔린 채였다. 물론 그 당시는 50만원이 될 때까지 버텨보자는 생각이었지만…… 이것 봐, 나는 또 그 생각을 하고 있다! 정말이지 이상했다. 따지고 보면 나는 본전에서 잃은 것이 하나도 없었는데 누가 내 7,000만원을 냅다 빼앗아간 기분이었다. 알 수 없는 곳을 향한 분노가 곧잘 일었고, 나 자신이 자주 안쓰러워졌다.

다행히도 이번 주의 그래프는 다시 상승세를 보이고 있었다. 오늘 가격은 30만원 언저리에서 오르락내리락하는 중이었었다. 나는 그래프 위의 마이너스 버튼을 연속으로 클릭했다. 그에 따라 화면이 빠른 속도로 축소되었다. 마치 누군가의 위태로운 심박수처럼 아래위로 들쑥날쑥 요동치던 선들이 순식간에 줄어들면서 큰 산을 그렸다. 작은 굴곡은 보이지 않고 오르내림의 반복으로 이루어진 거대한 우상향 곡선만이 눈에 들어왔다.

이제 분명해졌다.

그래프는 명백하게 한 구간 점프해 있었다. 아무리 바

닥을 찍어도 내가 처음 진입했던 때의 가격인 10만원대 이하로는 낮아지기 쉽지 않을 것이라는 확신이 들었다.

한마디로, 이미 기세가 올라 있었다.

아마 그때부터였을 것이다. 기획서를 쓰다가도, 보고 문서를 만들다가도, 고객사에 공손하고 비굴한 메일을 보내다가도, 하루에도 몇번씩 '퇴사'라는 보송보송한 재질의 설레는 단어가 내 마음을 간지럽히며 스멀스멀 기어다니기 시작한 것이.

지긋지긋했다. 아직 대리도 못 단 주제에 이런 말 하는 게 웃긴다는 건 알지만, 벌써 신물이 났다. 보수적인 조직, 멍청한 리더, 짜디짠 박봉, 밀어주고 끌어주는 인맥의 부재, 배움 없이 발전 없이 개인기로 그때그때 업무 쳐내기, 별다른 혁신도 자극도 없이 평생 이 상태로 근근이 유지만 할 것 같은 정체된 업계…… 여기에서는 도무지 미래가 보이지 않았다.

작업 중이던 주간보고용 엑셀 시트를 닫았다. 그리고 새 문서를 펼쳤다. 나는 빈 문서에 이더리움의 현재 가치에 따라 내가 투자한 금액 대비 몇배를 벌게 되는 것이며 원화로는 얼마의 가치를 지니게 되는지를 한번에 알 수 있게끔 수식을 만들어 걸었다. 동시에 큰 그림을 그려봤다. '1ETH이 50만원을 찍으면 그땐 꼭 다 팔고 나오자'라는 계획을 세웠지만 뒤이어 '만약 그렇게 된다고 해도 과연 퇴사할 수 있을까?'라는 의문이 따라왔다. 50만원 찍을 때 다 팔고 나오면 대략 1억인데 1억 가지고 퇴사하면 뭘 하지? 투룸 정도로 이사는 갈 수 있으려나? 부엌과 거실이 분리되고, 침실이 따로 있는…… 아, 얼마나 좋을까! 그러면 거실에 미니 소파가 아니라 번듯한 소파와 텔레비전도 놓을 수 있을 것이다.

그런데, 그 돈 깔고 앉으면 난 뭘 해 먹고살지?

거기서부터 막혔다. 아무래도 목표를 더 높게 책정해야 할 것 같았다. 100만원을 찍으면 될까? 그렇게 되면 내 자산이 총 얼마가 되는 거지? 그런데……

그런 날이 정말 오긴 오는 걸까?

내가 이렇게 물으면 은상 언니는 이상할 정도로 강하게 확신했다.

—그런 날, 온다.

—정말?

—온다니까. 존버하면 온다니까.

언니로부터 이미지 파일이 하나 도착했다. 스티븐 스필버그의 영화 「E.T.」 포스터의 보름달 위에 자전거 대신 스포츠카를 합성한 그림이었다. 그 아래에는 한글과 영어로 이렇게 적혀 있었다.

프리우스를 람보르기니로 바꾸는 법

1. 프리우스를 판다.

2. 이더리움을 산다.

3. 버틴다.

4. 이더리움을 판다.

5. 람보르기니를 산다.

감청색 하늘에 뜬 커다랗고 환하게 빛나는 둥근 달. 그 너머로 To the Moon이라는 글씨가 필기체로 적혀 있었다. 나는 그 이미지 파일을 다운로드해 언니와 나의 채팅방 배경화면으로 깔아두었다. 이제는 일을 좀 해보려고 작업 중이던 엑셀 시트를 열었고…… 그러자…… 또다시…… 지겹다는 생각이 들었다. 지겹다는 생각이 지겨울 지경이었다. 날이 갈수록 일할 의욕이 점점 없어졌다. Ctrl+W와 Ctrl+Shift+T는 업무시간 내내 반복되었다. 원래도 열정을 다 바쳐서 일하는 타입은 아니었지만, 특히 지난 두달간은 하루에도 수백번씩 오르내리는 그래프를 들여다보느라 업무는 더 뒷전이었다. 아마도 그래서였을 것이다. 평소 같았으면 결코 손 들지 않았을 일에 손을 들게 된 이유가.

연월도사

2017년 7월 18일

모처럼 팀 사람들이 한명도 빠지지 않고 모여 회사 근처 돈가스집에서 점심을 먹던 날이었다. 팀장이 뜬금없이 점 이야기를 꺼냈다.

"혹시 이번 주에 회사 근처에서 점 볼 사람 있나?"

"웬 점이요?"

"연월도사라고 용하신 도사님이 계신데 출장도 오셔. 요즘 팀별로 많이들 하더라고. 직접 가서 보면 인당 6만원인데 출장 부르면 3만원이거든. 대신 최소 세명 이상 모아야 해. 같이할 사람 있나?"

출장 사주에 대해서라면 나도 들어본 적이 있다. 언젠가 커피빈의 1호 칸에서 수상한 광경을 봤을 때였다. 나이가 지긋하신 아주머니 한분이 끊임없이 노트에 뭔가를 적고 있었다. 여기까지는 딱히 별스럽게 여기지 않았는데 맞은편에 앉은 사람이 15분 단위로 계속 바뀌는 것이 좀 이상했다. 한명이 앉아 있다가 나가면 또 새로운 사람이 와서 같은 자리에 앉았다. 아주머니는 그대로였는데 대화 상대가 계속 바뀌었다. 그들의 공통점은 목에 사원증을 걸고 있다는 것밖에 없었다. 성별도, 연령대도, 목에 건 사원증의 색깔도 그때그때 달랐다.

그게 이른바 '출장 사주'라는 걸 알려준 건 은상 언니였다. 언니는 '점쟁이'라고 표현했는데 출장 점쟁이들은 주로 직장인들이 많은 지역을 중심으로 활동한다고 했다. 우리 회사뿐 아니라 다양한 업무 밀집 지구에서 성행 중이라는 거였다. 상암 쪽에는 방송국 사람들에게 유명한 도사가 있고 여의도에는 금융 쪽에서 이름난 도사가, 또 IT 회사가 몰려 있는 판교에서는 그쪽에서 활동하는 도사들이 있다고 했다. 결혼은 언제 할 수 있을지, 이번에 승진이 가능할지 같은 평범하고 일반적인 질문은 물론 다음 분기에 야심차게 선보일 신제품의 이름을 '달달 파이'로 할지 '반달 파이'로 할지, 피 튀기는 사내 정치를 벌이고 있는 A이사 라인과 B이사 라인 중에 어느 쪽이 더 가망 있을지, 이 회사에 비전이란 게 있는지, 계속 다녀도 되는지 어떤지, 이직을 한다면 언제 하면 좋을지, 퇴사하고

개인 사업을 해도 될지 등등 직장인이라면 누구나 마음속에 품고 있을 법한 질문들을 받아주고 명쾌하게 풀어준다는 거였다. 필요한 것만 짧게 물어볼 수 있는데다가 직장 근처에서 보니 시간을 따로 낼 필요도 없는 게 장점이었다. 기본적으로 사주 베이스인데 타로도 같이 보는 게 요즘 대세라고도 했다. 사주로는 현상 분석을, 타로로는 솔루션을 제시해주는데 용한 사람은 꽤 용하다고. 한번 결정적인 무언가를 맞추면 그때부터 금세 입소문이 나서 그 업계를 꽉 주름잡게 되는 식이라고 했다.

"웬만한 점집은 워크인으로 가면 최소 5만원 넘거든. 그런데 저렇게 출장으로 보면 2~3만원에 봐주는 거야."

"그 사람이 여기까지 와주는 건데 어떻게 더 쌀 수가 있지?"

은상 언니가 엄지와 검지를 붙여 동그란 모양을 만들었다.

"저 사람들도 이게 되니까 하지 않겠냐?"

그리고 덧붙였다.

"박리다매지, 뭐."

거의 똑같은 이야기가 이번에는 팀장의 입에서 흘러나오고 있었다. 하필 내 바로 맞은편에 앉은 팀장이 돈가스를 다 삼키지도 않은 채로, 그러니까 입안의 짓이겨진 음식물을 내게 훤히 보이면서 떠들었다.

“기본적으로 사주 베이스인데 타로도 같이 봐주시는 분이라네. 같이 볼 사람 있나?”

놀랍게도 대부분이 손을 들었다. 다들 의외였다. 내가 알기로 독실한 크리스천인 박대리까지 합류하겠다고 했을 땐 정말 놀랐다. 점 같은 걸 본 적도, 믿어본 적도 없는 나 역시 이런 일에 손을 들게 될 줄은 몰랐지만…… 다들 겉으로는 멀쩡해 보여도 알게 모르게 고민이 많구나,라는 생각이 들었고…… 다들 뭘 물어보고 싶은 걸까? 그런 게 궁금해졌고…… 나는 뭘 물어야 하지?라는 생각으로 이어졌다. 뭔가 답답하긴 한데 대체 어떻게 설명해야 할지 감이 잡히지 않았다. 한푼 두푼 모은 전재산을 가상화폐에 걸어두고 퇴사를 꿈꾸며 점쟁이에게 미래를 물어보려는 내 인생…… 대체 실체가 있는 게 하나도 없잖아? 스스로가 너무 황당해서 쓴웃음이 났다. 이렇게 살아도 되는 걸까? 돈가스 소스인지 샐러드 소스인지 모를 찐득한 액체가 얇게 눌어붙어 지저분하게 끈적이는 테이블 아래에서 휴대폰 잠금을 풀었다. 비트GO 앱이 열려 있었다. 그래프를 슬쩍 들여다봤다. 오전까지만 해도 30만원대였던 그래프가 다시 20만원대로 내려가 있었다. 불안감에 가슴이 옥죄어왔다. 속이 메슥거렸고, 무언가 역류하는 것 같았다. 나는 처음으로 치즈돈가스를 조금 남겼다.

점심시간에 맞춰 연월도사의 사주 서비스를 예약해 둔 날, 가겠다던 사람들이 줄줄이 약속을 취소했다. 갑작스러운 노로바이러스 장염에 걸려서, 급한 고객사 미팅이 잡히는 바람에, 아무래도 종교적 신념 때문에 다들 못 갈 것 같다고 했다. 남은 건 우리 팀장과 늦은 결혼을 앞둔 윤과장, 그리고 나뿐이었다. 어딘가 찝찝했다. 나는 이 조합으로, 심지어 홍일점인 상태로 회사 밖에서 무언가를 하고 싶지는 않았지만 내가 빠지면 최소 인원 세명에 단가 3만원이 맞춰지지 않기 때문에 나머지 두 사람에게 피해를 주는 셈이 되었고, 어쩔 수 없이 가야만 했다. 이제 와서 돌이켜보면 이런 생각이 든다. 역시 어딘가 싸한 건 안 하는 게 옳다.

11시 50분, 내가 팀장 쪽으로 가서 물었다.

"저는 이따가 몇시쯤 어디로 가면 될까요?"

팀장이 모니터에서 시선을 거두지 않은 채로 대답했다.

"우리 12시 땡, 하면 같이 일어날 거야."

"같이요?"

"응, 다 같이. 설마 따로 가려고 했어?"

"저…… 보통은 시간 정해두고 한명씩 간다던데요?"

"우리 세명밖에 안 되는데 뭐 하러 그래. 나 혼자 가면 심심하단 말이야."

뒤이어 목소리를 조금 낮추고 속삭이듯 말을 이었다.

"사실 이 도사님이 신기도 조금 있으시다네. 혼자 가면 기에 눌릴 수 있으니 같이 가자고. 조금 무섭다고."

그때까지만 해도 나는 '다 같이'의 의미를 제대로 이해하지 못했다. 셋이 함께 까페에 가되 한명씩 도사를 대면한다고 생각했다. 그래서 더는 물어보지 않았다. 내 상식으로는 당연히 그래야 했기 때문이다. 하지만 내가 간과한 것이 있었다. 의외로 상식적인 사람은 굉장히 드물다는 것을. 내 상식의 스탠더드가 너무 높을지도 모른다는 것을.

불행히도 팀장의 '다 같이'는 그런 뜻이 아니었다. 한 테이블에 모두가 모여 정말로 '다 같이' 점을 보자는 말이었다. 서로의 점괘를 함께 듣자는 말이었다. 점쟁이에게나 물어볼 각자의 내밀한 고민을 회사 사람 앞에서 털어놓으라는 말이었다. 난감했다. 이런 일이 벌어질 줄 알았으면 처음부터 같이 할인받아 점을 보겠다는 생각조차 안 했을 것이다. 그냥 제 돈 내고 따로 가고 말지. 아니면 은상 언니, 지송이랑 보거나.

나는 결코 알고 싶지 않았던 윤과장의 결혼 준비 과정

과 파혼 위기, 두 집안의 갈등 같은 것들을 들으면서 정말이지 울고 싶은 기분이 되었다. 그리고 바로 지금 나만큼이나 울고 싶은 사람은 윤과장일 거라고 생각했다. 세상에 어느 누가 같은 팀의 후배와 팀장 앞에서 그리 자랑스럽지도 않은 사생활을 까발리고 싶을까. 그래도 윤과장은 시간과 비용을 들인 본전을 찾고 싶은 모양인지 진짜로 궁금한 것을 물어보고, 고민을 털어놓고, 살짝 울먹이기까지 하고, 연월도사의 지시에 따라 타로를 신중히 뽑고, 솔루션을 열심히 받아 적었다.

다음은 내 차례였다.

연월도사가 노트를 새 페이지로 넘기면서 내 두 눈을 똑바로 바라봤다. 쪽찐머리. 어딘가 섬뜩할 정도로 똑바르고 새하얀 가운데 가르마에 그와 대비되는 시커먼 눈썹 문신. 번뜩이는 안광. 인상이 너무 강렬해서 눈만 마주쳤는데도 벌써 주눅이 들었다.

“생년월일시?”

쭈뼛쭈뼛 숫자를 부르자 도사가 검은색 플러스펜으로 그걸 무지 노트에 받아 적기 시작했다. 동시에 왼쪽 손가락을 접었다 폈다 하며 무언가를 계산하더니 그 아래로 몇개의 한자를 빠르게 적어내려갔다. 뒤이어 새하얀 셔츠 주머니에 꽂아둔 빨간색 플러스펜을 꺼내더니 알 수 없는 포인트에서 사각사각 소리를 내며 체크 표시를 했다.

“우리 아가씨는 머리가 잘 돌아간다, 그치? 근데 머리 좋은 거에 비해 대학은 잘 못 갔네?”

뜨끔했다. 대체 이 사람 뭐지? 처음부터 뒷덜미를 잡혀 강제로 무릎이 꿇린 채 시작하는 기분이었다. 놀란 티를 내지 않으려 일부러 아무 반응도 하지 않았다.

“수능시험 보던 해에, 몸이 아팠지?”

큰 병을 앓은 건 아니지만 시험 당일에 몸살 기운이 덮치는 바람에 컨디션이 최악이긴 했다. 열이 펄펄 끓는 상태로 고사장에 갔으니까. 나는 그제야 고개를 천천히 끄덕였다.

“그럴 줄 알았어. 그해 기운이 안 좋아서 그랬던 거거든. 자, 지금부터 잘 들어보세요. 아가씨는 불이야. 이것 봐. 사주에 불덩어리가 두개나 있지? 화가 많다는 뜻이야. 근데 아가씨가 수능 보던 해를 봐봐. 자, 이건 마치 큰 강이 흐르는 거랑 비슷한 형세거든. 불덩어리가 강으로 뛰어드니 어떻게 됐겠어?”

기세가 대단했다. 눈동자에 흔들림이 없었고 눈을 깜빡이지조차 않는 것 같았다. 이분, 사람이 맞긴 한 걸까? 하는 의심이 들 정도였다. 미동 하나 없는 도사의 눈을 보면 내가 괜히 눈을 깜빡거리고 싶어졌고 그러다 이내 눈길을 노트 쪽으로 피하게 되었다. 질문을 쏟아내는 와중에도 도사는 노트에 알아볼 수 없는 글자를 계속해서 적어내려 갔다. 플러스펜이 종이에 닿는 소리, 그 뱀 지나다니는 것 같은 으스스한 소리를 끊임없이 일으키면서 무언가 다그치듯 말했다. 나는 사각거리는 소리와 함께 그녀가 뿜어내는 강한 기운에 압도되었다. 꼼짝할 새 없이 휩쓸렸다. 내가 머뭇거리며 대답했다.

"……꺼지겠죠?"

"그렇지, 흐름을 잘못 만나서 기회가 꺼져버렸지. 자, 그러니까 무슨 말이냐. 한마디로 이건 아가씨 잘못이 아니다, 이거예요. 내가 아무리 열심히 했어도 이런 큰 강을 만나면 불은 꺼질 수밖에 없어. 대신 다음 해는 흐름이 좋았어. 아마 재수를 했으면 자기 생각보다도 더 좋은 대학 갈 수 있었을 거야. 욕심을 좀 세게 냈으면 이 정도는 갔을 거야."

그 말을 하면서 도사는 노트에 'E'라는 대문자 알파벳을 적고 그 아래 밑줄을 쫙쫙 두번 쳤다.

"근데 또 재수할 성격은 아니다, 그치? 마음 독하게 먹고 상황을 바꿔보려고 하고 그럴 인간은 못되네. 그냥 가면 가는 대로…… 오면 오는 대로…… 살다보니 막 흘러와 있지? 자기 인생에 이러쿵저러쿵 불만이 없는 건 아닌데 물줄기를 확 틀기는 또 삶 자체가 너무 고단하고, 그럴 힘도 없고, 흐르듯이 사는 게 속은 또 편하다, 그치?"

발바닥에서부터 소름이 돋기 시작했다. 나도 정확히 몰랐던 내 인생에 대한 나의 전반적인 태도를 이렇게 구체적인 언어로 확실하게 표현해준 사람은 처음이었다. 그때 팀장이 끼어들었다.

"회사 운도 좀 봐주세요, 도사님. 저희 팀 주축 일꾼이거든요."

팀장이 날 띄워주는 척하면서 말했다.

"어디 보자, 회사! 으응."

연월도사가 다시 노트를 들여다봤다. 내 생년월일시 밑으로 적힌 한자 뭉텅이 위로 동글동글 빨간색 원을 겹쳐 그리면서 대뜸 말했다.

"이 아가씨는 일을 열심히 안 한다는데?"

"네?"

"가진 능력의 70%만 쓰면서 일하네. 머리가 워낙 빨리 돌아가는 스타일이어서. 근데 70%만 하면서 100% 하는 척하고, 되게 열심히 하는 척하고 그러네?"

어떻게 알았지? 심장이 쿵쾅거리기 시작했다. 미치겠다, 정말. 나는 내 옆통수에 꽂히는 팀장의 시선을 예리하게 느끼면서 언성을 높였다.

"지금 무슨 말씀을 하시는 거예요, 도사님!"

"응?"

"저 그런 사람 아니거든요?"

"아니, 왜 화를 내지? 나는 그냥 보이는 대로만 이야기할 뿐이야. 여기 다 나오는데? 이렇게 다 나와. 열심히는 안 한다고. 꾀쟁이라고. 나쁜 건 아니야. 머리도 빠르고 손도 빨라서 일을 살살 해도 결과물은 잘 나오는 편이라네. 근데 열심히 하면 더 할 수 있는 여력이 있다네. 그치? 맞아? 아니야?"

미치겠다. 점점 더 맞는 말만 해서 갈수록 섬뜩해졌다. 애써 팀장의 눈길을 피해보려 했지만 눈이 관자놀이에 달리기라도 한 것처럼 그의 날 선 시선이 다 느껴졌다. 괜히 왔다. 오지 말았어야 했다. 이러려고 온 게 아니었다. 내가 당황하고 있는 사이 도사가 타로 뭉치를 한데 잡아 그 끝을 테이블 위에 탁탁 부딪쳐 정리하더니 미리 깔아둔 감색 모포 위에 반원형으로 쫙 둘러서 펼쳤다.

"카드 세장 뽑아볼까? 내가 담당하는 업무 생각하면서."

아니야, 이건 아니야. 이것마저 뽑으면 진짜 큰일 날 것 같다는 생각밖에 들지 않았다.

"아, 됐어요. 저는 이제 됐어요."

나는 황급히 지갑에서 만원짜리 세장을 꺼내 도사의

손에 쥐여주었다. 돈을 받자마자 도사는 망설이지 않고 그걸 에나멜 재질의 빨간색 장지갑에 야무지게 챙겨 넣었다. 그리고 자기 증명사진이 박혀 있는 명함을 한장 꺼내 검지와 중지 사이에 끼워 비스듬히 내밀면서 말했다.

"AS도 해주니까 나중에 카톡해요."

그러고는 '다음 사람은 자넨가?' 하는 눈빛으로 팀장을 바라봤다. 나는 당장이라도 자리를 박차고 나가고 싶었지만 이내 마음을 바꿨다. 나만 당할 순 없었다. 팀장의 점괘도 같이 들어야겠다고, 그래야 속이 시원해질 것 같다고, 억울해서 나도 다 듣고 가야겠다고 다짐했다. 윤과장도 나랑 비슷한 생각이었는지 팀장의 입을 주시하고 있었다. 팀장이 나와 윤과장을 둘러보며 단호한 표정으로 말했다.

"자기들은 이제 가. 나는 개인적으로 물어보고 싶은 게 좀 있어서."

기가 찼다. 야, 너만 개인이니? 나도 개인이야! 정말 보통 놈이 아니었다. 허를 찌르는 새끼, 여우 같은 새끼, 간교한 새끼. 윤과장과 내가 난감한 눈빛을 교환하며 주섬주섬 짐을 챙겨 일어났다. 윤과장이 먼저 유리문을 열고 나갔고 내가 그 뒤를 이어 나서려는 찰나, 팀장의 날카로운 목소리가 들려왔다.

"정다해!"

내가 깜짝 놀라 뒤돌았다.

"네?"

"내가 너 곧잘 하는 거 알아. 아는데,"

그가 이어 말했다.

"더 잘할 수 있는 것도, 난 알아."

"……"

"더 열심히 해라, 응?"

"……네."

까페 문을 열고 나서자 숨 막힐 정도로 더운 공기가 훅 끼쳐왔다. 윤과장 역시 기분이 상했는지 담배 한대 피우고 가겠다며 나를 먼저 보냈다. 점심을 건너뛰는 바람에 허기진 배를 붙들고 사무실 쪽으로 천천히 걷기 시작했다. 한여름 정오의 햇볕은 지나치게 뜨거웠다. 정수리 부분이 따가울 정도로 달아올라 손바닥을 머리 위에 얹은 채 걸어야 했고, 이내 손등이 뜨거워졌지만 그건 조금 참기로 했다.

내가 잘못한 건 없었다. 그런데도 이상하게 얼굴이 화끈거렸다. 내가 열심히 하지 않은 것을, 막내 주제에 열정을 쏟아가며 일하지 않는 태도를 들켜서 그런 것이라고 생각했지만 조금 더 걷다보니 꼭 그것 때문만은 아닌 것 같았다.

나는 여태껏 팀장은 실무자들이 정리해주지 않으면 아무것도 모르는 허수아비라고 생각해왔다. 들어오기 쉬울 때 입사해서 운 좋게 그 자리에 있을 뿐이라고. 멍청하다고. 멍청하고 게으르다고. 그런 그를 내가 훤히 들여다보고 있다고 생각했다.

어느 순간, 그게 아닐지도 모른다는 생각이 들었다. 내가 팀장을 훤히 들여다보고 있다고 생각하는 것까지 팀장은 훤히 들여다보고 있는 게 아닐까? 그래서 잘 모르는 척하면서 온갖 책임과 실무를 아랫사람들한테 떠넘기고 있는 게 아닐까? 그래서 정작 자신은 아무것도 안 하면서 회사를 편하게 다니고 있는 게 아닐까? 꾀쟁이는 내가 아니라 팀장인 게 아닐까? 정말 그런 걸까?

걷다보니 허기가 졌다. 점심시간은 13분밖에 남지 않았다. 연월도사랑 이야기하느라 팀장이 조금 늦게 들어올 것 같긴 했지만 오늘 점괘도 있고, 너무 늦으면 또 밉보일 것 같았다. 콩나물국밥을 10분 만에 후루룩 먹고 올까, 빨리 먹고 뛰면 12시 전에 도착할 수 있지 않을까? 하는 생각을 하던 그때, 핫도그 가게 앞에서 발걸음이 멈췄다. 핫도그도 여러개 먹으면 한끼가 된다. 오히려 국밥보다 나을 수도 있다. 세개를 시켜서 두개는 여기 앉아서 후딱 먹고 하나는 걸어가면서 먹는 거야. 그런 생각을 하니 갑자기 기분이 조금 나아졌다. 나는 핫도그 가게 유리문을 열고 들어가면서 빠르게 외쳤다.

"감자핫도그랑 체다치즈핫도그랑 고구마치즈핫도그 하나씩 주세요."

이제, 내가 너무나 듣고 싶었던 그 말이 들려올 차례였다.

"셋 다 설탕에 굴려드릴까요?"

나는 고개를 크게 끄덕였다.

"네. 설탕 많이 많이요."

신제품의 맛

2017년 7월 31일

언젠가는 이직해볼 요량으로 취업 포털 사이트에 가입한 적이 있다. 다른 사람들의 후기를 보려면 재직 중인 회사의 후기를 먼저 작성해야 하는 시스템이었다. 기브 앤드 테이크. 공짜 점심은 없다. 정보를 얻으려면 정보를 제공해야 했다.

나는 '우리 회사의 장점'이라는 항목을 빈칸으로 남겨두고 한참을 머뭇거렸다. 단점은 서식란을 꽉 채울 정도로 한 바닥 써놨기 때문에 양심상 장점도 한두개는 써야 할 것 같았다. 아…… 너무 어렵다. 난제다, 난제…… 가만있어보자…… 아…… 왜 이렇게 생각이 안 날까? 그래도 하나쯤은 있을 텐데…… 그래! 나는 겨우 하나를 생각해냈다.

과자 무료 제공

다음 단계로 넘어가는 버튼을 눌렀더니 '장점은 최소 10자 이상 입력해주세요'라는 알림창이 떴다. 나는 한 단어를 더 추가했다.

과자 무료 제공(무제한)

과자 하나는 원 없이 먹을 수 있다는 것. 마론제과의 최대 장점이었다. 팀마다 비치된 원형 테이블 위, 각자의 책상 아래, 캐비닛 안과 밖에, 사무실 가장자리 벽을 따라, 사람들이 지나다니는 통로에…… 어디든 과자 박스가 쌓여 있었고 과장 없이 문자 그대로 과자가 발에 차일 정도였다.

함께 야근하던 사람들이 하나둘 마무리를 내게 떠넘기고 집에 간 지 15분쯤 지났을 때, 입에 무언가를 넣고 싶다는 생각이 들었다. 저녁을 많이 먹어두었기 때문에 배가 고프거나 한 건 아니었지만…… 그래, 바로 이것이 어제 인터넷 뉴스에서 본 스트레스성 가짜 배고픔이었다. 알면서도 뭐라도 입에 넣어볼까 싶어 주변을 둘러봤는데 이미 낮에 하도 먹어서 물려버린 과자들뿐이었다. 마론 과자들. 맛있지만, 이미 아는 맛. 그 순간 견딜 수 없이 집에 가고 싶어졌다. 이사한 지 이제 두달 남짓 된 우리 집에는 나만의 작고 아늑한 베드룸이 있었다. 에어컨을 제습 모드로 켜둔 다음, 새로 산 리넨 재질의 여름 커버를 씌운 이불을 덮고 폭신하고 아늑하게 누워 있고 싶었다. 모니터에 띄워진 프레젠테이션 문서의 제목을 들여다봤다. 여름 휴가철 전국 주요 해수욕장 편의점 프로모션 기획안. 매년 이맘때면 빙과팀이 대대적으로 진행하는 바캉스 프로모션 행사에 우리 팀이 슬쩍 숟가락을 얹는 기획이었다. 이건 어차피 빙과팀이 메인인데…… 정작 난 아직 휴가도 못 갔는데…… 이 숟가락 전략 프로모션은 2년 전 내가 낸 아이디어였고, 이걸로 매출 상승에 조금이나마 기여했지만 정작 평가 땐 '무난' 소리를 들었는데…… 내가 이걸 이렇게까지 열심히 해야 되나? 하는 생각이 들면서 갑자기 넌더리가 났다. 출장 사주 사건 때문인지 최근에 나도 모르게 지나치게 성실히 일하고 있다는 생각이 들었다.

B03 그룹 채팅방에 메시지를 보냈다. 은상 언니와 지송이네 쪽도 야근일 확률이 높았다. 경영지원 쪽은 아무래도 월말에 제일 바쁘니까.

—아직 남아 있는 사람 있어?

지송이가 대답했다.

—우리 이제야 밥 먹고 같이 들어가고 있어.

—나 혼자야. 심심하니까 3층 들렀다 가.

몇분 지나지 않아 은상 언니와 지송이가 볼록 나온 각자의 배를 두드리며 우리 파티션 쪽으로 걸어들어왔다. 은상 언니의 손에 작은 과자 박스 하나가 들려 있었다.

"이거 먹어봤어? 우리 층엔 이거 없던데."

바로 옆 팀인 비스킷팀에서 얼마 전에 출시한 신제품인 것 같았다.

"아니, 나도 실물로는 처음 봐. 어디서 났어?"

"3층에 죄다 깔려 있더구만. 네 발밑에도 있는데?"

나는 놀라서 고개를 빼고 왼쪽 파티션 아래를 내려다봤다. 정말 거기에 신제품이 박스째 쌓여 있었다. 지송이가 그 앞에 쪼그려 앉아 입맛을 다시며 과자 상자를 색깔별로 꺼냈다. 빨간색, 초록색, 노란색 박스의 맛이 다 달랐다. 지송이가 포장지를 살피면서 중얼거렸다.

"불닭 맛, 파래김 맛, 꿀땅콩 맛."

뒤이어 불닭 맛의 상자를 열고 알맹이를 꺼낸 다음 속포장을 찢어 그중 하나를 집어 들고 자세히 관찰했다. 비스킷은 손가락 두개를 붙여놓은 크기의 길쭉한 사각형에 조금 짙은 갈색을 띠고 있었고 표면이 윤기 나게 코팅되어 있었는데 불닭 맛이라 그런지 거기서 매콤한 향기가 났다. 그리고 결정적으로 그 표면을 마른 김이 한바퀴 둘러 감싸고 있었다.

은상 언니가 포장을 반만 벗긴 채로 과자를 입에 물었다. 층층의 비스킷이 부서지는 기분 좋은 소리가 바스락, 났다. 언니의 눈이 휘둥그레졌다.

"맛있어!"

뒤이어 나머지 반을 털어넣고 말했다.

"이거 완전 술안주인데?"

그 말을 듣고 지송이와 나도 차례로 하나씩 깨물었다.

바삭,

"술안주네."

또 바삭,

"딱 술안주네."

우리는 이번 신제품이 아주 잘 나왔다는 데 의견 일치를 보았고 술, 특히 맥주 종류와 잘 어울릴 것 같다는 데도 합의했다. 끝을 애매하게 흐리며, 지송이가 말을 꺼냈다.

"국밥집 옆에 탭 하우스 생겼던데……"

"원래 만둣집 있던 자리 말이지?"

"얼마 전까지 공사하더니, 문 열었어?"

"응, 열었더라고. 거기 에일맥주가 되게 맛있대."

지송이가 한마디를 더 보탰다.

"테이크아웃하면 30% 할인이래."

그후로 어떤 말들이 오갔고, 누가 분위기를 조장했고, 누가 결정적으로 부추겨서 이렇게 되었는지는 구체적으로 기억나지 않는다. 어느샌가 우리는 재작년 창립기념일에 받은 회사 로고가 찍힌 빈 에코백을 하나 메고 새로 문 연 탭 하우스로 향하고 있었다. 우리는 생맥주 전용 마개가 달린 페트병에 에일맥주를 테이크아웃했다. 1리터짜리 세병을 넣자 에코백이 꽉 찼다. 너무나 든든했다.

다시 사무실로 돌아와서는 소회의실을 하나 잡았다. 모두에게 아직 할 일이 남아 있었기 때문이었다. 우리는 평소에도 종종 이렇게 빈 회의실을 잡고 앉아 공동업무구역을 만든 다음, 각자의 남은 일을 하곤 했는데 오늘은 아무래도 좀 특별했다. 무겁고 든든한 우리의 에코백이 있었기 때문이었다. 우선은 곧장 탕비실로 가서 에코백째 냉동실에 넣어두었다. 그리고 각자의 머그컵과 텀블러를 깨끗이 씻은 다음, 냉동실에서 맥주 두병을 꺼내고 한병은 남겨둔 채 소회의실로 돌아왔다.

우리는 각자의 노트북을 가져와 하나의 멀티탭에 사이좋게 전원 코드를 나눠 꽂았다. 그리고 정사각형 테이블의 한 모서리씩을 차지하고 둘러앉았다. 은상 언니의 노트북 가방 앞주머니에서 버터구이 오징어가 줄줄이 잇따라 나왔다. 비닐 포장이 마치 줄지어 꿴 것처럼 연결된 채로. 내가 입을 떡하니 벌리자 언니가 왜인지 쑥스러워하며 말했다.

"예전에 팔던 거 재고가 남아서 그래."

그러고는 포장지의 뒷면을 살피며 덧붙였다.

"유통기한 조금밖에 안 지났어."

우리는 머그컵과 텀블러에 맥주를 가득 따랐고, 신제품 비스킷과 버터구이 오징어를 번갈아 입에 넣으며 일했다. 이렇게 둘러앉아 일하는 날이면 효율이 잘 나지 않았다. 그걸 알면서도 우리는 종종 모였다. 혼자서 일하다가 한숨을 내쉬면 그게 그대로 내 손등 위로 내려앉아버리고 말지만 함께 모여 있을 때는 내 한숨에 누군가 "왜?" 하고 반응해주었다. 그러면 나는 내가 왜 기분이 좋지 않은지, 지금 누가 싼 똥을 치우느라 야근을 하고 있으며, 어느 고객사가 또 진상 갑질을 해댔는지를 폭풍처럼 쏟아냈다. 그러면 내가 언급하는 인물들의 전적을 이미 다 알고 있는 가장 가까운 친구들이 즉각 내가 듣고 싶어 하는 욕을 대신 해줬다. 모두가 서로의 한숨, 혼잣말, 찌푸려진 얼굴을 그냥 지나치지 않았고, 일일이 참견하고 한마디씩 거

들었다. 그렇게 수다 한마디에 일 한줄씩 하다보면 속도는 나지 않아도 알게 모르게 스트레스가 풀려서 집에 가면 잠이라도 잘 왔다. 어느새 노트북 키보드가 비스킷 가루와 버터기름으로 번들거렸다. 나는 노트북을 뒤집어 가루를 털어낸 다음 티슈를 찾으려고 고개를 들었다. 그때 은상 언니가 맥주를 한모금 들이마시면서 휴대폰을 보고 있는 게 눈에 들어왔다. 내가 앉은 자리에서는 언니의 휴대폰 화면이 보이지 않았지만 나는 언니가 하루에도 수백 번씩 들여다보는 그 화면—비트GO의 그래프—을 또 습관처럼 들여다보고 있다는 사실을 알았다. 언니가 애써 태연한 표정을 지으며 휴대폰을 집어넣더니, 불쑥 물었다.

"우리 다음 달에 다 같이 제주도 갈래?"

"갑자기?"

"응. 휴가 시즌이잖아. 다음 달 중순에 한번 날 잡아서 가는 거 어때? 가서 드라이브도 하고 수영도 하고, 맛있는 것도 먹고."

"나 그즈음에 웨이린 만나러 대만 가려고 했거든. 스케줄 겹치면 제주도는 못 갈 수도 있어."

언니가 미간을 확 찌푸렸다.

"걔 아직도 만나?"

그리고 이어 말했다.

"대체 어쩌려고 그래?"

"뭐가?"

은상 언니가 다시 말문을 뗐다.

"아니…… 다해나 나 같은 경우는 결혼 생각 별로 없다지만 지송이 너는 뭐랄까…… 아무래도 좀 독특하잖아. 결혼도 꼭 할 거고 애도 빨리 낳기 시작해서 셋쯤 낳고 싶다며. 그게 인생의 큰 꿈이라며? 현모양처 되고 싶다며? 그런데 이미 젊을 때 빨리 낳아 메리트 볼 나이는 지났잖아. 어느 세월에 대만 보이 졸업시키고 돈 모아서 결혼하려고? 결혼하면 또 어디서 살 거고? 서울? 타이베이? 그리고 너 걔에 대해 잘 알아? 둘이 얼굴 맞대고 지낸 시간이 한달이나 되냐? 조금, 아니 조금 많이 대책이 없다. 내가 어린 외국 애랑 롱디하는 그 자체를 뭐라고 하는 게 아니라, 네가 입버릇처럼 말하는 네 드림 라이프랑 너무 다른 길을 가고 있는 것 같아서 그래. 둘 중 하나만 하자, 하나만."

눈동자를 한바퀴 싹 굴린 지송이가 은상 언니를 정면으로 응시했다.

"언니, 내가 걔한테 목매는 것처럼 보여?"

"응."

지송이가 고개를 젖히고 하하, 웃었다.

"아닌데? 나 이린이랑 그냥 잠깐 즐기는 거야. 어차피 결혼은 안정적인 사람이랑 할 거라고."

진혀 설득력 있게 들리지 않았다. 내가 봐도 지송이는 지금 스무살 첫사랑 수준으로 그 잘생긴 대만 친구에게 푹 빠져 있었다. 그애의 이름을 발음할 때 반짝거리는 눈빛을 보면 너무도 명백했다. 지송이가 반격을 시작했다.

"언니는 그럼, 대단히 계획적으로 큰 그림 그려서 동준이 치대 보내고 행복해졌어?"

"어휴, 걔 얘기가 갑자기 왜 나와?"

동준이는 언니가 스물한살 때부터 만났다는 동갑내기 전 남자친구였다. 내가 언니를 처음 만났을 당시만 해도 그는 화학 중등교사임용시험 4수생이었는데, 그 당시 언니는 이 시험에 이렇게 많이 떨어졌으면 소질이 없다는 걸 인정해야 하는 게 아니냐며, 정말 이 길을 걷는 게 맞는지 잘 생각해보라고 남자친구를 몇달이나 설득했다.

언니의 논리는 이랬다. 2차도 아니고 1차에서 세번이나 떨어졌기 때문에 다시 생각을 해봐야 한다, 사람이 다 각자의 머리와 소질에 맞는 공부가 있기 때문에 이건 네가 모자란 게 아니라 이 시험 자체가 너랑 안 맞는 거다, 교사가 되면 안정적이라 막연히 좋을 것 같지만 요즘 같은 저출산 시대에 교사는 점점 선발인원이 줄 것이며 실제로 그 문은 이미 좁아졌고 특히나 국영수도 아니고 화학 같은 과목은 임용을 붙어도 몇년을 대기해야 한다는데 과연 여기에 네 이십대를 다 바칠 만큼 가치가 있는지 재고해봐야 한다고 동준이를 설득했다. 다 맞는 말이긴 했다.

언니가 제시한 대안은 MEET였다. 자기가 봤을 때 동준이 너는 머리가 나쁜 게 아니라고, 이런 쪼잔한 시험 쪽 머리가 없을 뿐이라고 했다. 차라리 치의학전문대학원 입학시험인 MEET를 쳐보라고, 의외로 너 같은 머리가 MEET에 잘 맞을 수 있다고, 딱 1년만 해보라고, 내가 이과였으면 당장 이걸로 갈아탔을 텐데 넌 왜 네가 가진 걸 못 써먹느냐며 지속적으로 회유했다. 언니의 철저한 시장 분석과 컨설팅에 귀 얇은 동준이는 그해 바로 MEET를 봤고, 놀랍게도 한번에 합격했고, 바로 경북 소재의 한 치의학전문대학원에 입학했다. 그러고는 그해 같이 입학한 신입생과 눈이 맞아서 바람이 났다. 그렇게 6년간의 긴 연애가 끝났다. 언니는 동준이 이야기만 나오면 늘 이렇게 말했고, 오늘도 마찬가지였다.

"걘 양심이 있으면 나한테 진로 컨설팅비 내놔야 해. 요즘 그런 거 상담해주는 데 한시간에 몇백 한다더라. 배은망덕한 새끼."

지송이가 턱을 괴더니 대각선에 앉은 언니를 사선으로

올려다보며 물었다.

“연애 필요 없다더니. 언니 요즘 외로운가봐?”

“아니, 전혀. 왜?”

“내가 잘생긴 연하랑 알콩달콩 만나니까 괜히 부러워서 시비 거는 거 아니야?”

“야, 하나도 안 부러워.”

은상 언니가 정색하면서 덧붙였다.

“그리고 참고로 난 그렇게 비리비리한 스타일 안 좋아해.”

“뭐? 참나.”

지송이가 느닷없이 휴대폰 사진첩을 열어 빠르게 스크롤하기 시작했다. 그리고 사진 하나를 선택한 다음 화면에 꽉 차게 확대해서 보여줬다. 남자친구와 둘이 해변에서 얼싸안고 찍은 사진이었다. 둘의 서핑 수트가 모두 허리께에 걸쳐져 있어 상반신이 다 드러났다. 그림 같은 야자수와 에메랄드빛 바다를 배경으로 서 있는 젊은 남녀의 탄탄하게 그을린 몸. 둘 다 수영복 모델 같았다. 지송이가 팔을 쭉 뻗어 휴대폰 화면을 은상 언니 쪽으로 내밀고서는 어쩐지 위풍당당하게 말했다.

“언니 눈에는 이게, 비리비리로 보여?”

은상 언니가 엄지와 검지로 자신의 턱 끝을 살포시 잡

은 채 지송이가 들이민 액정 화면을 골똘히 들여다봤다.

"오우, 생각보다 몸이 상당히 좋으시다?"

"그치?"

"응!"

둘은 언제 날 선 대화를 했냐는 듯 서로 손깍지를 맞붙잡아 끼고 흔들며 깔깔거리고 있었다. 두 사람 모두 술을 좋아하면서도 술에는 약했는데, 어느 정도 취하면 늘 이렇게 서로의 이것저것이 마음에 들지 않는다며 트집을 잡고 시비를 걸다가 어이없는 순간에 무드가 돌변했고 어떨 때는 손바닥까지 소리 나게 마주치며 웃기를 반복하곤 했다. 나는 둘 다 많이 취했구나, 남은 맥주는 내가 다 마셔야지, 생각하고 있었다. 바로 그때였다.

난데없이 회의실 문이 벌컥, 열렸다. 지송이네 팀장이 한 손으로 문고리를 붙잡고서는 상반신만 들이민 채 서 있었다. 그도 우리만큼 깜짝 놀란 눈치였다.

"깜짝이야. 불이 켜져 있길래 끄려고 왔더니……"

우리 셋은 당황한 채, 그러나 입을 모아 인사했다.

"안녕하세요."

"아직도 안 갔어? 셋이서…… 뭐 해? 모여서 야근하는 건가?"

"네."

회계팀장이 의아하다는 눈빛으로, 고개를 갸우뚱거렸다.

"셋이…… 친해?"

우리가 그렇다고 하면서 고개를 끄덕이자 재차, 그러나 주저하며 물었다.

"다해씨까지? 으음…… 되게 의외다. 어떻게?"

"저희 셋, 같은 날 입사했어요."

뭔가 계속 미심쩍은 눈빛을 거두지는 않은 상태로, 그가 우리를 천천히 둘러봤다.

"같은 날 입사라…… 음, 그렇군요…… 아무튼 대단들 하네. 몸 상하지 않게 쉬엄쉬엄해요."

"네에."

회계팀장이 검지를 뻗어 무언가를 가리켰다.

"근데, 저건 뭐야?"

우리는 그 손가락이 에일맥주가 오분의 일쯤 남아 있는 페트병을 콕 집어 가리키고 있다는 걸 바로 알아챘다. 순간 머리카락 속 두피에서 땀이 삐질삐질 스며나오는 게 느껴졌다.

"아, 이거요?"

지송이였다. 마치 건배사라도 하듯 스테인리스 빨대가 꽂혀 있는 텀블러를 높이 들어 보이고서는, 대수롭지 않다는 듯 팀장의 눈을 똑바로 바라보며 말했다.

"사과주스예요."

은상 언니와 내 시선이 누가 먼저랄 것도 없이 서로를 향했다. 눈이 마주치자 웃음을 참기 힘들었다. 은상 언니의 콧구멍이 가늘게 떨리고 있는 걸 포착하고 나서는, 앞니로 혀를 지그시 깨물며 허공으로 시선을 재빠르게 돌려야 했다.

"아, 그래. 친하게 지내니까 보기 좋다들. 화이팅해!"

회계팀장이 특유의 사람 좋은 웃음을 지으며 괜히 주먹을 흔들어 보이고서는 문을 닫았다.

우리는 10초 정도 숨 참듯 정적을 유지하다 동시에 폭소하기 시작했다. 급기야는 테이블에 엎드려서 어깨를 들썩였다. 약간의 취기가 더 불을 지핀 것 같았다. 웃음소리가 잠깐 멈췄다가도 누가 다시 웃기 시작하면 또 튀어나와 마치 돌림노래처럼 멈추지도 않고 끊임없이 이어졌다. 한참을 그렇게 정신없이 웃고 있던 중에 은상 언니가 양팔을 급하게 허우적거리며 우리의 웃음소리를 멈추게 했다. 그러고는 갑자기 쉿, 하면서 손가락을 입에 가져다댔다. 발소리가 다시 점점 커지는 것처럼 들렸다. 설마…… 하던 그 순간, 문이 다시 발칵 열렸다. 우리 셋의 고개가 반사적으로 열린 문 쪽을 향했다.

"여러분, 있잖아."

다시 회계팀장이었다.

"다 하고 나면 불 꼭 끄고 가."

그는 전등 스위치 위에 붙어 있는 빛바랜 빨간 스티커를 손가락으로 가리켜 보이면서 당부했다.

"에너지 절약, 알지?"

지송이가 활기차게 답했다.

"당연하죠. 조심히 들어가세요."

문이 닫히고, 회계팀장의 발소리가 점점 멀어지고, 끝내 들리지 않게 되자 우리는 또다시 몰아뒀던 웃음을 와르르 터뜨렸다. 밭은기침을 하던 지송이가 목이 메었는지 빨대로 사과주스의 색을 닮은 맥주를 급하게 들이켰고 은상 언니는 의자를 45도쯤 뒤로 기울이고 천장을 바라보면서 새끼손가락으로 눈물까지 찍어내고 있었다. 그 모습들이 하찮고 우스워서 나는 내가 보고 있는 이 장면을 사진 찍듯 꼭 붙잡아 어딘가에 담아두고 싶다고 생각했고, 얼마 지나지 않아 이미 그렇게 해두었다는 것을 알아차렸다. 조금 이상했다. 벌써 다 알고 있다는 느낌, 미래에서 나를 과거처럼 내려다보고 있는 것만 같은 기묘한 감각이 일었다. 언제가 될지는 모르겠지만 내가 더는 이 회사에 다니지 않는 때가 온다면, 그리고 그때 이곳을 그리워할 수 있게 된다면, 다른 게 아니라 정확히 바로 지금 이 장면을 그리워하게 될 것이라는 예감. 나는 지금 이 순간의 한복판에 서서 이 순간을 추억하고 있었다.

마지막 탑승 안내

2017년 8월 29일

약속 시각보다 조금 더 일찍 김포공항에 도착했다. 내가 가장 먼저 와 있을 줄 알았는데 은상 언니가 더 일찍 도착해 있었다. 버클이 달린 납작한 샌들, 새하얀 쇼트팬츠에 루스한 티셔츠를 입은, 평소에는 잘 볼 수 없는 차림새의 언니가 키오스크 앞에서 트렁크 위에 엉덩이를 살짝 걸치고 앉아 있었다. 얼굴의 거의 절반을 가리는 커다란 애비에이터 선글라스를 쓴 채 또 휴대폰을 보고 있느라 내가 도착한 걸 아직 못 본 것 같았다. 내가 "언니!" 하고 큰 소리로 부르자 그제야 선글라스를 벗어 머리 위에 걸치며 고개를 들었다. 날 발견한 언니가 화창한 날씨만큼 쨍하고 밝게 웃었다. 그 웃음에는 여러 의미가 담겨 있는 것 같았는데, 항상 사무실에서 정장 차림의 단정한 모습만 보다가 공항에서 각자의 설렘이 담긴 옷을 걸치고 마주한 서로의 모습이 어색하면서도 반가운 건 언니도 마찬가지인 것 같았다.

은상 언니가 걸터앉아 있던 트렁크의 손잡이를 잡고 일어섰다. 매끄러운 손잡이와 은은하게 빛나는 은색 표면, 그리고 아주 단단해 보이는 둥근 모서리들…… 리모와의 오리지널 트렁크인 듯했다. 멀리서 볼 땐 설마, 싶었는데 가까이서 살펴보니 과연, 맞는 것 같았다. 시선을 그쪽으로 두지 않았는데도 그 가방은 어쩐지 '기운'이라고 할 만한 것들을 전방위적으로 내뿜고 있었다. 명품만의 요란스럽지 않은 정적미 풍겼다. 정말로 오리지널이 맞나? 너무 자세히 살피지는 않으려 애썼지만 그런 내 의지와는 달리 자꾸만 눈길이 그쪽으로 향하는 걸 어쩔 수가 없었고, 결국 내 눈은 이음새 부분의 리모와 정품 로고를 확인해냈다. 내가 끌고 온 트렁크 역시 은색이었지만 내 건 리모와를 흉내 낸 '스타일'에 불과했다. 여태까지 내가 볼 수 있었던 대부분의 은색 캐리어는 '리모와 스타일'이었기 때문에 처음 마주한 그것의 오리지널리티에 절로 고개가 숙여졌다. 확실히 다르긴 다르구나. 그리고 생각했다. 우리 언니, 많이 벌긴 많이 벌었구나.

사소한 곡절이 있긴 했지만 결국 제주도에 가기로 한 건, 은상 언니의 과감한 제안 덕이 컸다. 소회의실에 모여 함께 야근하던 그날 퇴근길에 언니가 먼저 이렇게 제안했다.

"다해 네가 비행기 티켓 끊으면 숙소랑 나머지 경비는 내가 전부 다 댈게."

지송이가 눈을 동그랗게 뜨고 물었다.

"그럼 나는?"

언니가 한쪽 팔을 길게 뻗어 지송이의 반대쪽 어깨를 감쌌다.

"우리 쏘리는 그냥 오기만 해."

"진짜?"

"그럼."

순간 온 얼굴에 퍼지는 미소를 감추지 못하면서, 그러나 곧바로 그걸 꾹 눌러 없애려는 듯한 입매를 하고서 지송이가 말했다.

"그래도…… 그냥 따라가긴 너무 미안한데. 나도 뭐라도 내게 해줘."

"됐어. 가서 같이 재밌게 놀 수만 있으면 되지. 우리 셋, 한번도 제대로 놀러 가본 적이 없잖아. 맨날 이딴 개 목줄이나 매고 만났지."

은상 언니는 목에 걸고 있던 사원증을 그러잡고 끊어

내기라도 할 기세로 세차게 흔들었다. 뒤이어 "이걸 왜 아직도 매고 있는 거야?"라면서 공연히 버럭, 알 수 없는 곳을 향해 화내더니 머리 위로 끈을 올려 사원증을 빼냈다. 뒤이어 목 때가 꼬질꼬질하게 타서 일부는 거의 회색에 가까워진 끈을 길쭉하게 네모진 형태의 사원증 위로 돌돌 감기 시작했다. 입사 당시 언니가 제출했던 증명사진이 인쇄된 사원증. 사내 인트라넷의 조직도와 메신저에도 일괄 적용되는 바로 그 사진. 우리 회사는 그 사진을 절대 바꿔주지 않았다. 퇴사하고 재입사를 하지 않는 이상, 입사할 때 제출한 사진이 영원히 따라다녔다. 그래서 다른 부서의 사람들과 사내 메신저로만 이야기하다가 실제로 만났을 때 너무 달라져버린 얼굴 때문에 못 알아보는 경우도 많았다. 대부분 약속이나 한 듯 살이 찌곤 했는데, 통상 이력서 사진은 실물보다 훨씬 잘 나온 사진으로 내기 때문에 그 격차가 더욱 심했다. 하지만 단순히 체중이 불고 얼굴선이 무너지는 것만으로는 설명할 수 없는 무언가가, 그 사진과 실제 얼굴 사이에 존재했다. 그 간극을 대체 뭐라고 부를 수 있을까? 어쩐지 휑한 공간감이 고스란히 윤곽을 드러내고 있는 얼굴. 그건 살이 조금 찐 나도, 조금 많이 찐 윤과장도, 안 찌고 단순히 늙기만 한 우리 팀장이나 마냥 사람 좋아 보이는 얼굴의 회계팀장도 피해갈 수는 없는 종류의 것이었다. 자신에게 원래 있는지도 몰랐던, 알 수 없는 무언가가 빠져나간 자리. 그 흔적만이 남은 얼굴. 월급 받아 먹고사는 사람들의 얼굴.

저 때의 강은상은 5년 뒤 자신이 어떤 모습일 거라고 상상했을까? 은상 언니가 손목을 빙빙 돌려 사원증 위로 끈을 감을 때마다 어색한 미소를 짓고 있는 언니의 앳된 얼굴이 아래에서부터 한줄씩 한줄씩 덮여나갔다. 마치 자신의 운명을 알지 못한 채 눈을 뜨고 죽어버린 미라처럼. 언니의 목과 턱, 입술, 인중, 코, 두 눈이 차례차례 붕대 감듯 가려졌고 마지막으로 이마를 두바퀴 감싸자 끝났다. 언니는 끈의 끝부분을 단단히 감긴 타래의 틈새에 쏙 집어넣은 다음 사원증을 숄더백 속에 던져넣었다. 그러고 나서 힐끗, 나를 한번 곁눈질하더니 지송이에게 비밀을 고백하듯 작은 목소리로 속닥였다.

"여행경비는 걱정 마. 그동안 우리가 말을 안 해서 그렇지…… 이 언니들 돈 많이 벌었다? 약간 부자 됐어."

부자? 내가, 부자라고? 너무 생경한 단어에 순간 움찔했다. 하지만 곱씹어보니 아주 틀린 말은 아니라는 생각도 들었다. 내 가상지갑의 총자산은 거의 4,000만원대를 기록하고 있었다. 가상화폐의 세계에 들어가기 전까지는 한번도 가져본 적 없는 돈이었다. 그렇다면 지금은 가져봤다고 할 수 있을까? 이게 정말로 내 돈일까? 그런 생각이 잠시 스쳤다가…… 곧바로 내 돈이 맞지 뭘! 이게 그럼 누구 돈이게? 하면서 어쩐지 뻔대고 싶은 기분이 되었다. 뒤이어 잠깐만…… 내가 4,000을 찍었으면 은상 언니는 대체 얼마를 찍은 거야? 그런 생각이 들었고…… 계산기는 없지만 잘 안 굴러가는 머리를 굴리기 시작했고…… 내 계산이 맞는다면…… 모르긴 몰라도 아마…… 언니의 가상지갑에는 4억원 가까이 찍혀 있을 것이다. 맙소사. 나는 잘 모르겠지만 어쨌든 은상 언니는, 우리 강장군님은 확실히 부자가 되신 게 확실하다.

이번 제주도행 비행기 티켓을 결제하기 전까지, 나는 가상지갑의 돈을 한번도 현금화해본 적이 없었다. 그 돈에는 손을 대지 않았다. 동시에 매달 내게 입금되는 월급은 그대로였고 그 범위 안에서만 소비를 했다. 사실상 내게 주어진 가용자원은 늘어나지 않은 셈이었다. 그런데도 나는 확실히 삶이 윤택해졌다고 느꼈다. 그것이 거기에 있다는 사실만으로도, 그러니까 몇천만원가량의 숫자가 내 휴대폰에 찍혀 있다는 사실만으로도 정말이지 언니의 표현대로라면 '약간 부자'가 된 것만 같았다. 가상지갑임에도 불구하고 마치 그게 내 은행 잔고처럼 여겨졌으니까. 유사시에 내가 언제든지 꺼내 쓸 수 있는 돈이 400만원이라고 생각할 때랑 4,000만원이라고 생각할 때랑 기본적인 마음가짐이 달랐다. 그 자세는 생활 전반에 영향을 미쳤다.

나는 여전히 원룸에 살지만 침실이 분리된 곳에서 살 수 있게 되었다. 이전에 살던 집보다 보증금은 2,000만원, 월세는 매달 15만원이 더 나가는 곳이다. 아마 부동산 재계약을 앞두고 있던 세달 전에 이더리움을 알지 못했다면, 그러니까 잔고가 늘어나는 속도가 지난 5년간의 그것과 크게 다르지 않을 거라는 익숙한 체념뿐이었다면, 감히 이 돈을 내고 이 집으로 이사할 결심을 하지 못했을 것이다. 나는 마트의 과일 코너에서 당도가 높은 멜론을 고민 없이 살 수 있었고 일반 세제와 프리미엄 세제 중에 프리미엄을 고를 수 있었다. 가격표를 볼 때 십의자리 숫자까지 보지 않는 것이 가능해졌다. 유기농 목장의 우유를 사 먹기 시작했다. 예전에는 그때그때 그날 파는 가장 싼 우유를 샀다. 그러다보면 경영방식에 도덕적으로 문제가 많다는 회사의 제품을 살 때도 있었다. 같은 식품 업계이기 때문에 그런 소문이 속속들이 다 사실이라는 걸 누구보다 잘 알면서도 그랬다. 뭐랄까, 그게 내 소비의 기본 모드였다. 최저가를 선택해야 한다는 코드가 프로그래밍되어 있는 것처럼 항상 제일 싼 것만을 골랐다. 이제 더는 아니었다. 처음 먹어본 유기농 목장의 우유는 맛도 물론 좋았지만, 그걸 고르는 나 자신이 비로소 건전한 시민이 되었다는 충만한 기분을 느끼게 해줬다. 화려하지 않으면서도 세련된 로고가 그려진 유기농 우유를 유유히 집어 장바구니에 넣는 동안, 내 머릿속에서 악덕 기업의 사장은 경영악화의 책임을 지고 권좌에서 내려와 어쩐지 수갑을 찬 채 촘촘한 창살 안에 들어가 있었고, 그 위로는 우리에 갇혀 있지 않고 너른 풀밭에서 자유롭게 뛰노는 젖소들과 밀짚모자를 쓴 선한 농부의 땀과 미소가 오버랩되었다. 그건, 예상했던 것보다 훨씬 더 만족스러운 소비 경험이었다.

적금을 깨서 이더리움에 투자한 후로는 새 적금을 붓지 않았다. 예전에는 미리 정해둔 금액이 매달 자동으로 인출되는 정기적금이었기 때문에 월급의 상당 부분이 그곳에 묶여 있었다. 그 때문에 월말이면 늘 현금이 없어 쪼들렸다. 월급이 들어오기 사나흘 전부터는 커피 한잔, 빵 하나조차 꾹 참아야 했다. 지금은 똑같은 월급이어도 묶인 금액이 없으니 가용 액수가 훨씬 많아 체감상 더 여유 있었고, 어느 달은 월급을 다 써버려도 불안하지 않았다. 남는 생활비는 주로 이더리움을 추가 매입하는 데 썼다. 본가인 아산에서 혼자 지내고 있는 엄마한테 처음으로 용

돈이라고 할 수 있을 만한 액수의 돈도 보내봤다. 그 과정에서 시내의 유일한 순환 마을버스인 09번 버스를 12년째 운전해온 엄마가 오른쪽 다리에 깁스를 하는 바람에 일을 쉬고 있었다는 사실을 알게 됐고, 얼마 전 집에 들르겠다고 했을 때 이상할 정도로 극구 오지 말라고 말렸던 이유도 그제야 눈치챘다. 집에서 시장 쪽으로 내려가던 언덕배기에서 발을 헛디뎌 구르는 바람에 오른쪽 고관절과 발목뼈에 금이 갔다고 했다.

나는 엄마가 몰지 않는 09번을 상상해본 적이 없었다. 말이 마을버스지 사실 보닛과 문짝 위에 마을버스라는 스티커가 붙은 아이보리색 카니발이었고, 단 한대밖에 없었다. 한시간에 한번 운행할 뿐이었지만 유일한 노선의 유일한 기사인 엄마는 온종일 같은 노선을 뱅글뱅글 돌았다. 동네를 지나가다 09번을 마주치면 그 안에 늘 엄마가 있었다. 팻말도 따로 없지만 동네 사람이라면 암묵적으로 알고 있는 09번의 정류장 위에서 손을 흔들고 눈인사를 하면 알아서 태워줬고 벨을 안 눌러도 내려달라고 하면 내려줬다. 그래서 나는 그게 꼭 우리 엄마 차인 것처럼 여겨졌다.

"그럼 이제 09번은 누가 몰아?"

이렇게 물었을 때, 수화기 너머의 엄마가 심상히 대답

했다.

"누구든 몰겠지."

다 나으면 다시 엄마가 몰게 해준대?라고 묻고 싶었지만 물어보지는 못했다. 만약 그러지 않는다면, 그러니까 엄마가 다시 자신의 일자리로 돌아가 핸들을 잡을 수 없다면, 그래서 더는 월급을 받을 수 없다면…… 그다음에 벌어질 일들을 생각하고 싶지 않았기 때문이었다. 엄마의 골절 치료가 진행되는 동안 생활비와 병원비를 보내기로 했다. 엄마는 늘 나한테 해준 게 없어서 받을 수도 없다고 말하곤 했다. 한약 한재를 지으려 해도 그 돈 너나 쓰라며 서운할 정도로 강하게 거부하곤 하던 엄마가, 이번에는 잠자코 그러겠다고, 내가 보내주는 돈을 매달 받겠다고 했다. 만약 가상화폐에 투자하지 않았다면, 가진 돈은 적금 1,000만원 남짓에 빚은 그것보다 더 많은 마이너스 상태에서 이런 일들이 닥쳤다면…… 그런 생각을 하니 한없이 아찔해졌다.

얼마 전, 나는 가상지갑의 코인을 처음으로 일부 현금화했다. 이더리움 38개를 원화로 바꾸자 1,500만원 정도가 내 계좌에 꽂혔다. 그 돈으로 가장 먼저 한 일은 학자금 대출 중도상환이었다.

[Web발신]

한국장학재단-20△△. 1학기 원금(이자포함) 납입일이 08월 09일, 유비은행입니다.

[Web발신]

한국장학재단-20△△. 2학기 원금(이자포함) 납입일이 08월 10일, 유비은행입니다.

[Web발신]

한국장학재단-20□□. 1학기 원금(이자포함) 납입일이 08월 11일, 유비은행입니다.

[Web발신]

한국장학재단-20□□. 2학기 원금(이자포함) 납입일이 08월 12일, 유비은행입니다.

한달에 네번씩 이 문자가 올 때마다, 내게 채무가 있다는 사실을 한달에 네번씩 떠올려야 했다. 매달 갚아나가는 금액에 비해 남은 금액이 까마득하게 느껴졌던 나의 빚. 그렇게 막연하게만 여겨지던 큰 빚을 한번에 갚고 나자, 이건 대체 뭐였을까?라는 생각이 들었다. 매월 독촉하듯 쏟아지던 문자가 그치고, 거듭되던 일, 되풀이되던 부담이 일시에 날아가버리자 어쩐지 치트 키를 썼다는 생각도 들었다. 하지만 그게 허탈했다거나 죄책감이 느껴졌다는 뜻은 아니다. 그냥 이런 치트 키를 이제라도 누군가 알려줘서 다행이라는 생각뿐이었다.

학자금대출 잔액(등록금+생활비)

총 0원

총 대출금 : 2*,***,00

대출잔금 : 0원

상환율 : 100%

나는 0이라는 숫자를 오래도록 내려다보았다.

0

이 동그라미가 마치 새로운 세계로 넘어가는 포털의 입구처럼 여겨졌다. 굳게 잠겨 있던 출입문이 요란한 소리를 내며 비로소 활짝 열리는 기분, 그 밖으로 발을 가볍게 내디디는 느낌이 들었다. 비유가 아니라 정말로 몸이 가벼워진 느낌마저 들었다. 그리고 애초에 이런 기분으로, 이렇게 홀가분한 발걸음이 기본인 상태로 살아갈 수 있는 어떤 사람들에 대해 생각했다. 그런 삶은 도대체 어떠한 것일까. 너무나 희미하고, 아득했다. 학자금 대출을 모두 갚고, 엄마에게 이번 달 생활비와 병원비를 보내고, 남은 돈으로는 세명분의 제주도행 왕복 티켓을 결제했다. 그제야 이게 내 돈이라는 느낌, 돈다발을 손에 움켜쥐었다는 느낌이 분명하게 들었다. 이번 제주도 여행은, 내게 있어 그걸 똑똑히 확인시켜주는 일종의 세리머니였다.

내가 교통비를, 은상 언니가 숙박과 다른 경비를 모두 내겠다고 하자 지송이가 미안했는지 계속 뭐라도 보태고 싶어 했다.

"그럼 올 때 비행기는 내가 끊을까?"

지송이가 물었고, 내가 마지못해 답했다.

"아니, 괜찮아. 너는 그럼 렌터카 예약 좀 해줘."

그제야 지송이가 환하게 웃었다.

"알겠어. 내가 예약할게. 뚜껑 열리는 걸로!"

하지만 지송이가 예약해둔 뚜껑 열리는 렌터카에 정작 지송이는 못 타게 될 위기였고, 동시에 은상 언니의 뚜껑이 열리기 직전이었다. 출발시간이 다 되도록 지송이가 나타나지 않았기 때문이었다.

출발 30분 전, 전화를 걸었더니 지송이가 우는소리를 하며 받았다. 1호선 급행열차를 타고 노량진까지 와서 9호선으로 갈아탄 다음, 또 공항까지 급행을 타고 오려고 시간 계산을 다 해두고 출발했는데 정작 1호선 급행열차를 놓치는 바람에 모든 게 꼬여버렸다고 했다. 애초에 왜 시간 계산을 급행열차 기준으로 한 것인지부터 이해가 가지 않았지만 가장 속상한 건 본인이겠거니 싶어 그런 말까지는 하지 않고 최대한 빨리 와보라고, 침착하게 다독였다. 지송이와의 통화 내용을 엿들은 은상 언니가 한숨을 크게 내쉬었다. 전화를 끊은 뒤에는 5분 단위로 메시지를 보내며 위치를 확인하고 있었는데 어느 순간부터는 메시지를 읽지도 않았다. 물론 답장도 오지 않았다. 어느새 출발 10분 전이었다.

우리는 출발 게이트 앞에 마지막 승객이 되어 서 있었다. 잔뜩 구겨진 얼굴의 은상 언니가 한숨을 푹푹 내쉬면서 휴대폰으로 다음 비행기가 몇시인지 알아보고 있었다. 그때 안내방송이 공항에 울려퍼졌다.

"아시아나항공에서 마지막 탑승 안내 말씀드리겠습니다. 1시 5분 제주로 가시는 승객님을 찾습니다. 1시 5분 제주로 가시는 김, 지, 송, 김, 지, 송 승객께서는 비행기가 곧 출발할 예정이오니 속히 21번, 21번 게이트로 오시어 탑승하여주시기 바랍니다. 다시 한번 안내드립니다……"

만에 하나 지송이가 지금 공항에 도착했다고 가정해도 수속을 밟고 게이트까지 오려면 시간이 더 필요했다. 솔직히 우리는 반쯤 포기한 상태였고 여전히 지송이로부터 답장은 없었다. 모르긴 몰라도 정신없이 뛰고 있을 테니 답장할 여력이 없을 거였다.

지금 비행기에 타지 않으면 우리까지 못 가게 될 것 같아서 결국 둘이서 비행기에 탑승했다. 은상 언니가 검색해본 바로는 성수기라서 그런지 오늘 제주행 비행기 티켓은 전부 매진이라고 했다. 그럼 내일 올 수는 있을까? 어쩐지 마음이 좋지 않았다.

"아니……"

잠자코 있던 은상 언니가 터뜨리듯 입을 열었다. 비행기 안이라 평소처럼 큰 소리를 내지는 않았지만 속삭이는 것도, 외치는 것도 아닌 그 사이의 이상한 톤으로 내뱉기 시작했다.

"얘는 가만 보면 꼭 이래. 저번에 우리 같이 심야 영화 보러 갔을 때도, 작년에 회사에서 나눠준 초대권으로 뮤지컬 보러 갔을 때도, 항상 이런 식으로 늦었잖아."

언니는 고개까지 절레절레 저으면서, 계속 중얼거렸다.

"난 진짜로…… 이해가 안 가. 이런 날은 좀 시간을 넉넉히 잡고 출발해야지. 대체 왜 자기가 급행열차를 탈 수 있을 거라 굳게 믿고 있냐고? 1호선 급행은 자주 오는 것도 아니고 한시간에 두세번밖에 안 오잖아? 그걸 모르지 않잖아? 뭘 믿고 자기가 그걸 안 놓치고 탈 수 있을 거라고 자신하냐고. 그 희박하면서도 유일한 계획이 어그러지면 벌어질 일에 대해서는 왜 아무 대책도 없고 생각도 없냐고. 정말로 난 이해가 안 가."

냉정하게 들리긴 했지만 사실 틀린 말이 아니었고 솔직히 말을 안 했을 뿐이지 나도 같은 생각을 하고 있었기 때문에 조용히 고개만 끄덕였다. 우리의 첫 여행이 그 설렘을 느낄 겨를도 없이 무언가 어그러지면서 시작하는 것 같아 기분이 좋지 않았다. 그때였다. 어디선가 가늘고 가쁜 숨소리가 들려왔다.

저 멀리 복도 끝, 잔잔한 꽃무늬 원피스 자락을 펄럭이고 서 있는 지송이가 보였다. 무사히 왔구나, 결국은 놓치지 않고 탔구나, 안도할 겨를도 없이 우리는 한번 더 깜짝 놀라야 했다. 세상에, 지송이는 아주 커다란 챙이 달린 플로피 밀짚모자를 쓰고 있었다. 은상 언니가 믿을 수 없다는 듯 눈을 껌뻑이며 말했다.

"재 우리랑 허니문 가?"

기내용 트렁크를 끌면서 우당탕 뛰어들어오는 바람에

통로에 들어선 순간 모자가 훌렁, 뒤로 넘어갔는데 모자 아래 양옆으로 달린 아이보리색 레이스 끈을 턱 밑에 묶어 두어서 모자가 바닥에 떨어지지 않고 목에 대롱, 걸렸다. 지송이는 그렇게 턱 아래에 커다란 레이스 리본을 매고 거북이 등껍질처럼 등 뒤에 모자를 매단 채로 통로를 어정어정 걸어들어오기 시작했다. 한 손으로는 핫핑크색 트렁크를 질질 끌면서, 그리고 나머지 한 손으로 브이 자를 만들어 보이고 그걸 어깨높이에서 당당하게 흔들면서.

짝…… 짝…… 짝…… 짝짝짝짝……

이유는 모르겠지만 앉아 있던 사람들이 다 같이 박수치기 시작했다. 누군가 뒤에서 "세이프 인"이라고 외치는 소리도 들렸다. 어쩐지 꼴찌를 격려해주는 분위기가 되어 나도 모르게 띄엄띄엄 박수를 따라 쳤다. 그리고 생각했다. 그래, 어쨌든 탔으면 됐지, 뭘. 옆을 보니 은상 언니도 마지못해 천천히 손뼉을 치고 있었다.

지송이가 트렁크를 짐칸에 올리고, 우리의 무릎과 앞좌석 사이를 게걸음으로 지나 마침내 자리에 앉으면서 말했다.

"지하철이 이렇게 늦게 올 줄 몰랐던 거 있지. 미안해."

"우리한테 미안할 게 뭐 있냐? 우리야 네가 못 탈까봐 걱정이 되니까 속상해서 그런 거지. 탔으면 됐어. 고생했어. 잘했어."

은상 언니가 조금 전까지와는 전혀 다른 태도로 이야기해서 나는 속으로 좀 놀랐다. 모자를 벗어 손에 말아 쥔 지송이가 넓은 챙 부분으로 빨갛게 달아오른 자기 얼굴에 부채질을 했고, 동시에 숨을 얕게 헐떡이며 헤헤, 하고 웃었다.

인피니티

2017년 8월 29일

공항 건물 밖으로 나오자마자 야자수가 드리워진 풍경이 펼쳐졌다. 그 거대하고 이국적인 잎사귀 모양이 달콤한 휴식의 감흥을 불러일으켰고, 뒤이어 후끈한 열기가 피부에 와 닿았다. 그게 싫지 않아 잠시 눈을 감고 숨을 깊게 들이마시면서 휴가지의 설렘을 만끽하려던 찰나였다.

갑작스럽게 등 뒤에서 철퍼덕 소리와 외마디 비명이 들렸다. 놀라서 반사적으로 소리가 난 쪽을 돌아봤다. 지송이가 양손으로 바닥을 짚은 자세로 넘어져 있었고 그 주변으로 지송이의 트렁크에서 빠진 것으로 추정되는 바퀴들이 이리저리 굴러다녔다. 은상 언니와 내가 동시에 기겁하며 외쳤다.

"괜찮아?"

은상 언니가 먼저 자기 짐을 내팽개쳐둔 채 지송이가 주저앉아 있는 쪽으로 달려가는 바람에 나는 언니가 놓고 간 트렁크와 내 트렁크의 손잡이를 양손에 각각 잡고 걸어야 했다. 그렇게 한 발을 내딛은 순간, 상당히 놀랄 수밖에 없었는데 그 잠시 잠깐 동안에조차 '오리지널'과 '스타일'의 차이를 극명하게 느꼈기 때문이었다. 언니의 트렁크는 피겨스케이팅 선수가 빙판에 들어설 때처럼 부드럽고 우아하게 미끄러졌다. 바퀴는 360도로 돌아갔고 내가 원하는 방향으로 힘을 조금만 주어도 즉시 그쪽으로 흐르듯 방향을 바꿨는데 그 동작의 이음매가 전혀 느껴지지 않았다. 마치 중력을 거스르기라도 하는 것처럼, 얼음 위에 놓인 또하나의 얼음처럼. 구체적으로 어디,라고 말할 수 없을 정도로 전체적으로 견고했고, 바로 그래서 매끄러웠다. 힘을 들이지 않고도 쉽게 굴릴 수 있었다. 반면 내 트렁크의 바퀴는 앞뒤로만 굴러가는 것이라 방향을 틀 때마다 덜그럭거렸고, 그걸 끌고 있는 손목에 부담이 갈 수밖에 없었다.

내가 오리지널 트렁크의 만듦새에 감탄하고 있는 사이 지송이가 주섬주섬 일어나서 치맛자락을 털었다. 그러고는 그걸 훌렁 걷어올려서 다친 곳을 확인했다. 무릎 한가운데가 동그란 형태로 부풀어올라 있었다.

"피는 안 나네. 너무 쓰라려서 당연히 피 나는 줄 알았는데……"

"다행이다, 야."

둘이 상처를 확인하는 동안 나는 여기저기 굴러다니고 있던 바퀴들을 하나씩 주워왔다. 총 네개였고, 한마디로 남아 난 바퀴가 없다는 뜻이었다. 대체 어떻게 넘어졌길래 이게 죄다 동시에 빠져? 그런 의문이 들었다. 아니, 넘어져서 바퀴가 빠진 게 맞나? 아니면 바퀴가 빠져서 넘어진 건가? 뭐가 먼저지? 선후관계를 알 수 없었고 이내 그걸 아는 게 무의미하다는 생각을 했다. 인과야 어찌 되었든, 한꺼번에 일어날 수밖에 없던 일이었다. 주저앉아 있는 지송이와 그 앞에 쪼그려 앉은 은상 언니가 있는 쪽으로 다가가 한 손에 두개씩 쥔 바퀴들을 내밀면서 물었다.

"다시 끼워볼까?"

그 말을 하자마자 불가능한 일이라는 것을 깨달았다. 트렁크 바닥과 바퀴를 연결하는 부분이 아예 부서져 있었기 때문이었다. 은상 언니도 나랑 같은 걸 확인한 듯했다. 눈이 마주치자 인상을 찌푸리며 고개를 저었다. 지송이가 기운 빠진 목소리로 입을 열었다.

"하나 사야겠다. 당장은 그냥 들고 다녀야지 뭐."

"네가 이걸 안 끌고 어떻게 드냐? 팔목이 한줌인 애가."

은상 언니가 우선 자기 트렁크에 여유가 있으니 지송의 짐을 넣어주겠다고 했고, 언니 것에 넣고도 공간이 부족하면 내 트렁크에 나누어 담기로 했다. 언니가 자신의 오리지널 트렁크를 끌고 왔다. 언니의 모든 동작에서 스르륵, 소리가 나는 것만 같았다. 트렁크를 자기 쪽으로 당길 때도 스르륵. 바닥에 눕힐 때에도 스르륵. 숫자 키를 위아래로 돌려 비밀번호를 입력하는 손동작에서도, 번호를 맞춘 뒤 양옆의 버클을 풀고 활짝 열어젖힐 때에도, 스르륵, 스르르르륵. 모든 게 유려하고 우아했다. 스르륵, 그건 시원스럽다는 소리, 거침이 없다는 소리, 자연스럽다는 소리였다. 힘을 들이지 않아도 저절로 된다는 뜻, 의지만 있다면 물 흐르듯 그쪽으로 간다는 뜻이었다. 나는 자연스럽게 살기 위해서 무엇이 필요한지 조금은 알 것 같은 기분이 되었다.

지퍼로 반을 가르듯 열었다. 트렁크 안이 정갈하고 반듯하게 구획되어 있었다. 한쪽이 조금 더 깊었는데 각각의 칸마다 얇은 디바이더가 있어 짐이 섞이지 않게끔 나뉘어 있었고 그 위로 버클을 채워 물건을 고정할 수 있었다. 그 모든 것들이 얼마나 깔끔하던지. 세심하고 꼼꼼한 디테일을 구경하는 것만으로도 기분이 다 좋아질 정도였다.

우리는 바닥에 주저앉아 트렁크 두개를 활짝 열어놓고

짐을 옮겨 담았다. 지나다니는 사람들이 우리를 힐끗힐끗 쳐다봤다. 이 모든 소동이 미안한 듯 지송이가 멋쩍은 표정을 짓자 은상 언니가 지송이의 옷가지들을 옮겨 담으며 일부러 장난스럽게 물었다.

"쏘리야, 이 와중에 짐은 또 왜 이렇게 많아? 화보 촬영 가니?"

뒤이어 두꺼운 전선이 칭칭 감겨 있는 원통형의 묵직한 쇳덩어리를 꺼내 들었다.

"고데기는 또 왜 가져왔어?"

금세 표정을 푼 지송이가 맞받아쳤다.

"나중에 빌려달란 소리나 하지 마."

"나 이거 궁금하긴 했어. 이따 한번만 써볼게."

지송이가 새침하게 말하며 웃었다.

"가방 내주셨으니까 그 정도는 빌려드릴게요."

짐이 많은 편이라 더 깊은 쪽에 지송이의 짐을 몰아서 넣고 얕은 쪽으로 언니의 짐을 옮겼다. 옷을 접지 않고 돌돌 말아서 넣자 부피가 줄어들면서 두 사람의 짐이 전부 다 들어갔다. 지퍼가 여유 있게 잠겼다.

"이놈의 가방!"

지송이가 마침내 텅 빈 트렁크를 냅다 발로 찼다. 바퀴 없는 가방이 스슥, 스스슥, 초라한 소리를 내며 저만치 밀려났다. 내가 너덜거리는 가방을 다시 주워왔다.

"여기다 버리고 갈 순 없잖아. 쓰레기통에 들어가지도 않아."

"일단 들고 가자. 숙소에 가져가서 어떻게 버리는지 물어봐야지."

지송이가 고개를 끄덕이며 빈 트렁크를 다시 받아 들었다. 트렁크의 컬러는 화려한 핫핑크였지만 천 재질이어서 전체적으로 해지고 꼬질꼬질했다. 지송이가 가방을 가로로 들고 앞서 걸었다. 등에는 넓은 챙의 모자를 매달고 한쪽 겨드랑이에 셀카봉을 끼운 채 텅 빈 가방을 든 팔을 앞뒤로 흔들면서. 아주 가벼워 보이는 발걸음이었다.

은상 언니가 예약해둔 숙소는 서귀포에 새로 문 연 특급 호텔이었다.

와본 적도, 와볼 거라고 생각해본 적도 없던 최고급 호텔이라 어쩐지 들어가면서부터 주눅이 들었다. 입구에서부터 말끔하게 차려입은 직원들이 다가와 우리의 짐을 대신 받아 들었다. 은상 언니가 체크인하는 동안 안내 직원이 지송이와 내 쪽으로 다가와서 친절한 미소로 물었다.

"잠시 이쪽 소파에 앉아 계시겠어요? 저희가 웰컴 샴페인을 준비해드리겠습니다."

어깨를 잔뜩 움츠린 지송이가 바퀴가 하나도 없는 빈 트렁크를 들어올리며 우물거렸다.

"저기…… 이 가방을 좀 버리려고……"

"이리 주세요. 저희가 버려드리겠습니다, 손님."

검댕이 묻어 꼬질꼬질한 가방을 직원이 받아 들었고 그가 등을 보이고 떠나자마자 지송이와 나는 무언의 사인을 교환했다. 그건 황송한 대접에 몸 둘 바를 모르겠다는 눈빛, 그렇지만 흥분을 감추지 못하겠다는 눈빛이었다. 뒤이어 또다른 직원이 작은 은색 왜건을 끌면서 다가왔다. 각얼음이 가득 채워진 투명하고 커다란 유리 볼에 짙은 초록색 병이 비스듬히 꽂혀 있었다. 왜건의 바퀴가 굴러갈 때마다 얼음들끼리 서로 부딪히는 소리가 났다. 왜건이 마침내 우리 앞에서 멈췄고 직원이 입구가 좁고 몸통이 기다란 샴페인 잔을 하나씩 테이블에 내려놓았다. 총 세잔이었다. 코르크 마개를 따는 경쾌한 소리, 병목에서부터 잔으로 와인이 꼴꼴꼴 넘어가는 소리, 탄산이 공기를 만나 내는 파도 소리 같은 것들이 어우러져 음악처럼 들렸다.

나는 길쭉한 잔의 가느다란 다리 부분을 잡고 천천히 들어올렸다. 잔의 좁은 입구를 통해 상큼하고 싱그러운 포도 향이 올라왔다. 아, 벌써 시원해. 잔을 더 기울여 한

모금 머금어봤다. 아주 차고, 달콤했다. 탄산 방울들이 혀 끝에서, 입안에서, 목구멍을 따라, 기분 좋게 톡톡 터졌다. 입안의 달고 시원하고 톡 쏘는 기운이 금세 사라져버리자 본격적으로 갈증이 나기 시작했다. 한모금 더, 또 한모금…… 참지 못하고 꿀꺽꿀꺽 한번에 다 마셔버렸다. 나처럼 원샷으로 잔을 비우고 표정이 한결 밝아진 지송이가 들뜬 얼굴로 말했다.

"다들 너무 친절하셔. 너무 좋다."

정말 그랬다. '너무'라는 말이 너무도 어울렸다. 여기는 내가 뭘 기대했든 그 이상으로 쾌적했다. 아직 객실에는 들어가지도 않았고 로비에 앉아 웰컴 음료를 마시고 있을 뿐이었지만 벌써 강한 확신이 들었다. 내가 이곳의 모든 걸 좋아하게 될 거라는 확신이. 여기서 경험하는 모든 것들이 내 기준을 넘어설 것이라는 예감이. 모든 게 너무도 근사했고, 동시에 묘하게 두렵기도 했다. 내가 너무 좋은 걸 너무 일찍 경험하는 게 아닐까, 주제도 모르고 중간 단계를 건너뛴 게 아닐까, 이러다가 괜히 눈만 높아지는 게 아닐까, 하는 우려가 음습해왔다. 은상 언니가 숙소를 알아서 예약해두었다길래 확인해보지는 않았는데 이렇게까지 고급스러운 호텔일 줄은 생각지도 못했다. 지송이도 마찬가지인 것 같았다. 높은 천장에서부터 제각기 다른 길이로 내려져 은하수처럼 빛나는 샹들리에와 우아한 대리석 인테리어를 구석구석 둘러보며 '너무'와 '좋다', 두 단어만 반복적으로 연발했다.

객실로 올라가는 엘리베이터 안에서 은상 언니가 이곳이 7성급 호텔이라고 얘기해줬다. 처음 들어본 말이었다.

"7성 호텔? 그런 게 있어? 5성이 제일 높은 건 줄 알았는데."

"맞아. 원래 공식적인 등급은 5성까지야. 자기네가 그냥 7성이라고 하는 거야."

"왜?"

은상 언니가 손에 쥔 카드 형태의 룸 키를 매만지며 말했다.

"글쎄. 5성보다 분명 더 잘해놨는데, 더 고급인데, 그래서 더 비싼 건데 똑같이 5성이라고 적어놓으면 구분이 안 가니까 7성이라고 하는 거 아닐까? 사실 고급에 끝이 어딨겠어. 더 좋으려면 더 좋을 수 있고, 세상에 좋은 건 한도 끝도 없잖아. 5성보다 두배 고급도 가능은 하잖아. 그럼 사실상 10성이지 뭐. 그런 걸 전부 다 5성이라고 하면 뭔가 억울하지 않겠냐? 파는 사람이나 사는 사람이나."

엘리베이터가 10층에서 멈췄다. 마치 자기가 원래 살던 곳이라도 되는 양 은상 언니가 앞장서서 인도했고, 우리는 홀린 듯 뒤따랐다. 마침내 꼭대기 층 스위트룸의 문이 열렸다. 커튼이 자동으로 젖혀지기 시작했다. 눈앞이 점점 환해졌다.

그 순간은 언제고 잊히지 않을 것이다.

그런 전망은 어디에서도 본 적이 없다.

문을 열자마자 보이는 객실의 전면에 이음새 하나 없는 통창이 나 있었다. 바다를 길게 한조각 잘라내서 걸어둔 것만 같았다. 뻥 뚫린 전경의 에메랄드빛 바다. 그 위로 반짝거리며 떠다니는 윤슬. 시야를 방해하는 것은 아무것도 없었다. 방 안에 바다의 가장 예쁜 부분만을 골라서 들여놓은 것만 같았다. 나는 여기가 5성에 그쳐서는 안 된다고, 7성이어야 한다고, 이런 호텔에는 별이 두개는 더 붙어야 마땅하다고 생각했다. 그렇게 하기에 충분했다. 차고 넘쳤다. 그런 마음이 절로 피어올랐다.

우리는 새하얀 침구들이 단정하고 깨끗하게 정리된 침대 위에 몸을 다이빙하듯 던졌다. 기분 좋은 비누 냄새가 나는 이불보가 바스락거렸다. 잠기운이 감미롭게 쏟아졌다. 너무도 푹신하고 포근해서 언제까지고 파묻혀 있고 싶었지만…… 얼마나 그러고 있었을까? “이러고 있을 때가 아니야”라는 은상 언니의 말에 다시 몸을 일으켰다. 우리는 저마다 색이 다른 수영복으로 갈아입고, 톡톡한 타월 재질의 가운을 걸친 다음, 방에 연결된 스위트룸 투숙객 전용 계단을 통해 루프톱 수영장으로 올라갔다.

수영장은 너른 폭의 옥상 바깥쪽에 자리해 있었다. 가장자리의 난간이 보이지 않게 설계되어 있었고 그래서 그 끝이 수영장 너머의 바다와 그대로 연결되는 듯한 착시를 불러일으켰다. 바닷물의 푸른빛은 다시 구름 한점 없이 맑은 하늘과 자연스레 연결되었다. 수영장의 수평선과 바다의 수평선이 뚜렷한 경계 없이 서로 맞닿아 있었다. 말로만 듣던 인피니티 풀이었다. 나는 가운을 벗어 선베드에 던져두고 바닥에 걸터앉아 발만 우선 담갔다.

이온음료처럼 새파랗게 반짝이는 물에 종아리가 잠겼다. 물 온도는 아주 차지도 미지근하지도 않게 적절했다. 딱 기분 좋게 시원했다. 누군가 오랜 시간 연구해서 날씨에 적합한 물 온도를 정교하게 맞춘 게 아닐까? 하는 생각이 들 정도로 적당했다. 적당하고 적절하다는 단어가 이런 순간을 위해 존재하는 것만 같았다. 서 있을 때에 비해 한결 낮아진 눈높이에서 본 인피니티 풀은 더욱 비현실적이었다. 수영장, 바다, 그리고 하늘이 하나의 그러데이션을 이루는 것처럼 보였다. 이 방향으로 똑바로 헤엄쳐가면 바다에 닿을 것만 같았다. 그 시작점에, 내가 두 다리를 이렇게 담그고 있었다.

이런 형태의 수영장이 있다는 사실을 모르지는 않았다. 인스타그램에서 바다와 이어진 듯한 수영장을 배경으로 한 멋들어진 실루엣 사진을 여러번 본 적이 있다. 그동안 손안에서 아무렇지도 않게 넘겨보며 구경하면서도 그런 장면이 내게는 해당하지 않는다고 여겨왔다. 하지만 같은 풍경이 막상 눈앞에 펼쳐지자 나도 이런 것들을 응당, 진작에 누렸어야 했다는 생각이 들었다.

동시에 마음 한구석이 어딘가 불편했는데, 왜 그런지 조금은 알 것도 같았다. 새로 지어진 7성 호텔의 모든 게 마음에 들수록, 만족감의 크기가 커지면 커질수록, 다른 쪽 마음도 동시에 늘어났다. 그러니까 땅 밖의 줄기가 길어질수록 땅속의 뿌리도 그만큼 깊어지는 것과 비슷했다. 한번 7성에 묵고 나면 이제 1성이나 2성은 못 갈 것 같았다. 그런데 나는 약간 부자가 된 은상 언니를 따라왔을 뿐, 아직 7성에 올 여유는 없었다. 그런데 난 이 쾌적함과 고급스러움이 이미 마음에 들어버렸다. 대체, 어떡하지?

저 멀리서 머리를 높이 묶은 지송이와 돌돌 말아올린 은상 언니가 휴대폰이 물에 잠기지 않게 팔을 물 밖으로 빼내고 조심하느라 기우뚱거리며 서성이는 모습이 보였다. 내가 인스타그램에서 봤던 바로 그런 사진을 찍으려는 것 같았다. 인피니티 풀의 난간에 기대어 수영장, 바다, 하늘의 황홀한 그러데이션을 배경으로 물에 상반신이 반쯤 잠긴 뒷모습 사진을 번갈아 찍어주고 있는 은상 언니와 지송이를 바라보면서, 나는 인피니티라는 단어에 대해 생각했다.

인피니티는 무한하다는 뜻이면서 동시에 결코 가닿을 수 없는 아득히 먼 곳이라는 뜻이기도 했다. 결코 가닿을 수 없다고 여겼던 아득히 먼 세계. 그런 곳에 운 좋게 발을 살짝 담갔는데 이게 끝이 아니라는 생각이 들었다. 사람 욕심에 한이 없다는 생각이 들었다. 이걸 하고 나면 이제는 저걸 하고 싶고, 저걸 하면 그다음 걸 하고 싶어졌다. 한계가 없는 내 욕망이, 그 마음들이 왜인지 창피했다. 속이 복닥거렸다. 멀리서 은상 언니의 목소리가 들려왔다.

"다해야!"

쨍한 초록색 수영복을 입은 언니가 평영으로 유유히 물살을 가르며 헤엄쳐왔다. 그리고 아직 물에 닿지 않은 내 무릎 위에 축축한 손바닥을 올려놓으면서 물었다.

"무슨 생각 해?"

"아니야, 아무것도."

대답이 채 끝나기도 전에 언니가 발목을 잡아당겼고,

나는 웃는 듯 우는 듯 외마디 소리를 내지르며 물속에 풍덩 빠졌다.

아, 시원해.

물이 깊지는 않았지만 목덜미까지 순식간에 잠겼다. 무더위에 뜨겁게 데워졌던 온몸에 선선한 기운이 돌기 시작했다. 나는 물보라를 일으키며 도망가버린 은상 언니를 쫓아 헤엄쳤고 마침내 수영장 끄트머리에 도착할 수 있었다. 나도 모르게 팔꿈치를 접어 상체를 난간에 기댔다. 거기에 서면 저절로 그렇게 되었다. 그리고 팔 위에 다시 턱을 괸 채 너울지는 바다의 물결들을 바라봤다. 그 순간만큼은 작고 좁게 복닥거리던 마음이 잦아들면서 아름답고 완벽하다는 생각밖에 들지 않았다. 서 있던 다리에 힘을 풀자 몸이 물 위로 둥실, 떠올랐다. 눈앞의 풍경이 어느새 낙조로 붉게 물들고 있었다.

사위가 어둑해지자 못 보던 사람들이 왔다 갔다 하면서 무언가를 새롭게 세팅하기 시작했다. 주변이 어수선해졌다. 유리 벽 너머 루프톱 바에 불이 켜졌고, 테라스가 활짝 열렸다. 수영장 한쪽에는 웬 대포같이 생긴 기계도 설치되었다. 우리가 어리둥절해하자 은상 언니가 입고 왔던 가운의 주머니에서 좁고 얇고 기다란 종이 여섯장을 꺼내

살랑살랑 흔들었다. 미리 구매해둔 풀 파티 입장권 팔찌 세장, 그리고 성인 인증 팔찌 세장이었다. 우리는 이음매의 스티커를 떼어내고 양팔에 하나씩 팔찌를 감았다.

풀 파티가 시작되었다.

수영장에 그대로 있었을 뿐인데 전혀 다른 공간으로 이동한 것 같았다. 하늘색 타일의 나란한 배열을 머금고 일렁이던 푸른빛의 수영장은 더이상 없었다. 타일 사이사이에 박혀 있던 조명들이 일제히 켜졌고 조명에 따라 수영장 물이 파랑에서 노랑을 거쳐 오렌지로, 상큼한 핑크로, 딥블루에서 다시 눈부신 키위색으로 시시각각 바뀌었다. 마치 거대한 칵테일 속에 들어와 있는 것 같았다. 무언가 가동되는 기계음이 나기 시작했다. 소리가 나는 쪽을 쳐다보니 대포같이 생긴 기계의 주둥이에서 거품이 뿜어져나왔다. 열대과일 향이 나는 비누거품이 높이 솟아올라 공중에서 눈처럼 흩날리다가 수면 위로 사뿐히 내려앉았다. 사람들이 즐거운 환호성을 질렀다. 한쪽에선 디제이가 끊임없이 음악을 바꿔 틀었다. 루프톱 바에서 풀장까지 연결된 앰프의 진동이 몸속까지 느껴졌다. 칠링이 잘된 샴페인과 와인, 드래프트맥주와 다종다양한 칵테일들이 바에서 무제한으로 제공되었다. 테라스에 놓인 테이블위에 다채로운 핑거푸드들이 계속 교체되며 채워졌고 통통한 마시멜로가 나무 꼬치에 세개씩 끼워진 채 빽빽하게 꽂혀 있는 유리병도 그중 하나였다. 테이블 한가운데에 놓인 고체 연료에서 불꽃이 꺼지지 않고 계속 피어올랐고 바로 옆엔 5단짜리 초콜릿 분수가 놓여 있었다. 윤기 나는 액상 초콜릿이 맨 위에서 뿜어져나와 층층이 흘러내려왔다. 우리는 마시멜로 꼬치를 집어 들고 불꽃에 그을려 알맞게 구운 다음, 분수 아래에서 돌돌 돌려 초콜릿 옷을 잔뜩 입힌 뒤 입에 쏙 집어넣었다. 따뜻한 초콜릿과 폭신한 마시멜로가 혀끝에 감겼고 이내 입안이 믿을 수 없는 고소함과 달콤함으로 가득 찼다.

대체 누가 준 것인지 기억은 안 나지만 정신을 차려보니 모두의 손에 색색의 야광봉이 들려 있었다. 우리는 형광빛을 발산하는 야광봉을 손에 쥐고, 동그랗게 말아 팔에 감고, 틀어올린 머리카락 사이에 두개씩 꽂아 넣었다. 칵테일 같은 빛깔의 물속에 뛰어들어 야광봉을 흔들면서 춤을 췄고 비치볼을 껴안고 비누거품 사이를 둥둥 떠다니며 발장구를 쳤다. 뒤늦게 눈치챘지만 밤이 되자 수위는 조금 낮아져 있었고 수온은 적절하게 높아져 있었다. 그래도 밤바람에 살짝 춥다는 느낌이 들면 다시 불꽃 앞에 모여 마시멜로를 구웠고 새 잔에 새 술을 받아서 루프톱 한구석에 놓인 자쿠지로 들어갔다. 자쿠지에서는 뜨거운 온수가 적절한 수압으로 계속 뿜어져나와서 몸을 녹이고 피로를 풀 수 있었다. 몸이 회복되면 다시 처음 마시는 사람처럼 새 술과 핑거푸드를 입에 넣고 수영장으로 들어갔다. 같이 놀던 지송이가 술이 벌써 비었다며 물 밖으로 나갔다. 뭐가 그렇게 급한지 사다리를 통하지도 않고 수영장 바닥에 손을 짚고 그대로 올라가더니 물이 고인 바닥을 찰박이며 뛰어갔다. 높이 묶은 머리카락 끝에서 물이 뚝뚝 떨어졌다. 은상 언니가 내게 뭐라고 말을 걸어왔다. 음악 소리가 너무 큰 탓인지 너무 취해서인지 잘 들리지 않아 우리는 서로의 귀에 대고 소리치듯 이야기해야 했다.

"다해야, 혹시 추워?"

"아니, 왜?"

"어딘가 아파 보여. 자쿠지로 들어갈래?"

"아니야. 그런 건 아닌데, 그냥 기분이 좀 이상해."

"왜?"

"언니가 이런 데 데려와줘서 너무 좋아. 좋은데…… 내가 이렇게 놀아도 되나? 싶어. 모르겠어. 마음 한구석에선 계속 그런 생각이 들어. 고기도 먹어본 놈이나 많이 먹는다는 말이 맞나봐. 내가 이런 것들을 즐길 자격이 있나 싶은 거 있지. 솔직히…… 아까부터 주책맞게 엄마 생각까지 나."

"알아, 그 마음."

은상 언니가 등 뒤로 한쪽 팔을 뻗어 내 어깨를 감쌌고, 크게 웃었다.

"야, 나는 그런 생각 안 할 것 같냐? 우리 엄마 아빠, 일평생 호텔은커녕 바닷가에서 수영복 한번 못 입어봤는데."

언니가 덧붙였다.

"우리 같은 애들은 어쩔 수가 없어."

우리, 같은, 애들. 난 은상 언니가 '우리 같은 애들'이라는 세 어절을 말할 때, 이상하게 마음이 쓰리면서도 좋았다. 내 몸에 멍든 곳을 괜히 한번 꾹 눌러볼 때랑 비슷한 마음이었다. 아리지만 묘하게 시원한 마음. 못됐는데 다름 아닌 나 자신에게만 못된 마음. 그래서 다 용서할 수 있을 것만 같은 마음.

은상 언니가 마치 최면을 걸 듯 쥐고 있던 기다란 야광봉의 정가운데를 엄지와 검지로 잡고 내 눈앞에서 아래위로 천천히 흔들었다. 착시효과겠지만 언니의 손가락을 중심으로 샛노란 형광 빛을 뿜어내고 있는 야광봉이 휘어지듯 출렁거렸다. 그렇게 눈앞에서 일렁이던 야광봉이 어느 샌가 내 이마를 콩, 때렸다.

"야이씨. 여기까지 와서 흙냄새 풀풀 풍기는 얘기 하지 말고. 즐겨, 즐겨."

혀 꼬인 목소리의 언니가 갑자기 더 크게 소리쳤다.

"야! 니가 그럴 자격이 왜 없냐? 그럴 자격 있다. 누구든 좋은 걸, 더 좋은 걸 누릴 자격이 있어. 그럴 자격이 없는 사람은 세상에 없어. 너도, 나도, 우리 엄마도. 그건 다 마찬가지인 거야. 세상에 좋은 게, 더 좋은 게, 더 더 더 좋은 게 존재하는데, 그걸 알아버렸는데 어떡해?"

은상 언니가 야광봉을 쥔 한쪽 팔을 허공에 쭉 뻗고서는 내 귀에 대고 속닥였다.

"걱정 마. 우리 저기까지 갈 거잖아."

노란 빛살을 내뿜는 야광봉의 끝이 밤하늘의 달을 가리키고 있었다. 반쪽은 캄캄한 어둠 속에 잠겨 있고 또다른 반쪽은 시원하게 빛나고 있는, 아주 정확한 반달이었다.

골든웨이브

2017년 8월 30일

둘째 날은 느지막이 일어났다. 아무런 알람음도 없이 단지 아침이라는 분위기만으로, 일어날 때가 되었다는 기분만으로 눈을 뜬 건 정말 오랜만이었다. 바다를 정면으로 향한 통창과 그 위로 드리워진 얇은 시폰 커튼을 통과하면서 한결 은근해진 여름 햇살이 객실 안을 깊숙이 비추고 있었다. 잠기운을 다 털어내지 않은 상태를 일부러 유지하면서, 가만히 모로 누운 그 자세 그대로 시선만 천천히 옮겨봤다. 따뜻한 화이트의 천장과 벽, 정갈한 나뭇결의 단정한 가구들. 그것들이 알맞게 놓인 모서리 구석구석까지 당도한 빛살을 눈으로 더듬었다. 얼마간 그렇게 관찰하다보니 눈치챌 수 있었다. 아침에 자연스럽게 눈을 뜰 수 있었던 건 바로 이 빛 덕분이라는 것을. 그리고 이런 아침 햇살을 경험한 게 이번이 처음이라는 사실을. 어릴 때부터 엄마와 함께 살던 집들을 포함해 내가 여태까지 살아온 방들은 아침에 빛이 전혀 들지 않는 정북향이거나 북서향이었고, 지금 살고 있는 방은 남향이긴 하지만 앞 건물이 창문 전면을 가로막고 있어서 아주 미묘하고 특정한 각도에서만 해를 볼 수 있었다. '아침 햇살에 눈을 떴다'라는 말. 자연스럽고 흔한 말이지만 그런 자연스러움은 결코 쉽게 가질 수 있는 게 아니었다.

시선을 아래로 내리자 눈부실 정도로 새하얀 이불 커버가 눈에 들어왔다. 깨끗한 향기가 배어 있었고 어제 비행기에서 구경했던 구름처럼 두둥실 솟아올라 있었다. 뒤척이며 잤는데도 숨이 잘 죽지 않았다. 그 너머로는 자신이 취할 수 있는 가장 편한 자세로 곤히 잠든 은상 언니와 지송이가 보였다. 커다란 침대 세개가 나란히 놓인 방이었는데 누워서 낮은 시선으로 보니 마치 하나의 거대한 침대에 나란히 누워 있는 것처럼 보였다.

팔을 쭉 뻗어 사각거리는 커버가 씌워진 솜이불을 꼭 끌어안았다. 풍성한 부피감에 다시 나른해졌다. 몸을 움직일 때마다 사각사각 소리가 났다. 밤새 약하게 틀어둔 에어컨 바람이 공기는 물론 이불까지 시원하고 바삭하게 만들어둔 듯했다. 나른한 잠결 위에 더해진 푹신하면서도 선선한 감촉. 부드러우면서 달콤했고, 동시에 짜릿했다. 앞으로는 이런 기분을 더 자주 느끼고 싶었고, 분기별로 한번쯤은 혼자서라도 이런 고급 호텔에 놀러와 묵어야겠다는 구체적인 계획으로 이어졌다. 누구나 이런 걸 누릴 자격이 있다는 은상 언니의 말, 그 말만을 계속 되뇌었다.

천장을 향해 있는 힘껏 쭉 기지개를 켜봤다. 으으으, 하고 나지막한 신음 소리가 터져나왔다. 이번에는 머리 위로 팔을 길게 뻗어 아까보다 좀더 크게 으아아, 소리를 내면서 일어나 앉았다. 살짝 묻어 있던 잠기운이 비로소 다 떨어져나가는 것 같았다. 그 소리에 은상 언니와 지송이가 뒤척이며 눈을 떴다.

"다해 언니 얼굴 좀 봐. 엄청 잘 잔 얼굴이다."

지송이 말이 맞았다. 개운했고, 너무나 가뿐했다.

우리는 세수도 하지 않은 채 라운지로 가서 호텔 조식을 천천히 먹었다. 첫 접시는 유럽식, 두번째 접시는 미국식, 마지막 접시는 한식으로 각자 세접시씩 비우고 마지막으로 조각 케이크를 종류별로 모두 담아 와서 조금씩 나눠 먹었다. 태어나서 처음 맛보는 망고무스가 다디달았다.

오랜 시간에 걸쳐 조식을 먹고 나서는 돌아가면서 샤워했다. 씻는 동안 샤워부스의 유리 칸막이 너머로 색색의 알록달록한 수영복 세벌이 이따금 물방울을 똑똑 떨어뜨리며 나란히 널려 있는 모습을 물끄러미 바라봤다. 전날 밤의 인피니티 풀이 떠올라 저절로 미소가 지어졌다.

정오가 다 되어갈 즈음에야 서로가 골라준 옷으로 갈아입고 나와 주차장으로 내려갔다. 셋 다 면허는 있지만 차가 없어서 운전에 익숙하지는 않았기 때문에 하루씩 돌아가면서 핸들을 잡기로 했다. 첫날엔 은상 언니가 운전했으니 이번에는 내 차례였다. 내비게이션에 목적지를 입력하고 있는 사이, 뒷좌석에서 은상 언니의 목소리가 들려왔다.

"그거 알아? 우리 같은 애들이 제주에서 사고란 사고는 다 낸대."

"우리 같은 애들이 뭔데?"

"면허만 있고 차는 없어서 운전 많이 안 해본 애들. 그러면서 제주도니까 쉽지 않을까? 하고 겁도 없이 렌터카 빌리는 애들."

"재수 없는 소리."

"그러니까 정신 똑바로 차리라고."

나는 어깨를 으쓱해 보였다.

"언니, 나 버스 기사 딸이야."

그사이 조수석에 앉은 지송이가 카오디오에 휴대폰을

연결했다. 아리아나 그란데의 음악이 흘러나왔다. 지송이가 가성으로 "그리디 —"라고 선창했고 정확히 세박자를 쉰 다음 셋이 동시에 소리 지르며 상체와 팔을 마구 흔들었다. 오픈카를 빌리겠다던 지송이는 예약이 다 차 있었다면서 경차를 빌려놨다. 처음에 은상 언니가 당황하며 이렇게 말했었다.

"제주도는 바람이 많은 섬 아니야? 이거, 세게 불면 넘어가겠는데?"

언니 말이 맞았다. 차가 너무 작아서 셋이 동시에 들썩이니 차체까지 흔들리는 것처럼 느껴졌다. 그래도 마냥 즐겁기만 했다. 이 흔들림은 바람 때문이 아니고 흥에 겨운 춤일 뿐이니까.

바다 전망으로 유명하다는 까페로 향하면서 지송이가 계속 음악을 바꾸어 틀었고 이따금씩 은상 언니가 듣고 싶은 음악을 요청하기도 했다. 전날 제주공항에 내리면서부터 회사 이야기는 안 하기로 서로 약속했지만 수다를 떨다보니 막상 회사 이야기가 제일 재밌었다. 지송이는 마케팅 예산 때문에 브랜드실의 두 팀장이 어떻게 싸웠는지를 보여주기 위해서 VPN까지 접속해서 메일 내용을 읽어줬다. 각 팀장의 성대모사까지 곁들여가면서. 그렇게 한참을 웃고 떠들다가 어느샌가 조용해서 보면 둘이 고개를 푹 꺾고 잠들어 있었고 얼마간 그렇게 자다가 또 금세 일어나서 떠들었다. 그러다 지송이가 뒷좌석의 은상 언니를 돌아보면서 말했다.

"언니, 휴대폰 그만 좀 봐."

"알았어."

"뭘 그렇게 보는 거야, 자꾸? 설마, 일해?"

나는 언니가 뭘 보고 있는지 알 것 같았지만 모르는 척했다.

"아무것도 아니야."

언니가 그렇게 대답했을 때, 운전석과 조수석 사이의 컵홀더에 넣어둔 내 휴대폰에서 진동이 울렸다. 나는 그 짧은 진동음만으로 그게 은상 언니의 메시지라는 걸 직감했다. 그리고 그게 이더리움과 관련한 내용일 거라는 사실도. 좋은 소식이거나 나쁜 소식일 터였다. 기대와 두려움이 교차하면서 심장이 요동쳤다. 내 마음을 아는지 모르는지 진동음이 서너번 더 긴박하게 울렸다. 잠시 신호에 걸렸을 때 휴대폰을 꺼내서 들여다봤다. 언니가 보낸 캡처 이미지 한장이 보였다. 가파르게 우상향하는 그래프였다. 그와 함께 짧은 메시지가 연이어 도착해 있었다.

—미쳤다.

—떡상 중.

—40만원 찍었다. 탄력받았어!

—100만원 가즈아!

신호가 아직 바뀌지 않은 걸 확인한 뒤에 비트GO 앱에 접속해 가상지갑을 확인했다.

일, 십, 백, 천, 만…… 십만…… 백만…… 천만…… 억.

억?

믿을 수 없어서 앞에서부터 다시 한번 헤아렸다. 분명 앞자리가 하나 더 늘어 있었다. 아홉자리. 1억이었다. 나도 모르게 핸들을 잡고 있던 한 손을 떼어 입가에 가져다 댔다. 곁눈질로 조수석을 힐끔 봤다. 지송이는 창가에 양팔을 올리고 그 위에 또 턱을 올려둔 채 풍경을 구경하고 있었다. 그새 신호가 바뀌었다. 침착하게 휴대폰을 다시 컵홀더에 꽂아두고 자꾸만 올라가는 입꼬리를 억지로 내리면서 액셀을 밟았다. 표정관리가 잘 안 됐다. 룸미러를 슬쩍 올려다보니 은상 언니가 어금니로 안쪽 볼을 꽉 깨물고 있는 게 보였다. 그때 지송이가 갑작스레 외쳤다.

"언니, 여기 오른쪽 좀 봐봐!"

지송이의 외침에 시선을 그쪽으로 살짝 돌렸다. 낮고 푸르른 언덕 너머로 주황에 가까운 짙은 노란색 물결이 넘실대는 게 보였다. 정체 모를 노란 꽃들이 끝도 없이 빽빽하게 늘어서 있었다. 달리면 달릴수록 진노랑 풍경이

더 크고 넓게 펼쳐지면서 시야를 가득 채웠다. 때마침 얇고 낮게 드리워져 있던 구름이 빠른 속도로 이동하는 게 느껴졌다. 구름이 걷히자 빛을 곧바로 받은 노란 들판이 점점 더 선명해지기 시작했다. 홀린 듯 그쪽 방향으로 핸들을 꺾으면서 내가 물었다.

"저 앞에 차 세울까?"

"그러자."

내비게이션이 뒤늦게 경고음을 냈다.

"주어진 경로를 벗어났습니다. 경로를 다시 탐색합니다."

나는 시선을 노란 들판에 그대로 둔 채, 손만 뻗어 아무 버튼이나 마구잡이로 눌러서 내비게이션의 길 안내를 종료시켰다.

근처 갓길에 대충 차를 세우고 내렸다. 눈앞에서 본 노란 들판은 실제로 하나의 커다란 물결처럼 보였다. 마침 알맞게 불어온 바람에 따라 꽃줄기들이 한쪽 방향으로 부드럽게 기울어졌다. 바람이 부는 방향에 따라 꽃물결의 방향도 결결이 달라졌다. 아름답게 출렁거렸고, 기분 좋게 넘실거렸다. 은상 언니가 허리를 굽혀 꽃 하나를 손가락 사이에 끼우고 골똘히 들여다봤다.

"이건 무슨 꽃일까?"

"유채꽃 아니야?"

나를 올려다본 언니가 어이없다는 표정으로 웃었다.

"너 진짜 아무것도 모르는구나."

"언니도 모르잖아."

"그래도 이게 유채꽃이 아니란 건 안다."

메고 있던 크로스백에서 휴대폰을 꺼낸 은상 언니가 그 꽃을 화면에 가득 차게 해두고 사진을 찍었다. 꽃잎의 모양을 분석해서 꽃 이름을 알려주는 검색 서비스인 것 같았다.

"금계국이래. 국화과의 한해살이 혹은 두해살이 풀. 영어로는 골든웨이브."

"이름 한번 좋다. 어쩐지 끌리더라고. 가까이 와보고 싶더라고."

"나도!"

언니와 나, 그리고 지송이가 앞다투어 말했다. 성수기라서 어딜 가나 북적였던 다른 명소와는 달리 이곳은 지나다니는 사람도 거의 없었다. 사진을 찍지 않을 수 없었다. 우리는 빛을 받아 반짝이는 황금빛의 금계국 들판을 배경으로 둘씩 번갈아가면서 서로를 찍어주기로 했다. 처음엔 내가 지송이와 은상 언니를 찍었고, 그다음엔 은상 언니가 지송이와 날 찍어줬다. 마지막으로 지송이가 은상 언니와 나를 찍어주겠다고 나섰다. 저 멀리 겅중겅중 뛰어가는 지송이의 뒷모습을 바라보면서, 은상 언니가 나지막이 말했다.

"43만원 찍었어."

그때 지송이가 뛰던 걸음을 멈췄다. 괜히 움찔했지만 우리의 대화를 들은 것 같지는 않았다. 뒤돌아 휴대폰 화면을 들여다보면서 호들갑을 떨 뿐이었다.

"세상에, 너무 예뻐 언니."

달뜬 지송이의 목소리가 바람에 넘어가는 꽃물결 소리 위로 한층씩 얹어졌다.

"지금 빛이 딱 좋아."

"진짜 잘 나온다."

"아, 예뻐!"

"둘이 표정이 너무 좋아."

그 말에 지송이를 향해 포즈를 취하고 있던 은상 언니와 내가 서로 마주 봤다. 눈이 마주치자 동시에 미소가 비어져나왔다. 지송이 말대로 은상 언니의 표정이 너무 좋아서였다. 나는 속으로 생각했다. 좋고말고, 좋을 수밖에 없지. 언니가 본 내 얼굴도 이렇게 좋을까? 내 마음을 읽었는지 은상 언니가 소리 나게 웃음을 터뜨렸다. 뒤이어

왼손을 살짝 엉덩이 뒤로 뻗어 내 오른손바닥과 마주치게 하더니 손깍지를 꼈다. 나도 그 손을 세게 그러잡았다. 어떡하지, 자꾸만 웃음이 새어나왔다. 찰각거리는 셔터음이 멈추지 않고 계속해서 울려퍼졌다.

"웃으니까 너무 자연스럽다! 그렇지, 계속 그렇게 웃어봐."

지송이의 주문에 우리는 마음 놓고 더 활짝 웃을 수 있었다. 제법 세찬 바람이 불어와 짧은 옆머리가 볼에 달라붙었다. 나는 그걸 붙잡아 귀 뒤로 넘겨 걸면서 깍지 낀 손에 한번 더 힘을 꽉 주었다. 언니도 덩달아 손을 더 강하게 맞잡았다. 얼마나 세게 쥐었는지 순간 아파서 악, 소리가 날 정도였다. 우리는 마주 보고 서로의 목젖까지 다 볼 수 있을 정도로 크게 웃었다. 멀리서 "이제 여기 봐봐!"라고 외치는 소리가 들렸다. 고개를 돌리자 예쁜 앵글을 맞추기 위해 허리를 잔뜩 굽히고 구부정하게 선 지송이가 보였다. 시선은 그대로 휴대폰 화면에 둔 채, 한쪽 손만 머리 위로 높이 들어 오케이 사인을 그리고 있었다.

오오

2017년 8월 30일

원래의 목적지였던 오션 뷰 까페에는 조금 늦게 도착했다. 까페라기보다는 저택처럼 보일 정도로 큰 규모였다. 주차장을 지나 뒷문을 통해 건물 안으로 들어섰을 때, 우리는 감탄과 탄식의 소리를 동시에 내뱉을 수밖에 없었다. 전면으로 시원하게 뚫려 있는 파노라마 뷰에 먼저 놀랐고, 그 전망을 따라 오밀조밀 앉아 있는 사람들에 한번 더 놀랐기 때문이었다.

"와아…… 사람 많은 것 좀 봐."

드넓은 공간임에도 빽빽하게 들어찬 인파에 압도되어 한발짝씩 천천히 걸어들어갔다. 창가 자리의 테이블은 이미 만석이었고, 안쪽도 빈자리가 없어 보였다. 좀더 일찍 왔어야 했나 싶어 아쉬워하고 있던 사이, 곁에 있던 은상 언니가 보이지 않는 것을 알아채고 뒤를 돌아봤다. 아직도 뒷문 입구 쪽에 그대로 서 있었다. 내가 안 들어오고 뭐 하냐는 눈을 하고 손짓까지 더하자 언니는 그제야 느릿느릿 걸어들어오기 시작했다. 사람들로 빼곡한 까페 내부를 유유히 둘러보고 관망하면서.

"역시 목이 좋으니까 장사가 참 잘된다. 돈을 쓸어담겠는데?"

은상 언니의 입에서 그런 말이 나올 줄 알았다는 듯 지송이가 내게만 고개를 까딱해 보였다. 그러고는 앞장서서 빈자리가 없는지 두리번거렸다. 바다가 가장 잘 보이는 창가 쪽을 따라 사람이 유난히 더 바글거렸다. 창밖으로는 빈백과 캠핑 의자가 군데군데 놓인 잔디밭이 펼쳐져 있었고, 그 너머로 바다였다. 차라리 잔디밭에 앉아볼까 싶어 밖으로 나갔다가 너무 더워서 금세 들어왔고, 다행히 때마침 일어나는 테이블이 있어서 우리는 창가의 오른쪽 끝에 겨우 자리를 잡을 수 있었다.

자리를 잡고 앉자 은상 언니 말대로 얼마나 적절한 곳에 건물을 올렸는지 새삼 실감이 났다. 제일 구석에 앉았는데도 탁 트인 바다가 한눈에 들어왔다. 시야에는 어떠한 방해물도 없었고 너른 잔디와 바다를 동시에 눈에 담을 수 있었다. 지송이와 내가 풍광에 감탄하고 있는 사이 언니가 커피를 주문해왔고 지송이는 그중 자기 몫의 아이스커피를 집어 올려 잔디와 바다를 배경으로 사진을 찍으면서 감탄했다.

"제주 바다가 이렇게까지 예쁜 줄 몰랐어."

"정말 예쁘다."

내가 맞장구를 쳤다.

"이렇게 직접 보니까 세상에서 제일 예쁜 바다라는 말이 아깝지 않다. 내가 또 발리를 가봤잖아? 발리의 해변도 예쁘지만 지금 보니 제주가 더 예쁜 것 같아. 전에 내 친한 친구가 제주 사람이라고 얘기했었지? 걔가 그러더라구. 유럽 여행을 갔었는데, 아무리 유명한 비치에 가도 이런 색깔의 바다는 없더라면서."

"그 대학교 동기라던 친구?"

"으응……"

지송이가 어쩐지 말끝을 흐렸다. 은상 언니는 그새를 못 참고 또 휴대폰을 들여다보고 있었다. 나는 자세히 보지 않고도 그게 비트GO라는 것을 알 수 있었다. 메시지가 도착했다는 알림이 울려서 나도 휴대폰을 꺼내 잠금화면을 해제했다. 은상 언니였다.

—45만원 찍었다.

—이제 진짜 탄력받은 것 같아.

지송이 눈치가 보여 답장은 하지 않고 얼른 화면을 껐지만 내면 깊숙한 곳에서부터 새어나오는 기쁨은 어쩔 수가 없었다. 지송이가 은상 언니와 나를 번갈아 가며 삐딱하게 바라봤다.

“언니들 아까부터 뭐 해? 왜 자꾸 휴대폰만 봐?”

“응? 그게……”

내가 변명할 시간을 버는 사이, 지송이가 싸늘한 어조로 재차 물었다.

“설마 지금 내 앞에서 나 빼고 둘이 메시지 보내고 그러는 거야?”

“아니, 그게 아니라……”

내 말을 끊고 은상 언니가 먼저 대답했다.

“맞아. 사실 지금 우리가 투자한 코인이 갑자기 엄청 오르고 있거든? 야, 이게 볼 때마다 계속 오르는 거야. 나도 미치겠어. 도무지 안 보고 있을 수가 없다. 미안해.”

은상 언니가 이렇게 솔직하게 나올 줄은 몰랐고, 그래서 놀랐다. 지난 몇달간 지송이는 가상화폐 이야기만 꺼내도 발작적으로 거부반응을 보였고 무조건적으로 비난했기 때문이었다. 면전에서도 여러번 싫은 소리를 했고 B03 그룹 채팅방을 몇번이나 나갔다. 지송이를 마지막으로 채팅방에 다시 초대했을 때, 은상 언니와 나는 지송이에게 코인 이야기를 다시는 꺼내지 않기로 했다. 그게 우리의 약속이었다.

처음 내가 이더리움을 살 때만 해도 비트코인이 뭔지는 알아도 이더리움이 뭔지 아는 사람은 주변에 은상 언니밖에 없었다. 검색을 해도 아무런 자료가 나오지 않았다. 하지만 최근 몇주 사이 매스컴을 통해 많은 사람들에게 알려지기 시작했고, 이더리움뿐만 아니라 리플, 퀀텀 등 비슷한 형태의 가상화폐 붐이 전국적으로 일고 있었다. 관련 기사가 연일 쏟아졌고 포털 사이트의 경제 뉴스 페이지에 도배되다시피 했다. 무분별한 묻지마 투자를 지적하는 분석 기사와 영상, 분별없는 한탕주의를 걱정하는 칼럼이 매일 쏟아져나왔다. 그런 기고문의 논조는 지송이가 하는 말과 정확히 일치했다. 지송이가 그런 글들을 읽고 그대로 앵무새처럼 반복하는 것일지도 몰랐다.

그애는 나와 언니에게 늘 이렇게 말했다. 그런 걸 하느니 차라리 다시 주식을 하라고. 주식은 실체라도 있는 회사에 대한 가치를 매긴 거지만, 가상화폐는 정말이지 아무 가치랄 게 없다고. 언니들이 투자한 돈이 하루아침에 0원이 되고 휴지 조각이 될 수도 있는 거라고. 그런 불분명한 것에 대책 없이 올인하지 말고, 자기한테 권유하지도 말라고. 나보다 똑똑한 언니들이 대체 왜 그러느냐고…… 그럴 때마다 은상 언니는 "가치가 없지 않아. 가치가 있어. 블록체인이 보장하는 거래 시스템이 바로 미래에 우리가 지향하게 될 거래방식이며……"를 기계처럼 읊었지만 지송이는 항상 이렇게 받아쳤다.

"아, 뭔 소린지 몰라, 난 모르겠고! 아무튼 난 안 한다고. 그만 얘기하라고!"

그때와 똑같은 표정을 짓고 있는 지송이가 제주도의 푸른 바다를 배경으로 아이스커피에 꽂힌 빨대를 휘적거리며 내 앞에 앉아 있었다. 진한 경멸이 스치고 지나간 눈동자로. 무언가 더러운 것을 보고 있다는 듯 미간을 살짝 찌푸린 채. 고개를 비스듬히 저으면서.

"미쳐가지구…… 아주 그냥 코인에 미쳐가지구…… 둘 다 제정신은 아니다."

이어서 강하게 덧붙였다.

"미친 사람들 같아."

은상 언니가 휴대폰을 던지듯 테이블 위에 내려놓았다.

"뭐가 문제야? 내 코인 내가 보겠다는데."

"휴가 내고 제주도까지 와서, 바다 앞에 두고 계속 휴대폰만 보고 있는 게 정상이라고 생각해?"

"그게 왜? 너한테 억지로 하라고 한 것도 아니잖아. 너는 바다 봐, 그럼."

"셋이 모처럼 놀러 왔는데 둘이 휴대폰만 보고 있으면, 내 기분이 어떨 것 같아? 심지어 나 앞에 두고 둘이 몰래 메시지 주고받고. 난 뭐가 돼?"

숨을 한번 몰아 쉰 지송이가 계속 쏘아붙였다.

"어제부터 계속 그랬지? 내가 모를 줄 알아? 이럴 거면 대체 나랑 여행을 왜 오자고 한 거야?"

아무래도 우리가 너무했다는 생각이 들어서 나는 쥐고 있던 휴대폰을 슬쩍 다시 집어넣었다. 은상 언니도 한발 물러선 듯 누그러진 말투로 다독였다.

"그렇게 느꼈다면 미안한데, 우린 여기에 전재산 다 걸었기 때문에 안 볼 수가 없어. 지금 엄청나게 오르고 있어서 계속 봐야 하거든. 어떻게 설명해야 할지 모르겠는데…… 너도 이걸 해보면 아마 이해할 거야."

아…… 제발…… 언니가 거기까지만 하면 좋을 텐데…… 왠지 불안했다. 우려했던 대로, 언니는 하지 않아도 될 말을 잇기 시작했다.

"그러니까 지송이 너도 내가 하자 그럴 때 같이 시작했으면 얼마나 좋았겠어. 내 말 듣고 다해가 얼마 벌었는지 알면 너도 그런 소리 못할……"

"그만 좀 해!"

지송이가 소리를 빽 질렀다. 주변 테이블에 앉아 있던

사람들이 전부 다 이쪽을 쳐다봤다.

"난 안 한다고 했잖아."

새빨개진 얼굴로, 언이어 날을 세웠다. 제발 그만하라고, 언니들은 언니들 모습이 지금 어떤지 모르는 것 같다고, 자기가 봤을 땐 분명 제정신이 아니라고, 코인에 미쳐 돌아버린 것 같다고, 그렇게 돈이 좋으면 열심히 일해서 땀 흘려서 직접 벌 생각을 하라고, 그렇게 돈 놓고 돈 먹기로 버는 돈이 진짜 돈이라고 생각하느냐고, 그건 도박이나 마찬가지라고…… 그러더니 팔을 길게 뻗어 창밖의 바다를 가리켰다.

"너무 돈, 돈, 그러지 좀 마. 있잖아, 언니. 세상엔 돈보다 중요한 게 훨씬 더 많아. 저기 저 아름다운 에메랄드빛 바다한테 미안하지도 않아?"

지송이가 이어 말했다.

"보기 안 좋아. 추해."

은상 언니가 웃기 시작했다. 나지막하게 시작한 웃음소리가 조금씩 커져갔다. 갑작스러운 반응이었고, 끊길 듯 말 듯 계속되자 좀 무서워질 지경이었다. 그러다 일순간, 언니의 얼굴에서 웃음기가 전부 다 사라졌다.

"지송아, 다른 사람은 몰라도 너는 그런 말을 해선 안 될 것 같은데? 안 그래?"

동의의 눈빛을 구하면서, 언니가 나를 봤다. 나는 무슨 의미인지 이해하지 못해 잠자코 있을 뿐이었다.

"우리가 코인 안 했으면 이 아름다운 바다 근처에 오지도 못했어. 무슨 돈으로 여기 온 건지 하루 만에 다 잊어버렸냐?"

지송이가 그제야 생각난 듯 시선을 창밖의 바다 쪽으로 피했다.

"다해랑 내가 경비 다 대줘서 온 거잖아. 너는 땡전 한 푼 안 내고 몸만 왔잖아."

그러더니 엄지손가락을 등 뒤로 넘겨 주차장 쪽 방향을 가리켰다.

"아참, 니가 코딱지만 한 스파크 빌려놨지? 고맙다?"

이건 아니라고, 언니의 폭언을 멈추게 해야 한다고 생각했다. 하지만 마땅한 방법을 찾지 못했고, 언니는 그만둘 생각이 없어 보였다.

"너 때문에 놓칠 뻔한 비행기 티켓, 첫날 니가 제일 많이 먹은 자연산 다금바리, 인피니티 풀 딸린 7성 호텔, 이렇게 멋들어진 까페, 드럽게 비싼 이 핸드드립커피. 이거 전부 다."

거기까지 말한 언니가 휴대폰을 들고 비트GO 앱을 실행시켜서 지송이 눈앞에 들이밀었다. 그 순간에도 실시간으로 계속 올라가고 있는 그래프였다.

"니가 추하다고 한 이걸로 벌어서 산 건데, 어쩌지?"

나는 더이상 참을 수 없어져 인니의 말을 가로챘다.

"언니 진짜 치사하게 왜 그래? 우리가 하고 싶어서 한 거잖아."

"맞아."

언니가 시선을 내리깔고 고개를 끄덕이다가, 다시 눈을 번뜩이며 고개를 쳐들었다.

"근데 내가 처음부터 이랬냐? 재가 먼저 우리를 이상한 사람 취급하잖아. 사람을 무슨 쓰레기로 보잖아."

대체 어디서부터 잘못된 걸까. 왜 우리의 첫 여행이 하루 만에 이렇게까지 엉망이 되어버린 걸까. 나는 모든 걸 되돌리고 싶다는 간절한 마음으로 휴대폰을 쥔 언니의 팔을 양손으로 붙잡아 테이블 아래로 억지로 내렸다. 그리고 양손으로 언니의 손을 감싼 뒤 손등을 도닥이며 달래듯 아래위로 흔들었다.

"우리 이러지 말자. 지송이가 먼저 심하게 말해서 언니가 기분 나빴을 수 있어. 이해해. 근데 그건 언니가 지송이한테 또 코인 하자고 하니까 지송이도 화나서 그런 거지. 얘는 우리가 하든 말든 자기한테 권하지만 말라고 계속 이야기해왔고, 그건 우리가 전부터 약속했었던 거잖아."

여전히 창밖 바다만 바라보던 지송이는 미동조차 없었지만 내 말에 동의한다는 듯한 표정을 짓고 있었다. 억울하다는 듯 은상 언니가 내뱉었다.

"같이하자고 하는 게 왜? 이게 무슨 다단계도 아니고, 쟤가 한다고 내가 돈 버는 것도 아닌데? 나는 우리만 버는 게 미안해서, 지송이 쟤도 우리처럼 이걸로 돈 벌면 좋겠어서, 지송이 생각해서 같이하자고 한 거야. 내가 정보도 많이 아니까……"

"아니, 난 필요 없어."

지송이가 말을 가로챘고, 언니가 곧바로 반박했다.

"아니, 반대일걸? 우리 중에 니가 제일 필요잖아."

무슨 뜻이냐는 듯 지송이가 언니를 똑바로 노려봤다.

"솔직히 말해볼까? 우리 셋 다 인생 노답인 거 인정하지? 근데 그중에서도 니 인생이 제일 노답이잖아. 안 그래?"

자기도 다 아는 이야기라는 눈을 한 지송이가, 아랫입술을 깨물었다.

"너 '오오'인 거, 그리고 그걸 내가 알고 있는 거, 너도 다 알고 있잖아."

오오? '오오'가 뭐지? 처음 듣는 말이었다. 대체 둘이 무슨 대화를 하고 있는지 이해할 수가 없었다.

"너랑 다해랑 나. 지금이야 비슷하게 벌고 비슷하게 다니지. 그런데 언제까지 이렇게 하하 호호 웃으면서 어울려 지낼 수 있을까? 어쨌거나 다해랑 나는 별일 없는 한 내년에 대리 달 거고, 조금씩이라도 더 중요한 일을 맡게 될 거고, 연봉 테이블도 그만큼 올라가겠지. 우리가 대리님, 과장님, 그렇게 불리면서 한단계씩 올라갈 동안 너는 계속 직급도 없이 지송씨, 지송씨, 소리 들어가면서 맨날 같은 업무만 반복하면서, 계속 거기 그렇게 머물러 있을 거라고."

나는 모르고 은상 언니와 지송이만 아는 무언가가 있었다.

"우리 셋 다 믿을 구석 하나 없고 흙냄새 풀풀 풍기는 애들인 거 서로서로 뻔히 다 아는데. 여기서 딱히 벗어날 의지가 없으면, 제발 그래, 차라리 남자라도 멀쩡한 놈 만나든가. 무슨 대학생을…… 야, 졸업반도 아니고 프레시맨이래. 근데 또 외국 애래. 아이고…… 오며 가며 비행기 푯값으로 돈이란 돈은 다 버리고…… 그것도 모자라서 또 주말마다 양양 가서 서핑하면서 돈 뿌려. 그렇게 현실감각이 없어서 앞으로 인생을 어떻게 살아가려고 그래? 너 저축은 하냐? 그 와중에 맨날 나보고 결혼하고 싶다고 소개팅 시켜달랜다. 내 머리가 아파, 안 아파?"

바다만 응시하고 있던 지송이의 멍한 눈에서 동그란

눈물방울들이 후두두 쏟아져 테이블 위로 떨어졌다.

"언니."

내가 은상 언니의 어깨를 힘주어 잡았다.

"사과해, 지송이한테."

고개를 돌린 은상 언니가 그제야 눈물방울이 매달려 있는 지송이의 턱과 동그랗게 젖은 원피스 앞자락을 발견한 듯했다. 언니도 최소한의 양심은 있는 모양인지 미안한 눈치였지만 다시 팔짱을 끼고 고개를 반대쪽으로 돌렸다. 뒤이어 흐느끼는 소리가 들려왔다. 지송이가 턱 끝에 고드름처럼 매달린 눈물방울들을 손가락으로 재빨리 튕겨 낸 다음 눈두덩이를 문질렀다. 놀러 온다고 공들여 한 눈화장이 번져 손등이 얼룩덜룩해졌다. 그리고 창가 선반에 놓아두었던 플로피 밀짚모자를 반으로 접어 쥐고 일어나더니 그대로 뒤돌아 까페 밖으로 뚜벅뚜벅 걸어나갔다.

그 뒷모습을 보고 있는데, 이상할 정도로 마음이 아팠다.

아무런 소리가 들리지 않았다. 인파의 웅성거리는 소리가 일순간 잦아들고, 납작한 조리 슬리퍼를 신고 타박타박 걸어나가는 지송이의 발소리만 들리는 것처럼 느껴졌다. 노란 원피스가 나풀거리며 점점 멀어져갔다. 점점 작아졌다.

나도 모르게 요란한 소리를 내면서 의자를 뒤로 밀고

일어났다. 따라 나가려는 내 팔목을 은상 언니가 낚아채 끌어당겼다. 나는 그 손을 털듯이 뿌리쳤다.

"언니 진짜 못됐어."

"알아, 나 못돼 처먹은 거."

어느새 지송이가 시야에서 사라져 있었다. 나는 지송이가 의자 위에 두고 간 라탄백을 둘러메고 그애가 사라진 방향으로 무작정 뛰어갔다.

너와 나의 테이블

2017년 8월 30일

곧바로 뒤따라 나왔다고 생각했는데 아무리 둘러봐도 지송이가 보이지 않았다. 이름을 연거푸 부르면서 주차된 차들 사이사이를 미로처럼 훑는 동안 속이 상해 눈물이 핑 돌았다. 은상 언니가 못된, 못돼 처먹은 말을 하는 동안 나는 그걸 바로 옆에서 듣고 있으면서도 제대로 막지 못했다. 왜 그랬지? 나도 내심 동의했던 걸까, 틀린 말은 아니었다고 생각했던 걸까. 오오는 다 뭐고…… 머리가 쥐어짜듯 아파왔다.

주차장을 가로질러 빠져나오자 걷고 있는 지송이의 뒷모습이 손톱만 하게 보였다. 다행히 등에 챙 넓은 모자를 매달고 있어 금방 알아볼 수 있었다. 나는 다시 한번 큰 소리로 이름을 부르려다가 꾹 참고 삼켰다. 천천히 간격을 유지한 채 멀찍이서 뒤쫓았다. 길에서 고양이를 만났을 때 성급히 다가가지 않는 마음으로. 고양이들은 그렇게 하면 잽싸게 도망가버리고 만다. 나는 어쩐지 고양이 같기도 하고 등껍질처럼 보이는 모자 때문에 거북이 같기도 한 지송이를 느릿느릿 멀찍이서 계속 따라갔다.

볕이 강한 날이었다. 뻥 뚫린 차로 옆 폭 좁은 보도를 따라 하염없이 걸었다. 지송이를 간신히 알아볼 수 있을 정도로만 너른 간격을 유지한 채. 늦여름 오후, 그늘 하나 없는 땡볕을 줄곧 걷기만 했더니 등이 땀으로 축축해지기 시작했다. 손목에 걸어두었던 고무줄을 빼서 목덜미에 달라붙은 머리카락들을 한데 모아 올려묶었다. 달아오른 얼굴에 무용한 손부채질을 하면서, 그리고 저 멀리 여전히 손톱만 하게 겨우 보이는 지송이의 뒷모습을 바라보면서, 저애가 등에 매달고 있는 모자를 제대로 씌워주고 싶다고 생각했다. 그러면 좀 덜 덥지 않을까 하는 심정이었다. 너무할 정도로 내리쬐는 이 뜨거운 햇살을 가려주고 싶었다. 저애가 지금보다 훨씬 가까이 있다면 어떨까? 상상 속의 지송이는 내 코앞에서 걷고 있다. 팔을 뻗으면 까끌까끌한 밀짚모자가 손에 닿는다. 그 챙의 끄트머리를 양손으로 살포시 잡아 지송이의 머리 위로 올려 포옥, 씌운다. 모자를 쓴 지송이가 뒤돌아본다.

그때 현실의 지송이가 갑자기 방향을 틀었다. 보도블록이 아닌 그 왼쪽의 풀밭을 걷기 시작했고 얼마간 걷다가 풀과 나무가 우거진 덤불 쪽으로 쏙 들어가버렸다. 내가 있는 곳에서는 잘 보이지 않았지만 그곳에 다닐 수 있는 길이 있는 모양이었다. 꽤 높이 자란 수풀 때문에 겨우 보이던 지송이가 또다시 시야에서 달아났고 나는 부랴부랴 뛰어 그 궤적을 쫓아야 했다.

좁게 난 흙길을 따라 수풀 속으로 걸어들어갔다. 코끝에 초록의 향이 감돌기 시작했다. 안으로 들어가면 들어갈수록 주변 수목들이 점점 더 울창한 모양새로 변해갔다. 걸음걸음마다 새로운 나무들이 등장했고 서로 다른 모양의 잎사귀들이 머리 위로 드리워졌다.

이 작지만 짙은 수림은 대체 뭘까? 누군가 인위적으로 조성한 숲 같지는 않았고 자연 그대로의 느낌이 더 강했지만, 확신할 수는 없었다. 긴가민가한 채로 계속 따라 들어갔다. 들어갈수록 나무들이 더 빽빽한 간격으로 심겨 있었고 그 둘레와 높이는 점차로 커져갔다. 중간중간 나무 밑동에 수종과 설명이 간단히 적힌 이름표가 달린 걸로 봐서는 적어도 누군가의 관리하에 있는 곳인 것 같긴 했다. 그런데도 그 안은 '원형'이라는 말이 어울릴 정도로 어딘지 자연스럽고, 원시적인 풍경이었다.

빼꾸기 소리와 까마귀 소리가 번갈아 들려왔고 이내 휘리릭 하는, 처음 듣는 음으로 지저귀는 정체 모를 새소리도 들렸다. 풀벌레 소리, 바람이 나뭇잎 새로 지나다니는 소리, 이 얕은 숲 너머에 있을 바다의 물결이 때때로 부서지는 소리까지 이따금 들려왔다. 그 위로 자박자박, 우리의 흙 밟는 소리가 얹어졌다. 새하얀 끈이 달린 납작한 조리 슬리퍼를 신은 지송이의 발걸음이 점점 느려졌다. 지송이도 나처럼 그 모든 소리들을 다 감각하며 걷고 있는지도 몰랐다. 나는 조금 더 속도를 내서 걸었다. 티 나지 않게 우리 사이의 거리가 조금씩 가까워졌다. 어느샌가 지송이가 자연스럽게 뒤돌아 나를 봤다.

“여기 너무 예쁘지, 언니.”

내가 뒤따르는 걸 알고 있었던 듯했다. 언제부터 눈치챈 거지? 조금 놀랐지만, 심상히 대답했다.

“응, 정말 그래.”

지송이가 아무렇지도 않게 물었다.

“언니는 나 오오인 거 몰랐지?”

“몰랐어. 실은 아직도 그게 뭔지 모르고.”

지송이가 다시 뒤돌아 내게 등을 보였다. 우리 사이엔 여전히 세폭 정도의 가깝지도 멀지도 않은 거리가 유지되어 있었다. 앞장선 지송이가 고개를 뒤쪽으로 조금 젖히고 하늘을 올려다보면서 걸었다. 그리고 이내 담담한, 더 나아가 친절하기까지 한 어조로 설명을 이어나갔다.

지송이 말에 의하면 '오오'는 뭐랄까, 내가 겪었던 인턴 제도처럼 정직원 전환의 기회가 있는 것도 아니고, 그렇다고 계약직처럼 최대 2년의 근무 연수 제한이 있는 것도 아닌, 그 사이의 또다른 직렬 중에 하나로 일종의 무기계약직인 것 같았다. 정직원보다 단순하고 제한적인 운영성 업무를 하지만 계약직 업무보다는 조금 더 숙련이 필요하되, 그 업무가 일시적이지 않고 앞으로도 계속 필요한 일일 때, 이런 형태의 고용을 한다고 했다. 정확한 명칭은 '오피스 오퍼레이터(Office Operator) 직렬'. 지송이는 고등학교에서 회계를 전공하고 졸업하자마자 작은 규모의 사업장에서 5년 동안 경리로 일하다가 '오오 직렬'로 마론제과에 입사한 거였다. 내가 속한 브랜드실에는 그런 직군이 없어서 전혀 모르고 있었는데, 경영지원실에는 팀마다 한두명씩 있는 모양이었다. 회계팀에서는 지송이가 유일한 '오오'라고 했다.

지송이는 정산 업무만을 위해 '오오'로 고용되었다. 겉으로 보기엔 똑같았다. 사원증의 모양이나 색이 다른 것도 아니었고, 사내 시스템의 조직도에 '오오'라는 표식이 붙은 것도 물론 아니었다. 지송이가 '오오'라는 건 특정 권한이 있는 사람, 이를테면 인사팀 사람들이나 조직장 정도만 알 수 있었다. 똑같은 사무실에서 똑같이 일했고 똑같이 야근도 했고 휴가도 똑같이 받았다. 연말 연초의 업무평가도 다른 직원들과 동일하게 진행했다. 하지만 결정적으로 다른 점이 있었다. 그 평가가 반영되는 '테이블'이었다. 똑같이 '무난', M등급을 받았어도 인상률이 다르게 적용되었다. 입사 당시의 연봉 테이블 또한 따로 책정되어 같은 연차의 다른 직원들보다 급여가 현저히 낮았고, 상여금이나 성과급에서도 제외되었다. 일년에 두 번, 명절마다 나누어주는 제이마트 5만원 상품권도 받아본 적이 없다고 했다. 그리고 결정적으로, 아무리 오래 일해도 직급이 부여되지 않는다고 했다.

또 하나의 이야기는 듣고도 쉽게 믿을 수가 없었는데, 팀 사람들이 밥을 같이 먹어주지 않는다는 것이었다. 한 달에 한두번씩 회식이 있거나, 분기마다 워크숍이 있을 때는 함께 데려가주었지만 평상시에는 점심을 같이 먹지 않는다고 했다. 지송이가 말끝을 흐렸다.

"뭐, 일부러 그런 건 아니겠지만……"

지송이네 팀은 원래 모여서 점심을 먹는 분위기가 아니었고, 각자 나가서 먹는 분위기라는 거였다. 사내에 아는 사람이 많아 늘 약속이 있는 사람도 있고, 팀 내에서도 단짝처럼 친해 두셋씩 무리 지어 나가는 사람들도 몇몇 있는데 자기는 그런 사람이 없는 탓에 늘 점심과 저녁을 따로 먹었다고 했다. 처음에는 혼자 먹다가 나중에는 옆 팀의 은상 언니와 함께했고, 주에 한번 정도는 나까지 포함해 셋이서 먹어왔다는 거였다. 하루 중 가장 기다리고, 좋아하는 시간이라고 했다.

"언니들 퇴사하면 어떡하지? 그런 생각 하면 가끔 너무 겁이 나."

지송이가 천천히 뒤돌아 나를 다시 바라봤다.

"오래오래 다녀줘. 대리 달고, 또 과장도 달고, 나중에 부장까지 꼭 달아야 돼. 알겠지?"

그러더니 내년에 대리가 되더라도 계속 언니라고 부르고 싶다면서, 내게 그래도 되냐고 물었다. 나는 "무슨 소리야, 당연하지!" 하면서 괜히 언성을 높였다. "부장 달아도?"라고 물었을 때는 더 큰 목소리로, 거의 화를 내며 "당연하지!" 했다. 지송이가 "정다해 부장…… 정부장……" 하고 되뇌더니 영 안 어울린다면서, 징그럽다면서 한참을 웃었다. 그러고는 그때까지 자기가 회사에 다니고 있겠느냐고 되물었다. 나는 아무 말도 하지 않았다.

"정말 모르겠어. 내 인생 어디로 가고 있는지. 나 돈 모아야 되는 거 맞아. 이린이랑 사귀는 게 영양가 없는 짓이란 것도 알아. 근데, 지금은 그냥 앞뒤 안 재고 일단 이렇게 살고 싶어…… 그런데 동시에 또 너무 불안해…… 어떻게 해야 할지 모르겠어."

"너 하고 싶은 대로 해. 사람이 어떻게 은상 언니처럼 매 순간 각을 재면서 살아? 내가 봤을 땐, 그 언니가 특이한 거야."

"그치?"

"그럼."

짧고 굵은 두 음절씩의 대화 끝에, 우리는 마침내 발걸음을 맞추어 걸을 수 있었다.

얼마간 걸었을까. 숲길의 모퉁이를 돌면서 나무들의 키가 점점 더 커지고 있다는 사실을 발견했다. 나무줄기를 따라서 고개를 쭉 들어 올려다봤다. 서로 다른 나무로부터 뻗어나온 나뭇가지와 그 끝에 달린 나뭇잎들이 모여 그늘을 이루고 있었는데 서로 닿을 듯 닿지 않으면서도 빈틈을 메우고 있었다. 하늘에 촘촘한 그물이 쳐진 것 같기도 했고, 누군가의 운명이 하늘색으로 적혀 있는 손금 같기도 했다. 그 틈새로 빛살이 갈래갈래 쏟아졌다.

내가 고개를 젖히고 햇살을 맞고 있는 사이, 지송이가

무언가를 발견한 듯했다.

“와, 저게 다 뭐지?”

지송이의 시선과 손끝이 가리키고 있는 것은 저 멀리 보이는 돌무더기들이었다.

아니, 그것들은 무더기라기보다는 탑에 더 가까운 생김새였다. 크고 작은 검회색 돌덩이들이 차곡차곡 점차로 그 둘레를 좁혀가며 원뿔 형태로 쌓아올려져 있었다. 뾰족하다는 느낌이 들 정도로 날렵한 모양새의 돌탑이었다. 안으면 한아름에는 넘치고 두아름은 채 안 될 정도의 굵기였는데, 웬만한 성인의 키는 훌쩍 넘기고도 남았다. 높다랗고, 날렵했다. 어떤 면에서는 경이롭기까지 했다. 바람이 많다는 섬에서 저렇게 한층 한층 위를 향해 쌓인 돌들이, 조금은 위태로울지언정 무너지지 않고 꼿꼿하게 제자리를 지키고 있는 모습이, 그 어려운 현상이, 내 눈앞에 이렇게 보란 듯 펼쳐져 있다는 게 좀처럼 믿기지 않았다.

나뭇잎 사이로 쏟아지는 빛살의 한가운데에서 마치 핀조명을 받은 무대 위 주인공처럼 알알이 반짝이며 서 있는 돌탑들.

크기는 조금씩 다르지만 비슷한 형태의 돌탑이 주변에 무리 지어 있었다. 눈대중으로 세어보니 그 개수가 열개는 족히 될 것 같았다. 자태라고 해야 할지, 태깔이라고 해야 할지, 아무튼 그 조화로운 균형이 멀리서 보기에도 경탄을 자아냈다. 지송이가 먼저 그쪽으로 홀린 듯 다가갔고 나도 뒤따랐다.

돌탑과의 거리가 가까워질수록 나는 그것들이 내가 가늠했던 것보다 훨씬 더 거대하다는 사실을 점차로 느꼈다. 웅장했다. 어쨌든 돌덩어리일 뿐인데 묘하게 화려하기까지 했다. 이런 걸 소원탑이라고 하던가? 조산탑이라고 하던가? 언제부터 이곳에 있었던 걸까? 어느 한 사람이 자신의 염원을 오롯이 담아 세운 것일까? 아니면 여러 날에 걸쳐 서로 다른 사람들이 각자의 소망을 기원하며 하나씩 잡석을 주워 올린 것이 오랜 시간 쌓이고 쌓여 만들어진 것일까? 아는 바가 전혀 없었지만 돌탑은 드높은 하늘을 향해 돌덩이를 하나하나 쌓아올리는 누군가의 뒷모습을 상상하게 만들었고, 그 숭고미와 거룩함을 고스란히 전달받게 했다.

맨 아래에는 단 한뼘조차 혼자 들어올리지 못할 것 같은 묵직한 바윗덩어리들이 초석처럼 단단하게 자리하고 있었다. 그 위로는 비슷한 형태이지만 그보다는 조금 작은 바위들이, 또 그 위로는 벽돌 한장 부피의 돌덩어리들이…… 돌들은 위로 올라갈수록 마치 등비수열처럼 균일하게, 규칙적으로 작아졌고 제각기 다르게 조금씩 모난 형태임에도 불구하고 원래 하나였던 그림을 잘랐다가 다시 맞춘 것처럼 서로의 각진 모서리로 사이사이를 메우고 있었다. 고개를 들어 맨 꼭대기를 올려다봤다. 밤톨만 한 크기의 둥글넓적한 돌이 그 모든 것들의 중심을 잡아주기라도 하는 것처럼 누르듯 놓여 있었다. 그 옆의 돌탑도 마찬가지였다. 높낮이와 둘레는 조금씩 달랐지만 그 형태는 서로 비슷하게 닮아 있었다. 하나가 다른 하나의 축소판 혹은 확대판 같았다. 하나의 탑이, 그 탑들이 한데 모인 모습이 전부 균형적이었고 바로 그래서 아름다웠다.

반짝반짝. 한알 한알 빛을 받아 빛나는 돌멩이들. 각자의 높이에서 자기 자리를 지키고 있는 돌멩이들.

지송이가 가장 가까운 쪽의 탑으로 성큼 다가갔다.

"너무 아름다워, 언니."

"예쁘다, 정말. 왠지 숙연해지기까지 해."

"나도 그래. 뭔가 장엄해."

돌탑에 한걸음 더 가까이 다가간 지송이가 팔을 뻗어 슬쩍 손을 대려 했다. 나는 혹시나 탑이 무너질까 싶어 급하게 지송이의 옷소매를 뒤에서 잡아당기며 말렸다.

"어어, 조심해."

그 말을 내뱉는 순간, 지송이의 어깨 끝이 미세하게 떨리고 있는 것을 발견했다. 지송이가 나지막이 내뱉는 음성도 어쩐지 비슷한 진폭으로 떨리고 있는 것만 같았다.

"아이씨……"

"왜 그래?"

지송이가 고개를 돌려 날 바라봤다. 뭐라고 말해야 할까. 그 잠깐 사이에 그애의 얼굴은 어딘가 달라져 있었다.

"붙였어."

"응?"

"이거…… 전부 다 붙인 거야."

지송이가 돌탑의 표면으로 거침없이 팔을 뻗었다. 그리고 손가락을 바위들 틈새에 마구잡이로 찌르듯 쑤셔넣으면서 같은 말을 수 없이 반복했다.

"이것 좀 봐, 이거! 이거! 이거 다 시멘트라고! 시멘트!"

그제야 나도 돌탑에 얼굴을 바짝 들이밀었다. 모난 돌멩이들의 틈. 그 사이사이가 정말 검회색의 시멘트로 군데군데 메워져 있었다.

말도 안 돼.

말이 안 되는 것은 이 정체 모를 돌탑뿐만이 아니었다. 그걸 보고 있는 내 심정 또한 말이 안 됐다. 정말 이상했다. 다 알고 봤는데도 그 순간의 숭고함은 감소되었을지언정, 그 탑이 아름답다는 생각을 회수하지는 못할 것 같았다. 지송이가 돌탑의 맨 아랫부분을 있는 힘껏 걷어찼다. 나로서는 그애의 입에서 처음 듣는 욕을 내지르면서.

"아악!"

찢어지는 듯한 비명이 귀를 날카롭게 파고들었다. 지송이가 자기 발을 양손으로 붙잡고 풀썩 쓰러져서 흙바닥에 나뒹굴었다. 가슴이 철렁 내려앉았다. 작은 숲이 삽시간에 비명으로 가득찼다. 불길하게 연속으로 메아리쳤다. 그 울림이 미처 끝나기도 전에 나는 한번 더 놀라 심장이 터질 것만 같았다.

지송이가 부여잡은 발등이 피범벅이었다. 이런 속도가 가능한가? 사람 발에 피가 이렇게 많을 수 있나? 그런 생각이 들 정도로 순식간이었다. 멈출 것 같지가 않았다. 지송이의 손가락 사이사이로 피가 끊임없이 철철 솟구쳐나왔다. 놀란 내 눈에서 그와 비슷한 속도로 눈물이 쏟아졌다. 나는 고통의 비명을 지르며 몸을 둥글게 말고 있는 지송이의 발치에 주저앉아 무릎을 꿇고 마치 그렇게 하면 피가 멈출 거라고 믿는 사람처럼 이제는 완전히 붉은색이 되어버린 지송이의 슬리퍼를 힘주어 붙잡고 "어떡해, 어떡해"만 연신 외쳤다. 온통 피 칠갑인 손을 더듬더듬 가방속에 넣어 휴대폰을 찾았다. 면전에 끼쳐온 피비린내에 놀라 손가락이 벌벌 떨렸다. 나는 두번의 실패 끝에 119를 제대로 누를 수 있었다. "네, 소방섭니다"라는 목소리를 듣자마자 두서없이 다급하게 말했다.

"제 친구가, 다쳐서, 막, 피 나요."

울먹이느라 말이 잘 나오지 않았다.

"부딪혀서요, 거대한 돌에."

"네, 오션샤인 까페 근처 맞아요. 네, 못 걸어요. 못 걷고요."

"피가 막, 줄줄 계속 나요."

바로 출동하겠다는 대답을 들었다. 근처에 대원이 도착하면 자세한 위치를 알려주면 된다고 했다.

"근데 여기 까페는 아니고 거기서 떨어진 어떤 숲속인데요."

"이름은 몰라요, 어떤 돌탑…… 아니, 돌탑 같은 거…… 앞에 있고요."

그 말을 하는데 어쩐지 너무 서러워져서 눈에서 눈물이 한번 더 꿀렁, 흘러넘쳤다.

두번째 생일

2017년 8월 30일

지송이는 한시간 넘게 봉합수술을 받았다. 하필 날카롭게 튀어나온 부분을 걷어차는 바람에 발등이 10센티미터가량 깊게 찢어진데다 발가락이 하나 골절되어서 사흘 뒤 또 수술이 필요하다고 했다.

처치가 막 끝나고 우리가 혼란에서 벗어나 어느 정도 정신을 차렸을 무렵, 은상 언니가 응급실에 도착했다. 자초지종은 통화로 전해 들어서 대강 알고 있었다. 언니가 말없이 쭈뼛대면서 들어와 지송이가 앉아 있는 베드의 귀퉁이에 슬쩍 걸터앉더니 붕대가 두툼하게 감겨 있는 지송이의 발 옆에 손바닥을 가만히 얹었다. 시선은 바닥을 향한 채였다.

나는 은상 언니가 지송이에게 사과해야 한다고 생각했

다. 마땅히 그래야만 했다. 지금이 사과하기에 더없이 좋은 타이밍이라고 판단했고, 언니의 입에서 미안하다는 말이 나올 것이라고 예상했으며, 그 말만을 기다렸다. 하지만 놀랍게도 먼저 사과의 말을 꺼낸 건 언니가 아니라 지송이였다.

"언니, 미안해."

비스듬히 기댔던 자세를 고쳐 반듯하게 누운 지송이가 멍하니 천장만 바라보며 혼잣말인 듯, 아닌 듯, 연달아 중얼거렸다.

"그래, 맞아."

"언니 말이 다 맞는 것 같아."

"나도 안다? 나도 다 알아. 그냥 이대로, 이 패턴으로 살면 앞으로도 계속 푼돈이나 벌면서 살 거고, 버는 족족 다 쓰면서 살게 될 거라는 거. 나 믿을 구석 하나 없는 것도 맞고 그래서 내 인생 책임져줄 사람이 온전히 나밖에 없는데, 내가 날 책임지지 못하는 상황이 다가오고 있다는 거. 그 와중에 우리 엄마 아빠 노후마저 아무런 대책이 없고 여차하면 내가 책임져야 할지도 모른다는 거. 나 내후년에 서른인데 삼십대에는…… 아니, 삼십대는 솔직히 바라지도 않아. 그래, 사십대에는 관짝 같은 원룸 벗어나서 좀 집다운 집에서 살 수 있으려면, 그리고 내 오랜 꿈처럼 결혼도 하고 애도 셋 낳고 행복하게 가정 꾸리고 그렇게 살려면 지금 당장 공무원 시험이라도 준비하거나 그럴 자신 없으면 가족 하나 정도는 건사할 만한 안정적인 남자 만나야 한다는 거, 나도 다 안다고."

그 말을 끝으로 지송이는 그런 자신의 모든 걸 인정해 보이듯 고개를 두어번 끄덕였다. 잠깐의 침묵이 흐른 뒤, 그애의 비장한 표정 위로 무언가 서글픈 것이 또다시 와르르 무너져내렸다.

"근데 언니, 나 얼굴이 포기가 안 돼."

지송이가 펑펑 울기 시작했다. 눈물이 관자놀이 쪽을 따라 직선으로 흘러 '서귀포의료원'이라는 글자가 반복적으로 적힌 패턴의 베개 커버를 적셔나갔다. 어깨가 하염없이 들썩였다. 예상하지 못했던 분위기에 우리는 한마디도 얹지 못하고 지송이의 흐느낌만 잠자코 듣고 있어야 할 뿐이었다.

"나 여태까지 얼굴 본 적 한번도 없거든? 왜 있잖아, 여자는 자기를 좋아해주는 남자 만나야 한다고. 사랑받아야 행복한 거라고. 우리 어릴 때부터 그런 얘기 맨날 들어왔잖아. 그래서 남자 만날 때 항상 그런 것만 봐왔던 것 같아. 내가 그애를 좋아하느냐가 아니라 그애가 날 얼마나 좋아해 주는지를. 그게 제일 중요했던 거야. 그래서 마음에 들지 않아도, 내 타입이 아니어도, 나 좋다고 하고 하면 일단 만났어. 꾸준히 잘해주면 좀더 만났고, 그렇게 만나다보면 심지어 거기서 호감이 발생했어. 그러니까 내 호감이 상대의 호감에 기인하고 있었던 거야. 내가 안 좋아도 걔가 날 좋아하면 바로 그걸 이유로 해서 나도 걔가 좋아졌어. 나라는 사람도 취향이라는 게 있고 그래서 특별히 더 끌리거나 좋아하는 면면들이 있었을 텐데, 그건 무시해도 되는 것처럼 살아왔던 거야."

목이 멜 정도로 요란스럽게 울면서도 할 말은 다 하고 있었다.

"근데 나도 이젠 나를 좋아하는 사람이 아니라 내가 좋아하는 사람 만나고 싶어졌어. 그리고 내가 좋아하는 게…… 얼굴이라는 걸 깨달았어. 언니, 난 웨이린 얼굴이 좋아. 나 이제야 나 자신을 알게 됐어. 세상에는 여러종류의 사람이 있고 난…… 잘생긴 게 좋은 사람이야. 이제 다른 애는 못 만나겠어. 날 아무리 좋아해줘도 내가 좋지 않으면, 그러니까 이 얼굴이 아니면 나 이제 못 만나."

거기까지 말한 지송이가 작은 상처들이 난 손등으로 눈가를 훔치며 숨을 한번 골랐다.

"그리고 결정적으로, 웨이린도 날 좋아해. 내가 너무너무 좋대. 나중에 졸업하면 한국에 와서 직장 구하고 자리

잡을 거라고, 한국어도 배우고 있어. 요즘 가나다라 하는데 얼마나 귀여운 줄 알아? 여러가지 조건, 상황, 다 안 좋은 거 아는데, 얘가 날 좋아해서 얘가 좋은 게 아니라, 내가 좋아하는 애가 날 좋아해. 언니, 세상에 이런 일, 이렇게 희박하면서 복에 겨운 일이 또 있을 수 있을까? 나 그냥 지금 이것만 생각하면서 살고 싶단 말이야."

지송이가 이렇게까지 얼굴에 진심인 줄은 몰랐고 그래서 폭포처럼 쏟아진 그애의 고백을 듣고 나자 어쩐지 숙연해지기까지 했다. 은상 언니가 휴대용 티슈를 두장 뽑아 지송이의 눈물을 닦아 준 뒤, 어깨를 두드리며 다독였다.

"그래…… 예쁜 사랑 하길 바란다…… 알겠으니까 이제 그만 울어. 마취 풀리겠다."

의학적으로 근거가 있는 말인지는 모르겠지만 그 말에 지송이가 코를 한껏 들이마시며 헐떡이는 숨을, 그 울음을 멈추려고 노력했다.

"언니, 그거…… 어떻게 하는 거야?"

"뭘?"

"언니들 하는 그거, 가상화폐."

나는 놀라서 은상 언니를 봤고, 언니도 날 바라봤다. 지송이가 힘주어 말했다.

"나도 할래."

그 말이 끝나기가 무섭게 은상 언니가 베드 한구석에 놓여 있던 지송이의 휴대폰을 찾아내 집어 들었다. 그리고 그걸 두 손에 꼭 쥐여주었다.

"일단, 앱부터 깔아."

그리고 이렇게 말했다.

"너 가상계좌 틀면 내 이더리움 열개, 아니, 스무개 보내줄게. 내가 너보다 일찍 시작했으니까 그 정도는 줄 수 있어."

퉁퉁 부은 눈을 믿을 수 없다는 듯 끔뻑이는 지송이와 지송이만큼이나 깜짝 놀란 내가 거의 한 목소리로 외쳤다.

"정말?"

"응, 생일 선물이라고 생각하고 받아. 스무개면 오늘 가격으로 870만원이거든? 이게 8,700만원…… 아니, '억' 소리 날 때까지……"

거기까지 말한 언니가 잠시 호흡을 가다듬더니 말을 이었다.

"우리 같이 가보자."

그 순간, 세상에서 제일 멋있는 사람은 은상 언니가 아닐까? 그런 생각을 했고, 지송이가 부럽다는 생각으로 이어졌고, 그 와중에 이왕 나눠주는 김에 나도 한 세개만 주면 안 되나? 하는 민망한 생각도 잠깐 들다가 말았다. 후회, 자괴, 설움, 비장, 그 모든 것들이 뒤범벅된 감정이 서서히 가시고 한결 말끔해진 지송이의 얼굴 위로 커다란 기쁨이 내려앉았다.

"내 생일 원래 11월인데……"

힘겹게 몸을 일으킨 지송이가 다시 베개를 세우고 기대앉더니 손바닥으로 양 뺨을 차례로 문질러 닦았다. 뒤이어 휴대폰의 잠금화면을 흘깃 본 다음, 이내 들릴 듯 말 듯한 목소리로 조용히 선언했다.

"이제부터 내 생일은 오늘이야. 8월 30일."

어떤 욕심, 어떤 욕망

2017년 9월 13일

늦게 배운 도둑질이 더 무섭다는 말이 있던가. 아니, 늦게 배운 도둑질에 시간 가는 줄 모른다. 이게 맞나?

아무튼 제주에 다녀온 직후부터 지송이는 무섭도록 맹목적으로 코인에 빠져들었다.

은상 언니가 걱정했던 바와는 달리, 지송이에겐 비록 소액이지만 저축이 아예 없지는 않았다. 얼마 되지는 않지만 있던 예금통장을 다 털었고, 살고 있던 원룸 보증금의 상당 부분을 빼는 대신 월세를 올려서 내기로 했다. 마이너스통장도 뚫었다. 그렇게 탈탈 털어 모은 목돈을 몽땅 이더리움에 투자했다.

그후로 그래프가 또 쭉쭉 올랐다면 좋았을 텐데.

문제는 7월부터 8월까지 승승장구로 오르던 그래프가 9월부터 계속 하락세라는 거였다. 하필 그날—지송이가 자기 생일이라고, 다시 태어났다고 선언했던 8월 30일—이 고점이었고 이후로는 하염없이 떨어지기만 했다. 자고 일어나면 또 낮아져 있었고 한끼 먹고 들여다보면 또 내려가 있었다. 좀처럼 멈출 생각을 하지 않고 폭락에 폭락을 거듭했다. 소위 말하는 '떡락'이었다.

지송이는 굴하지 않았다. 오히려 가격이 내려가는 족족, 월급을 헐어 조금씩 소액으로 추가 매수에 들어갔다. 지송이가 좌절할 것을 우려해서 그랬는지 아니면 정말 그렇게 믿고 있는 건지는 모르겠지만, 코인 판에서 이 정도의 가격 하락은 더 사서 쟁여둘 수 있는 기회일 뿐이라고 은상 언니가 가르쳤기 때문이었다. 한마디로 '물타기'를 하라는 거였다. 매일 아침 B03 채팅방에서는 지송이와 은상 언니 간에 이런 메시지가 오갔다.

—와…… 또 떨어졌네?

—괜찮아, 괜찮아!

—강장군, 지금이 추매 타이밍입니까?

—그렇지. 추매 가자!

—가즈아!

뒤이어 머리 위에 천사 링을 단 채 억지로 웃고 있는,

초탈의 경지에 이른 듯한 미소의 이모지가 잔뜩 도착했다. 정말…… 이대로 괜찮은 걸까……? 나 같으면 조바심이 날 것 같은데 지송이는 의외로 간이 큰 모양인지 일희일비하는 것 같지는 않아 보였다. 아마 그동안의 은상 언니와 내 모습을 지켜봐왔기 때문일지도 몰랐다. 지난 몇 달간 바람 잘 날 없이 오르내리는 그래프 위에서 울고 웃으면서 결국은 지금의 가격까지 올라왔으니, 자신도 '떡락'의 한복판에서 '추매'로 '물타기'를 하면서 '존버'하면 그만큼의 수익을 얻게 될 거라고 기대하는 듯했다.

물론 나도 그렇게 믿었고, 당연히 그렇게 되기를 간절하게 바랐다. 오래전 겨우 피자 한판 값이던 비트코인을 사두고 까맣게 잊었다가 나중에 발견한 미국의 어느 십대처럼, 나도 피자 한판은 아니지만 서너판 값으로 이더리움을 샀으니 후일의 가치폭등을, 그래서 퇴사까지 할 수 있기를 고대하고 있었다.

하지만 그건 희망 사항일 뿐, 그렇게 되라는 보장은 어디에도 없었다.

지송이는 겉으로는 오를 거라고, 더 오를 거라고, 장군님들만 믿고 간다며 아무렇지도 않은 척했지만 매일같이 손가락 끝을 물어뜯었고, 어느날은 열 손가락 끝에 모두 피딱지가 잡혀 있었다. 파티션 하나를 사이에 두고 일하는 은상 언니는 그 딱딱하게 굳은 피딱지와 키보드 자판이 만나는 둔탁한 소리가 날 때마다 끝을 알 수 없는 막연한 죄책감에 시달린다고 했다. 겉으로는 더 오를 거라면서 추가 매수를 하라고 부추겼던 언니지만 내심으로는 불안한 모양이었다. 추이를 지켜보니 왠지 지금이 이더리움의 최고점이 아닐까, 심지어는 바로 지금이 현금화를 해야 할 '엑싯' 타이밍이 아닐까, 하는 생각까지 문득문득 든다고 했다.

사실 나도 은상 언니와 비슷한 생각을 안 한 것은 아니었다. 코인 판이 오르락내리락하는 게 하루 이틀 일은 아니었지만 이번에는…… 좀 달랐다. 그래프를 둘러싼 주변 상황이 명백하게 변하고 있었다.

연초와는 달랐다. 이제는 모두가 비트코인과 이더리움을 비롯한 가상화폐에 대해 알고 있었다. 서로가 더 잘 안다고 목소리를 높였다. 단순히 한탕주의를 걱정하는 이야기들, 암호화폐의 부정적인 미래와 그로 인한 폭락을 그리는 이야기가 나올 때까지만 해도 한 귀로 듣고 한 귀로 흘렸지만 더는 그럴 수 없었다. 정부 차원의 규제가 있을 거라는 말이 돌기 시작한 것이다. 그 소문이 거의 정론으로 자리 잡히자 그건 더이상 우리가 흘려버리고 무시할 수 있는 요소가 아니었다. 설상가상으로 며칠 전, 중국에서 가상화폐 규제가 시작되었다는 뉴스가 터졌다. 그날 부로 종류를 막론하고 모든 코인시장이 전에 없이 큰 폭으로 급락했다. 이더리움은 자그마치 60%가 빠졌다. 제주도에서 50만원을 바라보던 1ETH의 가격이 순식간에 20만원 초반까지 곤두박질쳤다. 나는 절벽처럼 깎아질러 내려가는 그래프만 허망하게 들여다보며 마른세수를 반복하다 언니한테 개인 메시지를 보냈다.

—중국 기사 보고 있어?

—응, 상황이 좀 심각한 것 같아.

중국발 가상화폐 규제 소식이 들린 지 일주일째 되던 날, 3층 엘리베이터 앞에서 은상 언니와 마주쳤다. 우리는 복도 가장 깊숙한 곳에 기대서서 어두운 표정으로 대화를 시작했다.

"결국은 오를 거라는 기대로 여태까지 버텼는데, 이제는 버틴다는 게 의미가 있을지 모르겠어."

차라리 지송이에게 코인을 시작하게 하지 않았으면 좋았겠다는 생각마저 든다고, 은상 언니가 고백했다. 지송이는 워낙 고점에 산 터라 언니가 증여한 이더리움 스무 개를 제외하고서도 본전을 찾지 못한 것 같았다. 안타까웠다. 우리는 일찍 사두었기 때문에 지금 팔아도 어쨌거나 익절이었지만 지송이 입장에선 엄청난 손절이었다. 제발, 나랑 은상 언니 것은 더이상 오르지 않아도 좋으니 지송이 것만이라도 올랐으면 좋겠다고 간절히 바랐다. 물론 그건 불가능한 일이었다. 우리는 같은 코인을 샀고, 같은 그래프 선상에 있었다. 같은 운명의 파도 위에 배를 띄우고 있었다. 한마디로 같은 코인을 타고 있었다. 우리 셋은 전례 없는 코인 판의 풍파 속에서 '존버'와 '엑싯'의 기로에 서 있었다.

은상 언니는 조만간 기회를 봐서 이더리움 보유분을 전부 매도하고, 지송이에게도 손절을 권한 다음 투자금액 중 손해 본 일부를 보전해주는 것까지 고려하고 있다고 했다. 자기가 부추겼으니 자기가 책임을 지겠다는 거였다.

"우리까지 규제 들어가면 지금 떡락은 떡락도 아닐 것 같아. 솔직히, 어제부터는 언제 나갈지 타이밍만 보고 있어……"

언니는 규제 자체가 문제라고 생각한다기보다는 규제가 시작되면 어쨌든 가격이 떨어지게 될 테니 이쯤에서 그만둘 생각인 것 같았다. 언니가 이 세계에서 빠져나간다면 나도 다 팔고 나와야 했다. 난 돈에 관한 문제에 있어서라면 언니의 판단력을 우선적으로 신뢰하니까…… 언니는 하나밖에 없는 내 장군님이니까…… 아…… 그렇지만…… 그치만……

정말이지 믿고 싶지 않았다.

여기가 끝이라는 사실을.

더 높이 올라갈 줄 알았는데…… 달까지 갈 줄 알았는데…… 아직은, 아직은 빼고 싶지 않았다. 아직 부족해! 그 생각밖에 들지 않았다. 너무너무 부족했다. 지금 가격으로 내 가상화폐 지갑 잔고는 대략 5,000만원이었다. 내가 초반에 넣은 내 전재산과 그후로 퇴직금을 헐어서, 위험한 빚을 내서, 월급을 받는 족족, 야금야금 넣은 금액을 모두 합하면 2,000만원 정도였다. 그러니까 나는 이더리움으로 3,000만원가량을 번 셈이었다. 내 연봉보다 훨씬 큰 돈이었지만, 원금의 거의 1.5배 가까이를 일하지 않고 번 것이었지만, 지난 반년간 꿈꿔온 일확천금의 꿈이 여기서, 고작 여기에서 끝이라는 사실을 도저히 믿고 싶지 않았다.

분했다. 억울했다. 동시에 그런 감정이 드는 나 자신에게 어쩌면 이렇게 뻔뻔할 수 있을까 하는 마음도 들었다. 어쩔 수가 없었다. 사람 욕심이 본디 이렇게 생겨먹은 것 같았다. 염치도 없고 끝도 없었다. 처음 시작할 때는 100만원만 벌어도 좋겠다고 생각했는데 아무것도 안 하고 몇백을 벌었더니 천 단위가 벌고 싶었고, 몇천을 벌었더니 몇천 더 벌고 싶어졌고, 나중에는 적어도 억은 있어야 해,라는 욕심이 생겼다. 분명 제주도에서는 가상지갑 잔고가 1억이었다. 1억으로 할 수 있는 것들을 상상하며 지냈더니 3,000만원은 터무니없이 부족하게 느껴졌다.

1.2룸에 살게 되자, 침대에 누워서는 현관과 부엌이 보이지 않게 되자, 이제는 먹고 난 음식 냄새도 침대 위로 올라오지 않으면 좋겠다는 욕심이 생겼다. 또 창문 두개가 마주 보고 있어서 환기가 잘되는 곳에 살고 싶다는 욕심도 생겼다. 그런데, 고작 그런 게 욕심일까? 잘 때는 음식 냄새를 맡고 싶지 않은 마음을 욕심이라고 부를 수 있을까? 그것이 욕심이든 욕망이든, 나는 이제 방과 부엌이 분리된 투룸에 살고 싶었다. 지하철역에서 마을버스를 타고 와서 내리면 거기서부터 집까지 걷는 길이 다 먹자골목이었다. 마감 때면 가게마다 내놓은 쓰레기봉투들이 도로에 즐비했다. 그 쓰레기 행렬은 집 안에 들어와서도 끝나지 않았다. 집을 볼 때는 미처 생각 못했는데, 창문을 열면 음식 냄새와 취객들의 말소리가 고스란히 집 안으로 침범해 들어왔다. 나는 내가 냄새에 취약한 사람이라는 것을 확실히 알게 되었다. 그동안은 몰랐던 사실이었다. 창문을 열어도 아래층 피자집과 옆 건물 감자탕집의 냄새가 올라오지 않는 곳에 살고 싶었다. 창밖의 전경이 먹자

골목과 노래주점이 아니라 공원, 아니, 그저 나무 두어그루 정도 있는 풍경이기만 해도 좋겠다는 바람이 생겼다. 다음 집은 주변 환경이 깨끗한 주거단지로 가고 싶었고, 출퇴근할 수 있는 지하철역도 좀더 가까웠으면 좋겠다는 생각이 들었다. 아니면 차를 살 수 있거나. 제주도에서 운전해보니 역시 차가 있으면 여러모로 편할 것 같았다. 그래서 주차장도 한칸쯤 마련된 집으로 가고 싶었다. 작더라도 아파트에 살아보고 싶었다. 호캉스도 더 자주 가고 싶고, 돈 걱정 없이 해외여행도 가보고 싶었다.

은상 언니는 지금 엑싯해도 되겠지? 못해도 3억은 벌었을 텐데. 나도 딱 그 정도를 가지고 싶었다. 그러면 어쩌다가 들어온 이 지긋지긋한 회사를 그만두고 조금, 아주 조금 쉬면서, 내가 진짜 좋아하는 일이 무엇인지, 그러면서도 잘할 수 있는 일이 무엇인지 찾아보고 싶었다. 평생 놀고먹겠다는 게 아니었다. 그런 말도 안 되는 욕심은 아니었다. 더도 말고 덜도 말고 딱 1년만 쉬면서 다른 진로를 모색해보고 싶었다. 딱 1년만…… 그렇게 하려면 정말로 많은 돈이 필요할 것이다. 아, 그렇다면 욕심이 맞을지도 모른다.

나는 열심히 하지 않고도, 노력하지 않고도, 여윳돈을 손에 쥐고 싶었다. 조금만 더 넉넉하게 살고 싶었다. 문자 그대로 일확천금을 꿈꿨다. 월급만으로는 부족했다. 내게는 더 많은 돈이 필요했다.

나는 맥없이 축 처진 은상 언니의 어깨 위에 한 손을 올린 뒤, 결연하게 제안했다.

"언니, 나 이대로는 엑싯 못해. 우리 딱 한번만 물어보고 결정하자."

"누구한테?"

나는 지갑을 뒤적여 네 귀퉁이가 꼬깃꼬깃해진 명함 하나를 내밀었다.

단정하게 쪽찐머리에 번쩍이는 이마, 두툼한 눈썹 문신에 새빨간 립스틱. 강렬한 증명사진이 커다랗게 박힌 연월도사의 명함이었다.

시베리아 북서풍

2017년 9월 18일

우리는 커피빈의 1호 칸에 다시 모였다.

빳빳한 깃의 흰 셔츠를 입고 머리를 곱게 쪽쪄서 단단하게 만 연월도사가 미리 와서 앉아 있었다. 테이블 위에는 커다란 무지 노트가 활짝 펼쳐져 있었고 그 옆에는 감색 모포가 깔려 있었다. 도사는 모포 위에 올려둔 타로카드를 정리 중이었다. 내가 먼저 맞은편으로 들어가 앉으면서 도사에게 눈인사를 했다. 뒤이어 지송이, 은상 언니가 차례로 들어왔고, 우리 셋은 한 소파에 허벅지를 나란히 붙이고 끼어 앉았다. 도사가 우리 셋의 얼굴을 오른쪽부터 하나씩 천천히 살피더니 새하얀 노트의 빈 페이지를 손바닥으로 훑으면서 내게 인사 아닌 인사를 건넸다.

“아가씨는 전에 한번 봤었고. 그렇지?”

"네, 맞아요."

이번에는 지송이와 은상 언니를 번갈아 보면서 대뜸 내뱉었다.

"새로 온 아가씨들 중에 외국 사람 만나는 아가씨가 있는 것 같네?"

바로 옆에 앉아 있던 지송이의 다리가 움찔하는 게 고스란히 느껴졌다. 곁눈질로 살펴보니 얼굴에도 놀란 기색이 역력했다. 놀란 건 나도 마찬가지였다. 저번에 팀장과 함께 봤을 때에도 시작부터 간파당했다는 기분이 들었는데 이번에도 역시 그랬다. 만나자마자 첫마디에 물어보지도 않은 걸 무심한 듯 정확하게 먼저 짚어냄으로써 일단 맹종하게 만들었다. 판을 그렇게 깔고 시작해버렸다. 그게 연월도사만의 영업 전략일지도 몰랐다. 물론 그럴 능력이 있어야 이런 전략도 쓸 수 있는 것이겠지만. 다시 시선을 오른쪽으로 살짝 돌려봤다. 아, 지송이의 눈빛은 이미 속수무책으로 도사님을 신봉하고 있었다.

"네, 저예요. 저."

팔까지 번쩍 들고 지송이가 대답했다.

"외국 사람이랑 잘 맞을 거야, 아가씨는."

"그렇죠?"

확신에 찬 목소리로 그렇게 말하면서 은상 언니를 한

번 쓱 봤다. 뒤통수만 보였지만 나는 지송이가 은상 언니를 어떤 표정으로 봤을지 눈에 선했다. 연월도사가 셔츠 주머니에 꽂아뒀던 검은색 플러스펜을 꺼내 뚜껑을 열었다. 압착된 공기가 빠져나오면서 뽁, 소리가 났다. 왜인지는 모르겠지만 내게는 그 소리가 하나의 징조처럼 들렸다. 도사는 그 뚜껑을 다시 펜대 뒤쪽에 끼우면서 물었다.

"생년월일시?"

"91년 11월……"

지송이가 고백하듯 생년월일과 태어난 시를 읊었고 도사가 그걸 노트에 빠르게 받아 적었다. 업무 밀집 지역 인근 점심시간의 까페. 적당히 소란스럽고 시끌벅적한 공기 위로 음산하면서도 어딘가 신비로운 면이 있는 수성 사인펜 소리가 사각사각 얹어지기 시작했다. 아라비아숫자가 아닌 몇개의 한자로 축약된 지송이의 생년월일시 아래로 도사가 또다시 알아볼 수 없는 한자를 연이어 적으면서 동시에 반대쪽 손가락을 접었다가 폈다가 했다. 뒤이어 빨간색 플러스펜을 뽑아들었고 그걸로 자신이 갈겨쓴 몇개의 한자 위에 날렵한 모양의 동그라미를 재빠르게 쳤다.

"아가씨는 외국 중에서도 추운 나라가 잘 맞아."

놀란 눈의 지송이가 다급히 물었다.

"네? 더운 나라는요?"

"추운 나라라고 나오는데?"

지송이의 얼굴이 급격히 어두워졌다.

"완전 더운 나라는 아니고 조금, 아주 조금 더운 나라는요?"

"그건 모르겠고, 하여간 찬 바람 부는 데."

도사가 이어 말했다.

"방향으로 치면 북쪽이 맞아."

완전히 쐐기를 박은 셈이었다. 대만은 확실하게 우리나라보다 남쪽에 있으니까.

"제가 지금 아주 약간 더운 데 사는 애랑 연애 중이거든요. 안 그래도 어떻게 해야 할지 모르겠어서 여쭤보려고 했어요. 계속 만나는 게 맞을지……"

도사가 무슨 말인지 알겠다는 듯 끄덕이며 모포 위의 타로 뭉치를 한 손으로 잡았고, 그걸 쓸듯이 둥글게 밀어 부채꼴 모양으로 쫙 펼쳤다.

"카드 세장 뽑아볼까? 내 연애 떠올리면서."

지송이의 손가락이 카드 위를 천천히 훑기 시작했다. 느릿느릿 신중하게 카드 세장을 뽑는 동안 나는 은상 언니 쪽으로 고개를 돌렸다. 예상한 대로 언니 역시 나를 보고 있었다. 우리에게 주어진 시간은 인당 15분씩 45분으로 길지 않았는데 지송이의 연애운 상담이 시간을 다 잡아먹게 될까봐 걱정하는 눈치였다. 지송이는 타로를 뽑고, 한번 더 뽑고, 또 뽑고, 웨이린의 출생 시각을 알아내려 페이스북 메신저를 한참 두드렸고, 결국 둘의 사주로 궁합까지 봤다. 시간이 속절없이 흘러갔다.

은상 언니가 자기 몫의 아이스커피를 다 마시고 난 뒤 얼음을 우적대며 씹어 먹는 소리가 들려왔다. 그러다가 무언가가 갑자기 떠오른 듯 희번덕거리는 눈을 하고 지송이와 연월도사의 대화를 냅다 끊고 들어갔다.

"잠깐! 잠깐! 도사님, 잠깐만요!"

"응?"

모두가 고개를 돌려 은상 언니를 바라봤다.

"아까 북쪽 나라랑 잘 맞는다고 하셨잖아요. 구체적으로 어떤 나라요?"

"어디 보자……"

연월도사가 노트의 앞장을 다시 펼친 다음 또다시 빨간색과 검은색 플러스펜을 번갈아 잡으며 흐르는 듯한 필체로 한자 몇개를 적어내려가다가 마지막에 정말이지 난생 처음 보는 복잡한 한자 두 자를 적고 그 아래 밑줄을 두번 쳤다.

"소련."

"소련이요?"

"응."

"러시아 말씀하시는 거죠?"

"그렇지. 아가씨도 생년월일시 대봐."

도사는 은상 언니의 사주를 새 페이지에 받아 적었다.

"이 아가씨뿐 아니라 셋 다 대체로 러시아랑은 잘 맞는 편이야. 북쪽에서 불어오는 찬 바람 있지? 시베리아 북서풍. 그걸 타면 아주 멀리까지 가. 그렇게 나와 있어."

"셋 다요? 그럼 저도요?"

내가 물었다.

"응. 저번에 아가씨는 불덩어리라고 했잖아. 큰 바람이 불면 그만큼 불이 크게 번지는 거야."

들으면 들을수록 알쏭달쏭한 말 뿐이었다. 연월도사가 양볼 가득 바람을 불어넣었다가 내뱉으면서, 그와 동시에 테이블을 내리치면서 말했다.

"바람이 후욱, 불면 불길이 활활활. 어떤 느낌인지 알겠지?"

그 기세에 나도 모르게 고개를 끄덕였지만 솔직히 잘 모르겠다는 생각밖에 들지 않았다. 시작부터 물어보지도 않은 걸 맞춰버리는 바람에 모두를 놀라게 한 것과는 달리 그후로는 딱히 명쾌한 부분이 없었다. 소련이라는 두 글자를 뚫어지게 바라보는 은상 언니의 표정이 복잡해 보였다. 아니, 이제와 돌이켜보니 조금은 시원해 보였나?

그후로 몇분간의 상담이 더 이어졌다. 투자에 대해서는 올해 우리 셋 모두 금전운이 딱히 나쁘지는 않으나 특별히 좋은 것도 아니라면서, 절대 모든 걸 걸지 말라고 했다. 계란을 한 바구니에 담지 말라는 거였다. 그건 누구나 할 수 있는 이야기 아닌가? 그런 생각을 하고 있는 사이 벌써 약속된 시간이 다 되어가고 있었다.

까페에서 나오는 길, 답답한 심정의 나와 달리 은상 언니는 무언가가 해소되었다는 표정을 지었다. 트렌치코트 주머니에 손을 깊숙이 꽂아넣은 언니가 눈을 내리깐 채 바닥만 보고 걸어가다가 나직이 내뱉었다.

"나…… 매도 안 할래. 우리 조금만 더 존버하자."

"어째서?"

"이더리움 개발자 비탈릭. 걔 러시아 사람이잖아."

그 순간 머릿속에서, 아니 가슴속에서였을까? 성냥을 세게 긋는 듯한 감각이 일었다. 맹렬한 불꽃이 튀었다. 지송이와 내가 말없이 손바닥을 마주쳤다.

우리는 시베리아 북서풍을 타보기로 했다.

조금 더 버텨보기로 했다.

돈의 속성

2017년 11월 23일

11월 23일 목요일. 나열된 자태마저 아름다운 1, 1, 2, 3. 어떻게 이 날을 잊을 수 있을까.

평소와 크게 다를 바 없는 날이었다. 전날까지는 얇은 트렌치코트를 입다가, 제법 쌀쌀해진 날씨에 모직 코트를 꺼내 입었다는 게 다른 점이라면 다른 점이었다. 계절을 한바퀴 돌아 꺼내 입은 코트의 손목 부분에는 올해 초 제이마트 미팅 가는 길에 쏟았던 커피 얼룩이 희미하게 남아 있었다. 처음부터 드라이클리닝을 맡겼다면 바로 없어졌을 텐데 집에서 지워보겠다고 수를 쓰다가 잘 안 되어서 뒤늦게 맡겼더니 말끔히 사라지지 않았다. 그때는 이더리움에 올라타기 전이었다. 지금이라면 내 마음에도 여유가 생겨 바로 드라이클리닝을 맡겼을 텐데…… 돌이켜보니 참 우스웠다. 코트 드라이클리닝은 5,000원에서 6,000원 사이였다. 거기에 부분 오염제거 비용을 추가해도 만원이나 할까? 그게 뭐가 아쉽다고 그렇게 아끼고 살았을까?

이렇게 호기로이 말해보지만, 사실 그때의 내가 어떤 심정으로 그랬는지는 여전히 쉽게 떠올릴 수 있다. 내일이 오늘보다 나을 것이라는 기대가 없던, 아니 그게 무엇인지조차 모르던 나날들. 더 나빠지지 않기만을 바라던 시간들. 그런 게 너무 당연해서 서글프지도 않고 억울하지도 않고 그저 일상이었던 매일과 아무도 모르는 사이에 묵고 묵은 얼룩 같은 초라한 마음들의 모양을.

나는 소매의 끄트머리를 접어 얼룩이 보이지 않게 해두었다. 드러난 안쪽에 동글동글한 형태의 보푸라기가 한가득, 왠지 징그러워 보일 정도로 군집해 일어 있었다. 보이는 대로 하나씩 잡아 뜯다가 무릎께에 닿은 코트의 끝자락을 내려다봤다. 거기에도 보풀이 바글바글 잔뜩 있었다. 마론 정규직 전환 기념으로 아울렛 매장에서 산 코트. 산 지 5년이 다 되어가는 베이지색 반코트. 이걸 사기 전까지는 검정 코트 하나밖에 없어서 내가 엄청 아끼고 좋아했던, 중요한 미팅 가는 날이면 꼭 챙겨 입었던, 나의 두번째 코트. 나는 이참에 세번째 코트를 하나 사야겠다고 마음먹고 출근길 지하철에서 휴대폰으로 롱코트를 검색해봤다. 그런 날이었고, 그때까지는 그게 다였다.

왜 그날이었는지 모르겠다.

그날이어야만 했던 이유는 아직도 알지 못한다.

점심을 먹고 사무실에 복귀한 직후부터 이더리움 그래프가 정체 모를 급물살을 타며 우상향하기 시작했다. 41만원에서 시작했던 가격이 오후 3시에 44만원을 돌파했다. 그때부터였을 것이다. 우리가 그룹 채팅방에 시시각각으로 비트GO 차트 화면을 캡처해서 보내기 시작한 것이. 새로운 꼭짓점을 찍을 때마다 똑같은 그래프가 세 장씩 채팅방에 도착했다. 그야말로 앞다투어 보냈다. 우리의 실시간 그래프 중계는 오후 내내, 그리고 퇴근 후에도 이어졌다. 채팅방은 밤늦은 시간까지 한순간도 멈추지 않았다. 벅차고 설레서 잠도 잘 오지 않았다.

자정 즈음, 마침내 지난 5개월 최고점을 돌파하며 469,500원을 찍었다. 은상 언니가 예측했다.

— 내일은 50만원 찍을 것 같아. 이번에는 진짜 탄력 받았다. 이번 달 안에 100까지 본다. 나 믿어라.

— 아 제발!

— 가즈아!

— 장군!

—장군님!

다음 날인 24일 새벽, 밤새 올라가던 그래프가 이번에는 역대 최고가를 찍었다. 드디어 50만원을 돌파한 것이었다. 최고 535,000원까지 기록했고, 내 가상지갑에 다시 억 단위가 찍히기 시작했다. 믿을 수가 없었다. 그 순간부터 인생의 어떤 가능성이 활짝 열리는 것만 같았다. 그러니까, 그 '열린다'는 감각이 머릿속에서 생생한 이미지로 그려질 정도였다. 어느 냉동 창고 같은 데서나 볼 수 있는 거대한 철문 같은 게 굳게 닫혀 있다가 시끄러운 쇳소리를 내며 양옆으로 활짝 열리는 감각. 그리고 그 철문의 널따란 면적만큼이나 커다란 빛이 한번에 쏟아져들어오는, 압도적으로 눈부신 감각.

무엇보다 날 기쁘게 만든 건 밝아진 지송이의 얼굴이었다. 드디어 이익을 보기 시작한 거였다. 그애가 고백했다. 잃기만 할 때는 초조해서 아무 일에도 집중할 수 없었고 온종일 그래프만 들여다보곤 했다고. 그런데 이제는 오르니까 또 오르는 대로 일이 안 되어서 하루 종일 그래프만 보게 되더라는 말이었다. 제주도에서의 우리 마음을 이제야 비로소 알 것 같다고 했다.

—나 그때 코인 안 탔으면 정말 어쩔 뻔했어? 너무 아찔해.

기쁘고 흥분됐지만 한편으로는 어리둥절했다. 입버릇처럼 '존버만이 답이다'라고 말해왔지만 그 말이 그저 주술적 주문일 뿐이라는 것을, 외치는 그 순간에도 모르지 않았다. 느닷없이 이렇게 오르는 데에는 이유가 있지 않을까? 그게 대체 뭘까? 하는 의문이 좀체 가시질 않았다. 무릇 가격이란, 수요와 공급 그리고 그로 인한 상품의 가치가 반영된 것이라는 전제 아래서는 이런 폭등에 그런 이유들이 있어야 할 것 같았다. 규제 리스크가 해결된 것인지, 아니면 암호화폐에 대한 새로운 검증이 이루어진 것인지 궁금했다. 틈틈이 기사를 찾아봤다. 가상화폐시장이 전에 없이 급격히 상승하고 있다는 소식뿐, 그에 대한 면밀한 분석 기사는 아직 나오지 않았다. 은상 언니에게 물었다.

—대체 왜 이렇게 갑자기 오르는 거야? 규제 리스크도 아직 그대로인데, 왜 하필 지금이지? 뭔가가 더 검증이 된 건가?

암호화폐의 작동 원리는 그대로일 거라고 했다. 중국 규제와 우리 정부의 규제설 등이 초반에는 악재였지만 그로 인해 관련 기사가 쏟아져나오고, 미디어에 자주 노출이 되다보니 장기적으로 가격 자체에는 호재로 작용한 게 아니겠느냐고, 언니는 추측했다.

—맨날 가상화폐 문제가 많다, 그래서 규제가 시작될 거다, 그러면 이제 너희들 다 큰일 났다, 꼴좋다, 하면서 하루 종일 떠들어댔잖아. 그러니까 오히려 가상화폐에 관심도 없고 그게 뭔지조차 모르는 사람들까지, 가상화폐 하면 그렇게 떼돈을 벌 수 있다고? 그게 뭔데? 나도 해볼까? 이렇게 돼버린 거지.

가상화폐의 부작용을 걱정하는 기사와 기획물들이 쏟아졌지만 그로 인해 일부 대박 케이스가 알려지자 오히려 너도나도 가상화폐에 뛰어들어 수요 자체가 늘었다는 거였다. 게다가 잘은 모르지만 최근의 부동산과 주식시장이 별 볼 일 없으니까 그쪽 돈이 다 코인 판으로 흘러들어온 게 아니겠느냐고 덧붙였다.

—이 모든 것들의 타이밍이 다 딱딱 맞아버린 거지.

돈에는 총량이 있어서 결국 한쪽에서 빠지면 그만큼 또다른 쪽으로 몰리게 되어 있다는 거였다. 그러니까 돈들이 어느 길로 다니는지 잘 눈여겨봐야 한다고 했다. 언니가 결연하게 말했다.

—이제부터는 나도 눈을 부릅뜨고 살펴볼 거야.

예전에는 돈이 없어서 그걸 흘려보지도 굴려보지도 못했기 때문에 돈이라는 게 어떤 성질을 지녔는지, 무엇을 타고 어디로 흘러가는지 알 수 없었지만 조만간 가상화폐 보유분을 전부 매도하고 이 많은 돈을 현금으로 거머쥐게 되면 자기도 그걸 이리 저리 굴려보고 신명나게 갖고 놀아보면서 변하지 않는 돈의 속성을 반드시 찾아낼 거라고 했다.

—돈은 대체 어느 쪽으로 흐르는 걸까? 너무 궁금해. 그 원리를 알고 싶어!

은상 언니의 메시지를 본 순간, 머릿속에 하나의 장면이 스쳐지나갔다.

강은상회가 성업 중이던 시절, 불 꺼진 사무실에서 스탠드 조명만 켜두고 어깨를 잔뜩 수그리고 있던 언니의 기이한 뒷모습. 돼지저금통의 배를 가르고 백원짜리와 오백원짜리 동전을 꺼내 열 맞춰 차곡차곡 쌓고 있던 언니의 달뜬 손동작.

나는 돈의 속성을 알아내고 말 거라는 포부를 외치는 은상 언니가 옛날 텔레비전 만화영화에서 보던 음습한 실험실의 미치광이 과학자 같아서 조금 섬뜩해졌다. 하지만 이내 언니와 내가 같은 편이라는 사실을 상기했고, 그 왼쪽 어깨에 두 발을 사뿐히 올리고 앉은 한마리 까마귀가 될 수 있어서 얼마나 다행인가, 하며 금세 안도했다.

플래시

2017년 12월 12일

1ETH이 63만원을 돌파했다. 나의 가상화폐 총자산은 1억 1,082만원이 되었다.

우리는 매일 점심시간마다 커피빈의 4호 칸에 모였다. 그날의 의식을 치르기 위해서였다.

우선 음료 한잔과 달콤한 케이크 한조각씩을 주문했다. 케이크는 어쩌다 기분 좋을 때 한번씩 먹는 특식 같은 느낌이었는데 이제는 매일 사 먹을 정도로 마음의 여유가 생겼다. 얼마나 여유로워졌냐면 초콜릿무스케이크와 뉴욕치즈케이크가 둘 다 당겨서 고민되는 날에는 두개 다 시킬 정도였다. 음료와 케이크가 나오면 그때부터 우리만의 의식이 시작되었다. 먼저 은상 언니가 아이패드를 켜서 비트GO 앱을 실행했다. 화면에 그날의 이더리움 가격을 원화로 환산해서 띄우고, 그걸 캡처한 다음, 다시 사진첩으로 들어가 캡처한 이미지를 화면에 숫자가 꽉 찰 때까지 확대했다. 셋 중 한명이 숫자가 크게 띄워진 전광판 같은 아이패드를 들면 그날의 촬영 담당이 휴대폰 전면 카메라를 켜고 팔을 사선으로 길게 뻗어 사진을 찍었다. 그리고 곧바로 그룹 채팅방에 공유했다. 세잔의 음료와 세개 혹은 네개의 케이크 접시가 놓인 테이블을 둘러싼 채 아이패드를 양손으로 잡고 가슴께에 들거나, 턱 밑에 갖다 대거나 머리 위에 올린 우리의 사진이 차곡차곡 쌓여갔다. 화면 안의 숫자가 계속 늘었다.

2017년 12월 13일

1ETH이 72만원을 돌파했다. 나의 가상화폐 총자산은 1억 2,497만원이 되었다.

점심시간에 69만원일 때 사진을 찍고 들어왔는데 오후 5시쯤 또 상한가를 찍은 것이었다. 믿을 수가 없어 손이 다 떨렸다. 그냥 지나칠 수 없겠다는 생각이 들었다. 지체하지 않고 그룹 채팅방에 메시지를 보냈다.

—6층 소회의실 A. 30분 예약해뒀어.

우리는 몰래 소회의실에 모여서 재빠르게 사진 한장을 더 찍고 흩어졌다. 내 머리 위 아이패드에는 723,250이라는 숫자가 적혀 있었고 화면 속 우리는 그 어느 때보다도 밝은 기운을 머금고 있었다. 화면 안의 숫자가 커질수록 그걸 들고 있는 우리의 미소도 점점 커져갔다.

2017년 12월 18일

1ETH이 90만원을 돌파했다. 나의 가상화폐 총자산은 1억 5,622만원이 되었다.

채팅방에 반복적으로 쌓여가는 이미지는 그래프 캡처 화면, 아이패드를 든 셀카, 그리고 하나가 더 늘었다. 바로 타투 도안이었다.

9월 언젠가, 시베리아 북서풍을 타보기로, 다 함께 '존버'하기로 마음을 굳히면서 우리는 1ETH의 가격이 100만원이 넘으면 기념으로 우정 타투를 새기자고 뜻을 모았다. 그런데 타투를 하자는 제안에는 모두 동의했지만 도안에 대해서는 의견이 분분했다. 나는 음영 진 보름달 안에 필기체로 To the Moon이라고 적힌 도안을, 지송이는 보름달 하단에 양 끝이 안쪽으로 살짝 접힌 리본이 둥글게 지나가고 그 리본 위에 레터링이 있는 디자인을, 은상 언니는 동그란 보름달의 지름을 따라 달무리처럼 To the Moon이 반복적으로 적혀 있는 형태를 제안했는데 그걸 보자마자 지송이와 나는 은상 언니의 미적 감각에 야유를 퍼부었다. 그 일을 괘씸히 여겨서 그랬는지 아니면 진심이었는지는 모르겠지만 지송이와 내가 서로의 도안 중 하나로 결정하면 좋겠다고 생각한 것과 달리 은상 언니는 둘 다 마음에 들지 않는다고 끝까지 고집을 부렸다. 디자인이 똑같지 않으면 우정 타투의 의미가 퇴색되었으므로, 또 어디까지나 우리를 이끌어준 장군인 은상 언니의 의견을 무시할 수는 없었으므로, 우리는 원점에서부터 다시 고민해야 했다. 결국 레터링 대신 로켓 이미지를 넣는 방향으로 스타일을 바꿨고, 원만하게 합의에 이를 수 있었다.

2017년 12월 19일

1ETH이 100만원을 찍었다. 나의 가상화폐 총자산은 1억 7,357만원이 되었다.

2017년 12월 20일

1ETH이 102만원으로 또다시 최고가를 경신했다. 나의 가상화폐 총자산은 1억 7,978만원이 되었다.

내 몸에는 작고 영광스러운 흔적이 새겨졌다. 손가락 한 마디 정도 길이의 로켓과 그것과 비슷한 크기의 보름달이었다. 간결하고 단순한 형태였지만 달에는 약간의 음영과 분화구가 있어 그것이 그냥 동그라미가 아니라 달이라는 것을 알아볼 수 있었다. 그리고 바로 아래, 달을 향해 귀여운 로켓이 날아오르고 있었다. 전체적으로 뾰족하면서도 머리끝은 둥근 로켓이었다. 몸통에는 동그란 창문이, 그 아래로는 작은 열대어의 지느러미 같은 세개의 날개가 달려 있었고 뒤꽁무니로는 불꽃이 뿜어져나오는 모습이었다. 은상 언니는 왼쪽 상완 바깥, 지송이는 오른손목 안쪽에 받았다. 나는 오른쪽 팔꿈치 접히는 부분 바로 아래에 받기로 했다. 한명이 시술을 받는 동안 다른 두명이 아이패드에 계속 실시간 그래프를 띄워서 보여줬다. 마지막 순서인 내가 시술을 받는 동안은 그날의 최고가를 찍었다. 그래서였을까? 아니면 보기보다 간단한 일인 걸까? 아니면 내가 생각보다 고통에 강한 걸까? 잘은 모르겠지만 아무튼 나는 타투 시술이 진행되는 동안 거짓말처럼 아픔을 느끼지 못했다. 조금 따끔했고, 많이 기뻤다.

2017년 12월 31일

1ETH이 103만원을 넘겼다. 나의 가상화폐 총자산은 1억 8,261만원이 되었다.

한해의 마지막 날, 처음으로 은상 언니와 지송이를 집에 초대했다. 내가 도어록의 비밀번호를 누르고 현관문을 열자마자 지송이가 나보다도 먼저 신발을 벗고 발을 들여다놓으며 말했다.

"우와, 꽤 넓다. 내 방도 이 정도만 돼도 참 좋을 텐데."

그리고 몇발짝 더 걷다가 고개를 오른쪽으로 돌렸다. 이어지는 숨넘어가는 소리는 예상했던 바였다.

"대박. 세상에, 여기 공간이 또 있네!"

나는 내 베드룸 입구에 기대서서 의기양양하게 딸깍딸깍 소리를 내며 할로겐 전등을 껐다 켰다 반복했다. 벽을 짚고 길게 뻗은 내 팔에 은상 언니가 자기 턱을 살포시 올린 채 베드룸 안쪽을 들여다봤다.

"진짜 예쁘다."

뒤이어 물었다.

"근데, 좀 춥지 않아?"

"추워. 창문 바로 앞이라. 그래서 방한 커튼 두겹으로 달았잖아."

더 큰 문제는 따로 있지만 그에 대해서는 굳이 언급하지 않았다. 사실 이 공간은 바닥에 보일러가 들어오지도 않았다. 넓은 방이 아닌데도 이쪽에만 들어서면 서늘한 한기가 느껴졌다. 이것도 이사하고 한참 뒤에, 찬 바람이 불고 나서야 알게 된 사실이었다. 중개인의 조언대로 이 공간은 행거나 서랍장을 놓고 수납용도로 쓰는 게 맞을지도 몰랐다. 하지만 나는 추위 속에 덜덜 떨며 잠들지언정 이곳을 침실로 쓰겠다는 다짐을 바꾸지는 못할 것 같았다. 조만간 일인용 전기장판을 살 생각이었다.

지송이가 먹고 싶어 하던 신메뉴 피자를 배달 주문하고 기다리는 동안 나는 미트볼을 아낌없이 넣은 파스타 3인분을 만들었다. 그사이 둘이 쇼핑백에서 집들이 선물을 주섬주섬 꺼내놓았다. 지송이가 레드와인을, 은상 언니가 크리스털 와인잔을 사 왔다. 한쌍씩 두 박스, 총 네개였다. 언니의 선물이 너무 과한 것 같아서 헛웃음이 났다.

"아니, 무슨 혼자 사는 집에 와인잔을 네개나 사 왔어?"

"와인잔은 원래 쌍으로 팔아. 우리가 세명인데 두잔만

사 올 수는 없지 않겠냐? 오늘 하루 마시는 거래도 누구는 와인잔에 마시고 누구는 머그컵에 마시면 모양 빠지잖아.”

언니가 와인잔을 박스에서 모두 꺼내고 완충재 포장을 벗겨냈다. 뒤이어 잔을 거꾸로 뒤집은 다음 바닥에 붙은 스티커를 조심스럽게 손톱으로 떼어내며 덧붙였다.

“그리고 원래 와인잔 같은 건 인원수보다 여유 있게 사 놓는 거야. 얇아서 금방 깨져버리거든.”

그 말이 끝나기가 무섭게 무언가 와장창 깨지는 소리가 들렸다. 잔을 미리 씻어 놓겠다더니 지송이가 실수로 와인잔 하나를 깨뜨린 것이었다. 다행히 싱크볼 안에서 깨져서 파편이 많이 튀지는 않았지만 혹시 몰라 급히 지송이와 은상 언니에게 내 양말을 덧신기고, 청소기를 꺼내 돌리고, 바닥과 싱크대에 롤테이프 클리너를 꼼꼼히 여러번 굴렸다. 지송이와 내가 우왕좌왕하며 깨진 와인잔의 흔적을 치우고 있는데 어디선가 중얼거리는 소리가 들렸다. 루돌프가 그려진 양말을 신은 언니가 의자 위에 양반다리를 하고 앉은 채로, 와인잔 세개를 테이블 위에 나란히 줄 맞춰 세우면서 말했다.

“내 말 맞지? 뭐가 언제 깨질지 모른다니까. 이것 좀 봐. 와인잔이 하나, 둘, 셋.”

그리고 우리를 돌아보며 씩 웃었다.

"이제 딱 맞잖아."

책상 겸 식탁인 작은 테이블 위에 냄비받침을 폈다. 그 위에 미니오븐에서 이제 막 꺼낸 뜨거운 트레이를 올렸다. 파스타 위를 빼곡하게 뒤덮은 치즈가 알맞게 그을려졌다. 포크 두개를 들어 가운데에 푹 찍어넣고 양쪽으로 벌리자 토마토소스에 버무려진 탱글한 면발과 미트볼이 드러났다. 보자마자 침이 고였다. 은상 언니가 능숙하게 와인을 땄고, 지송이가 깨끗이 씻은 와인잔에 와인을 넉넉히 따랐다.

이제, 축배의 시간이었다.

크리스털 와인잔을 높이 들어 서로 맞부딪쳤다. 그 순간, 믿을 수 없을 정도로 청아하고 영롱한 종소리가 났다. 그 소리에 우리는 누가 먼저랄 것도 없이 깜짝 놀라 눈을 크게 뜨고 서로의 얼굴과 와인잔을 번갈아가며 쳐다봤다. 첫 모금을 마시기도 전에 종소리를 다시 듣기 위해 몇번이나 더 잔을 부딪히며 정신없이 웃었다.

와인과 파스타, 피자와 샐러드를 남김없이 먹고 나니 벌써 자정에 가까워지고 있었다. 냉장고에서 캔맥주를 꺼내 마시고 있던 와인잔에 그대로 부었다. 바닥에 고여 있던 와인 몇방울이 섞여 맥주가 엷은 핑크색을 띠었다. 우리는 아이패드를 테이블 위에 세워둔 채 이더리움 그래프를 보면서 새해 카운트다운을 하기로 했다. 초록색 막대와 빨간색 막대. 시시각각으로 깜빡이며 자리를 바꾸는 뾰족한 그래프가 마치 반짝이는 조명을 휘감은 크리스마스트리 같았다.

11시 59분 49초. 지송이가 휴대폰 카메라를 창가에 괴어둔 다음 10초 타이머 버튼을 누르고 잽싸게 뛰어왔고 미리 포즈를 잡고 대기하고 있던 나와 은상 언니 사이로 쏙 파고들었다.

"팔, 칠, 육, 오, 사, 삼, 이, 일! 해피 뉴 이어!"

웬일인지 플래시가 터졌다. 우리는 핑크색 맥주가 든 잔을 다시 한번 부딪혔다. 또 한번의 종소리가 작은 방 안에 울려퍼졌다. 2018년 1월 1일. 새해가 밝았다. 무술년 황금 개띠 해라고 했다. 나는 스물아홉이 되었고, 1ETH이 105만원을 뚫고 나갔다. 그래프가 번쩍였다.

소년등과일불행

2018년 1월 2일

올해 시무식은 대표를 포함한 전직원이 맨투맨티셔츠를 맞춰 입은 채로 진행되었다.

지하 강당이 전에 없이 알록달록했다. 본부별로 색만 다른 티셔츠를 입고 오와 열을 맞춘 의자에 나란하게 모여 앉아 있었다. 꼭 맛별로 분류해둔 알사탕들 같았다. 왼쪽 가슴과 등에 커다랗게 프린트된 마론 로고의 색은 팀별로 조금씩 달랐다. 그러니까 조직의 가장 큰 단위인 본부끼리는 같은 바탕색, 가장 하위 단위인 팀끼리는 또 같은 로고색인 셈이었다.

작년 4분기가 시작될 즈음, 사내에서 창립 40주년 기념 단체 티 사진 콘테스트가 열렸다. 공지에 따르면 티셔츠의 형태는 맨투맨으로 정해져 있지만 색상과 프린트는 팀별로 자유롭게 디자인할 수 있다고 했다. 각 팀별로 제작 주문한 티셔츠를 맞춰 입고, '기발한' 단체 사진을 찍은 다음, 사내 게시판에 올려서 추천수를 가장 많이 받은 팀이 일등을 하고, 일등한 팀에게는 회식비를 지원해주는 콘테스트였다.

나는 콘테스트를 준비하면서, 이런 행사를 기획할 때의 목적이 있지 않았겠느냐고, 애써 생각해봤다. 아마도 '직원 사기 진작' 또는 '애사심 고취 효과' 정도의 목적을 가지고 있다고 기획안에 쓰여 있지 않았을까? 물론 티셔츠를 받아서 입기만 하면 되는 사람은 새 옷 냄새가 나는 보들보들한 기모 맨투맨티를 착용하면서, 그리고 똑같은 티를 맞춰 입고 줄지어 선 일군의 사람들을 보면서 일순간 사기 진작이 될 수 있을지도 모른다. 하지만 그걸 준비하는 사람은 필연적으로 사기가 떨어지기 마련이었다. 특히 업무와 하등 상관없는 이런 일의 담당자는 늘 막내였고, 막내가 진정한 의미의 막내라면 담당하고 있는 업무의 중요도나 양이 상대적으로 적을 것이기 때문에 이런 잡무를 도맡아 할 수도 있겠다지만 우리 팀이라면 얘기가 좀 달랐다.

브랜드실에서 유일하게 몇년째 신제품도 없이 명맥만 근근이 유지하고 있는 우리 팀은 내가 입사한 이래로 신입 티오가 난 적이 한번도 없었다. 그때부터 지금까지 내가 쭉 막내였다. 회사의 신입 선발 인원이 해가 갈수록 적어지기도 했거니와 뽑더라도 우리 회사의 간판이라고 할 수 있는 초콜릿팀이나 빙과팀으로 보내지 스낵팀으로는 배치되지 않았다. 햇수로 5년, 아니, 이제 새해가 밝았으니 6년째였다. 그래서 나 같은 케이스, 그러니까 신입이 아닌 '명목상 막내'는 현실적으로 가장 실무에 치여 있을 시기에 단체 티 디자인과 제작, 사이즈 취합부터 발주까지 해야 하는 난관에 처하게 되는 것이었다.

더 큰 스트레스는 팀장의 요구사항에서 비롯되었다. 이번 우리 팀 단체 티를 '일상에서도 입을 수 있는' 콘셉트로 기획해달라고 했기 때문이었다.

"매년 이렇게 행사 있을 때마다, 워크숍 때마다 맞춰 입고 버려지는 이런 단체 티 너무 아깝지 않나? 어차피 그때 한번 입고 끝이잖아. 이건 낭비에다가 환경오염이라고."

여기까진 나도 완전히 동의하는 바였다. 그런데 그에 대한 결론이 이상했다.

"이번엔 일상에서도 입을 수 있는 디자인을 콘셉트로 하면 어떨까? 평소에 회사 밖에서 입어도 전혀 어색하지 않게. 그 옷으로 일상복을 코디해서 입고 와서 찍어서 올리는 거지. 요즘 그런 거 많이 하잖아. 자기가 그날 입은 거 찍어서 올리는 거, 앞에 우물 정(井) 자 해서. 그걸 뭐라고 하더라?"

팀장이 날 보며 물었다.

"해시태그 오오티디요?"

"응, 그래 그거. 근데 그게 무슨 뜻이지?"

"아웃핏 오브 더 데이……일걸요?"

"아무튼 그런 느낌으로 찍는 거야. 획기적이지 않아? 이 정도면 1등 할 수 있지 않을까?"

무슨 회사 단체 티로 오오티디를 해…… 회사에서 바라는 건 그게 아니라고요…… 단체 티 콘테스트에서 원하는 건 단결과 통일이지…… 나는 왜 팀장이 회사에서 끈 떨어진 신세가 되었는지 너무나 잘 알 것 같았다.

"역시 90년대생이 해야겠지? 이런 건?"

그 말에 회의실에 모여 있던 팀원들의 시선이 죄다 내게로 향했다. 아, 너무 익숙해서 지겨운 저 표정들. 이른바 '요즘 애들'의 반짝이는, 통통 튀는, 재치 있는, 뭔가 색다른, 아무튼 그 무언가를 기대하는 얼굴. 정말이지 너무나 부담스러운, 그 밑도 끝도 없는 헛된 기대들. 나는 딱 1990년에 태어난데다 이제 한살만 더 먹으면 서른이었다. 하지만 저들은—심지어 일부는 나와 몇살 차이 나지도 않으면서—언제나 내게서 '20대 느낌' '요즘 감성' '밀레니얼 취향'과 '새로운 아이디어'를 맡겨놓기라도 한 양 내놓으라고 닦달했다.

"다해씨가 한번 준비해봐. 내일 오전 주간회의 시간에 한번 다 같이 모여서 잠깐 보지 뭐. 일상복으로도 입을 수 있는 디자인으로 부탁해."

나는 참담한 심정이 되어 속으로 되뇌었다. 그런 건…… 그런 일은…… 있을 수가 없어요…… 팀장님…… 회사 로고 같은 건 일상에 들어올 수가 없어요…… 애초에 전제 자체가 잘못되어 있다는 사실은 의심조차 하지 않고 자신이 만들어놓은 모순된 틀 안에서 불가능한 걸 요구했다. 뭐라고 할 수 있을까? 그건 팀장이 좋아하는 커피에 비유하자면 '뜨거운 아이스아메리카노 주세요'나 다름없는 말이었다.

모처럼 일찍 퇴근할 계획이었는데 단체 티셔츠 때문에 사무실에 붙잡혀 있어야 했다. 빈 PPT 화면에 티셔츠 모양의 도형을 띄웠다. 우클릭. 색상 팔레트를 열고 연한 색 위주로 몇개 찍어봤다. 그 위로 투명 배경의 마론 로고 png 파일을 올렸다. 키보드 방향 키를 아래, 위, 좌, 우로 두드려 로고 위치를 이리저리 옮겨봤다. 한숨밖에 나오지 않았다.

이번에는 마우스로 로고의 귀퉁이를 잡아 늘였다가 줄

였다가 해봤다. 대체 어떻게 하면 일상에서도 입을 수 있는 단체 티를 만들 수 있을까? 귀퉁이를 잡아 주욱 늘렸다가, 다시 손목을 반대 방향으로 놀려 주욱 줄여봤다. 줄이고, 줄이고…… 또 줄이고…… 로고가 좁쌀만 해졌다. 아무래도 작으면 작을수록 좋겠지. 아예 없으면 더 좋고. 뾰족한 수가 나오지 않았다. 정말이지 답이 없었다. 내가 지금 무슨 일을 하고 있는 거지? 애초에 이게 말이 되는 일이야? 이런 것 때문에 야근을 해야 돼?

그때였다. 점점 줄어든 로고가 점이 되어 아무리 축소해도 더는 줄어들지 않게 되었을 때, 아이디어 하나가 섬광처럼 번뜩였다. 역시, 사람이 죽으란 법은 없다는 생각이 들었다. 정말 필요한 영감은 절체절명의 순간에 나오는 걸까? 바로 이것이 6년 차 회사원의 위기관리 능력인 걸까? 나는 뭔가에 홀린 듯 정신없이 키보드를 두드리며 PPT 화면을 채워나가기 시작했다.

다음 날 주간회의가 끝나갈 무렵, 팀장이 불현듯 말을 꺼냈다.

"아참, 그럼 마지막으로 티셔츠 기획안 한번 볼까?"

나는 회의실 모니터에 연결된 케이블을 내 노트북에 꽂았다. 어제 만들어 둔 PPT 문서가 화면에 떠올랐다.

“일단 따뜻한 색감의 크림 화이트색 맨투맨티로 해봤습니다.”

거기까지 말한 뒤, 팀원들의 표정을 한번 둘러봤다. 나쁘지 않았다.

“그리고 왼쪽 가슴에 40주년 기념 로고를 자수로 놓는 거예요. 이 정도 크기로요.”

나는 검지와 엄지를 동그랗게 말아 붙여서 들어보였다. 다들 마음에 들어서인지 아니면 단순히 회의에 참여하고 있다는 것을 나타내기 위한 관성인지는 모르겠지만 고개를 천천히 끄덕였다.

“이 자수를 하얀색 실로 놓는 거예요.”

“으음?”

뭘 들었는지 모르겠다는 식으로 팀장이 눈을 끔뻑이며 이상한 소리를 냈다. 나는 문서를 다음 페이지로 넘겨 자세히 설명하려고 했다.

“자수는 일반 프린트에 비해 단가가 좀 나가긴 하지만……”

팀장이 내말을 가로챘다.

“화이트에 화이트로 자수를 놓자고?”

“바탕색은 크림 화이트고요. 비슷한 색이긴 하지만 자수는 밝은 아이보리에 가까운 색이고 소재가 다르기 때문에……”

“아니, 재질이 어쨌거나 저쨌거나 흰색 천에 흰색 실을 쓰자는 말이잖아.”

“……그렇죠.”

“그럼 대체 뭘 보라는 거야?”

보지 말라는 거잖아요. 일상복으로도 입을 수 있게 하라면서요…… 아니다, 말을 말자. 나는 이미 내가 잡은 방향이 잘못되었음을 깨달았다. 분명 어젯밤에 떠올릴 때는 난관을 뚫고 나갈 한줄기 빛과 같은 획기적인 아이디어라고 생각했었는데 지금 보니 아니었다. 이미 저분 마음에 들지 않는데 대체 무슨 말을 더 할 수 있을까. 나는 시간이 흐르기만을, 그래서 이 회의실의 바로 뒷 시간을 예약한 팀이 출입문을 두드리기만을 바랐다.

“바탕색이랑 글자색이 똑같으면 로고를 어떻게 봐?”

팀장이 재차 물었다.

“드래그해야 보이나?”

나는 팀장을 드래그해서 잘라낸 다음 휴지통으로 조용히 옮긴 뒤 말끔히 비우는 상상을 하면서 그 순간을 견뎠다.

바스락.

땡그랑.

일주일 뒤, 다시 전체 공지가 내려왔다. 팀별로 진행된 아이디어 회의가 무색하게, 단체 티를 다음 해 시무식에서 입기로 했다며 디자인에 재량을 주기로 한 걸 모두 취소하고 한가지 형태로 통일해서 일괄 제작해 나누어주는 방식으로 변경된 것이었다. 아마 그 공지에 많은 팀의 티셔츠 담당자들이 쾌재를 불렀을 것이다. 우리 팀은 마론의 상징인 개나리 색에 팀장이 고른 빨간색으로 기념 로고를 넣은 티셔츠를 입게 됐다. 이로써 영원히 일상에서는 입을 수 없는 티셔츠가 하나 더 지구의 쓰레기로 생산되었다. 우리는 그걸 맞춰 입고 단체 사진 콘테스트에도 참여했지만 많은 표를 얻지는 못했다.

시무식이 끝난 뒤, 팀장이 날 따로 불렀다.

"역시, 다해씨는 아직 어려서 그런지 노란색이 잘 받는다."

나는 애매하게 웃어 넘겼다.

"우리 팀도 신년 기념 회식 한번 해야지. 이번 달 말이나 다음 달 초로 잡아줘. 저번에 갔던 통삼겹살집 괜찮았지? 거기로 전원 참석 가능한 날로 잡아줘봐."

뒤이어 단체 사진 콘테스트에서 수상해서 상금을 탔으

면 소고기를 먹으려고 했는데 아쉽다면서 마음에도 없는 소리를 했다. 팀장은 회식에서 절대 소고기를 먹자고 할 사람이 아니었다. 할당된 회식비 예산을 넘기는 것도 아닌데 항상 윗사람인 실장의 눈치를 봤고 다른 팀보다 회식비가 적게 나오도록, 우리 팀이 브랜드실 내에서 회식비 지출이 가장 적은 팀이 되도록 늘 신경 썼다. 한마디로 먼저 기는 스타일이었다.

"아참, 갑자기 물어보고 싶은 게 생각났는데……"

팀장이 머뭇거리면서 화제를 전환했다. '아참'도 '갑자기'도 둘 다 어색했다. 그 인위적인 말투로 보아, 날 따로 부른 이유는 사실 회식이 아니라 바로 이것인 것 같았다. 대체 뭘까?

"다해씨, 혹시…… 가상화폐 할 줄 알아?"

본론이 따로 있을 거라고는 예상하고 있었지만 그게 이런 질문일 줄은 미처 예상치 못했다. 나는 의외의 질문에 당황해버렸고, 왠지 자세히 이야기하기는 싫어서 예전에 해본 적은 있다는 식으로 대충 얼버무렸다.

"어떻게 하는지, 나도 좀 알려줄 수 있나?"

"그게…… 일단 앱부터 다운로드하셔야 하는데요."

나는 팀장이 내민 휴대폰을 받아 들었다. 스토어에 들어가 비트GO 앱을 다운로드하려 했지만 얼마나 오랫동안 OS 업데이트를 하지 않았는지 팀장의 휴대폰에는 앱이 깔리지도 않았다.

“팀장님 폰에는 안 깔려요.”

“왜?”

“OS 업데이트부터 할게요. 해도 되죠?”

“응, 가상화폐 할 수 있게만 해주면 돼.”

“앞으로는 웬만하면 자동 업데이트 켜놓으세요.”

“어휴, 난 그런 거 귀찮아서 딱 질색이야.”

더는 대꾸를 하지 않고 조용히 할 일만 했다. 우선 팀장의 휴대폰에 OS를 최신 버전으로 업데이트해주고, 비트GO 앱을 깔아주고, 가입을 시켜주고, 가상계좌를 틀기 위해 앞으로 해야 할 일들을 팀장의 낡은 수첩에 몇개의 그림과 함께 순서대로 번호까지 붙여 적어주고 나서야 회의실을 빠져나올 수 있었다.

그제야 비로소, 중요한 시그널이 도착했다는 생각이 들었다.

자리에 돌아와 앉자마자 메신저를 열었고, 다급히 B03 그룹 채팅방을 찾아 메시지를 보냈다.

—아무래도 이제 때가 된 것 같아.

지송이의 메시지가 먼저 도착했다.

—무슨 때?

— 엑싯을 해야 할 때.

얼마 뒤, 은상 언니가 답했다.

— 사실 나도 그렇게 생각하고 있었어.

*

소문 들었어? 구매팀 강은상씨 퇴사한다던데.

예전에 자리에서 물건 팔던 그분?

네. 아직 퇴사한 건 아니고 사직서 냈대요. 한달 정도 인수인계하고 나간다던데요?

그 팀 일, 그분이 거의 다 하고 있는 거 아니었어?

그래서 거기 또 급하게 사람 뽑잖아요.

나 그분한테 결재 올릴 거 있는데. 담당자 바뀌기 전에 미리 올려놔야겠다.

근데 그분, 좀 무섭지 않아요?

맞아. 표정도 그렇고, 말투도 얼마나 틱틱 대는지.

아주 웃겨. 구매 담당자가 그렇게 유세 부리는 건 처음 봤어. 무슨 자기 돈으로 사주는 것처럼 굴더라니까.

귀찮으니까 한번에 끝내려고 기분 맞춰주는 건데 자기가 진짜 마른 돈줄 쥐고 있는 줄 알아.

딱 그 연차가 그런 뽕에 취할 때지.

그 팀 동기한테 물어보니 원래 사회성 개차반이래요. 점심도 거의 같이 안 먹는다고.

나도 봤어. 회계팀 오오랑 먹던데?

그래도 걔가 일은 잘했던 거 같아. 그 전 사람보다.

그건 그래요.

근데, 그렇게 딱딱해 보이는 사람이 자리에 좌판 벌여 놓고 장사한다는 얘기 듣고 깜짝 놀랐잖아요.

그때도 별로 친절하진 않았어.

맞아요. 제가 엄청 단골이었는데도 2,500원 외상하니까 입금 리마인드 메일을 세시간에 한번씩 보내더라고요. 정 떨어져서 그뒤론 안 갔잖아.

혹시 인사팀에 고자질한 거, 자기 아냐?

그건 아니에요.

누가 이른 거야? 그래도 그거 있을 때 얼마나 편했는데.

맞아요. 대일밴드랑 페브리즈도 팔고 그랬어.

근데, 그래서 어디로 간대요?

이직하는 건 아니라더라고요. 일을 아주 그만둘 거라던데.

걔가 비트코인으로 떼돈을 벌어서 나가는 거라는 얘기가 있어요.

맞아, 맞아.

세상에.

저도 들었어요. 비트코인 해서 수십억 벌고, 강남에 건물 사고, 마세라티 타고 다닌다더라고요.

어머, 대박.

너무 부럽다.

와, 진짜 좋겠다.

어휴, 시부럴. 로또를 암만 사면 뭘 해. 그 돈으로 우리도 비트코인을 샀어야 해.

지금이라도 시작해야 하나?

아이참, 박대리!

네, 팀장님.

거국적으로 한잔하려는데 그쪽 테이블 왜 이렇게 시끄러워? 자, 다들 잔 비웠으면 잔 채우시고. 아, 윤과장 비었잖아. 에이, 그건 비우고 새로 채워야지. 옆에 박대리가 좀 채워줘. 그래, 그래. 이제 잔 빈 사람 없지? 자, 작년 한해도 수고하셨고. 올해도 잘해보자고. 스낵팀의 새로운 한 해를 위하여 건배!

건배!

그나저나, 아까 그쪽에서 구매팀 강은상이 얘기했지? 나도 그 얘기 들었는데…… 솔직히 그게 부럽나? 그게 좋을 것 같아? 좋을 것 같지? 알고 보면 절대로 좋은 게 아니야. 중국 송나라 시대 학자 중에 정이라는 사람이 한 말이 있어. 인생삼불행. 인생에 세가지 불행이 있다는 말이야. 일단 첫번째로 유고재능문장(有高才能文章). 뛰어난 재능을 타고 나는 거. 능력이 애초에 날 때부터 출중하다 보니 어떻게 되겠어? 노력을 안 하는 거야. 타고난 재능은 딱 거기까지일 뿐인 거야. 결국 가진 재능을 갈고닦질 못해. 그럼 빛이 바랠 수밖에 없는 거야. 자기 자신을 과신하면 그렇게밖에 못되는 거지. 그다음 둘째는 석부형제지세(席父兄弟之勢). 부모 형제의 권세가 대단한 거, 그게 그다음 불행이란 말이야. 부모의 재력, 권력, 그런 것만 믿다보면 결국 자기 자신이 일구어내서 열매 맺는 경험을 못하는 거지. 노력을 할 의욕이 안 생기는 거야. 기대서 안주할 뿐이라고. 그러면 사람이 말이야, 발전이 없는 거야. 발전이 없으면 도태되는 거고. 그리고 마지막이 뭐냐, 소년등과일불행(少年登科一不幸)이야. 일불행이 무슨 뜻이야. 제일로다가 불행하다는 거야, 소년등과하는 것이. 너무 어린 나이에 과거급제해서 출세를 하면 인생을 살아보기도 전에 삶에 대해 교만해져버리는 거야. 그게 행복해 보여도 사실은 불행의 지름길인 거지. 삼불행 중에 이게 가장 큰 불행이야. 강은상이가 그 나이에 수십억을 벌었다? 그게 요즘 시대로 치면 소년등과나 마찬가지인 거지. 만약 사실이라면 그 어린 여자애가 노력도 없이 그렇게 큰돈을 쥐었다는 게, 그 시기를 다 지나온 사람의 입장에서 봤을 땐 영 좋아 보이지만은 않거든. 그 친구, 조심해야 될 거야. 유혹도 많을 거고, 사기 치려는 사람도 많을 거야. 그러니까 사람은 다 그 나이 때에 맞게 겪어야 할 것들이 정해져 있는 거야. 걔가 몇살이래? 서른? 하이고…… 한창 일 배우고, 인맥 쌓고, 경험 쌓고 그런 거 해야 할 나이에, 큰일이다 정말. 아참, 다해씨! 아, 뭘 그렇게 깜짝 놀라? 다해씨가 강은상이랑 친하지 않아? 맨날 점심 따로 먹겠다고 하고 나가서 걔랑 먹더만. 둘이 친구지? 그래, 친구로서 조언을 잘해주란 말이야. 경거망동하지 말라고. 충고를 꼭 해줘. 요즘 애들 세상 무서운 줄 몰라서 내가 진짜 걱정이 돼서 그래. 다해씨, 근데 지금 뭐 하는 거야? 왜 이마에 손등을 붙이고…… 새색시야? 왜 갑자기 나한테 절하는 거야? 귀중한 말씀 해주셔서 감사하다고? 에이, 뭘 그렇게까지. 내가 인생 선배로서 이 정도 얘긴 당연히 해줄 수 있는 거지. 근데…… 좀 많이 취한 것 같은데? 야, 누가 벌써 이렇게 먹인 거야? 저기, 다해씨! 정다해! 뭐야? 얘 지금 절한 채로 잠든 거야?

3부

낭식과 고요

2018년 1월 3일

1ETH이 131만원이 되었다. 바로 전날, 우리는 우리의 그래프가 오를 만큼 올랐다고 판단했고 1ETH이 130만원이 넘으면 미련 없이 엑싯하자고 뜻을 모았다. 130만원으로 정한 건 그게 조금 먼 미래의 일이라고 생각했기 때문이었다. 막상 우리가 정해둔 그 한계점을 하루 만에 돌파하자 사람의 마음이 그렇게 미리 마음먹은 대로 움직이지 않는다는 것을 다시 한번 깨달았다. 은상 언니는 “오르는 속도가 범상치 않다” “역대급 떡상의 기운이 느껴진다” “이 기세라면 150만원까지는 가겠다”면서 좀더 가지고 있는 게 좋을 것 같다고 말을 바꿨다. 이 파도를 1년 넘게 타온 서퍼의 감을 믿어달라고 했다. 은상 언니의 말이 아니었어도 나 역시 그렇게 할 생각이었다. 패닉에 사서 환

희에 팔라는 말이 있다지만, 지금이 그 환희의 순간은 아니라는 판단이 섰다. 환희의 순간을 미처 떠올리기도 전에 환희가 먼저 와버린 격이었다. 그렇다면 이건 진정한 환희가 아니다. 환희는 더 커다랗고 환하게 올 것이다. 우리는 그렇게 믿기로 했다.

2018년 1월 4일

1ETH이 150만원을 돌파했다. 150만원까지 갈 것 같다는 은상 언니의 예상이 하루 만에 적중한 것이었지만 그렇게 추측한 강은상 본인을 포함해 이토록 빠른 속도를 예측한 사람은 아무도 없었다. 우리는 퇴근 후 커피빈의 4호 칸에 급히 모였다.

"이젠 진짜 털고 나와야 되는 거 아닐까?"

내 말에 지송이가 갑자기 흐느끼기 시작했다.

"너무 억울해."

짧게 와락 울고 난 지송이가 가운데 손가락 안쪽으로 양 볼의 눈물이 지나간 자리를 번갈아 두드리며 울음 섞인 목소리로 계속 말했다.

"억울하다는 감정이 이 상황에서 안 어울린다는 거 알

아. 그런데도 그 말만 계속 떠올라. 억울하고, 원통하고, 분해. 서운해."

"누구한테?"

"그걸 모르겠어."

지송이는 그 감정이 어울리지 않는다고 했지만 나는 그게 뭔지 잘 알 것 같았다. 나도 작년에 3,000만원가량의 이득을 보고 그만두려고 했을 때 똑같은 감정을 느꼈고, 심지어 지금도 그런 마음이 없다고 하면 거짓말일 테니까. 그 억울함이 어딜 향하고 있는지 모르겠다는 혼란 역시도.

"언니들은 솔직히 벌 만큼 벌었잖아. 난 이제 시작이란 말이야. 지금도 많이 올랐고, 더 오르길 바라는 게 욕심인 거 아는데. 주식도 오르는 거 팔고 내려가는 거 사야 한다는 말 있고, 원래 이럴 때 팔아야 된다는 거 나도 아는데…… 마음이 도저히 그렇게 먹어지지가 않아. 언니, 진짜 여기가 끝일까? 좀더 오르지 않을까? 아니, 좀더 올라야만 해. 알잖아, 나 돈이 더 필요해. 뭘 시작해보려고 해도 내 월급만으로는 부족하단 말이야."

"뭔지 알아."

언니가 이어 말했다.

"나도 여기가 끝이라고 생각하면 아직도 아까워."

지송이를 달래려고 하는 말일까? 아니면 진심일까? 아마 높은 확률로 진심일 것이다. 뒤이어 은상 언니가 이렇게 말했기 때문이었다.

"나도 아직은 못 팔겠다. 조금만 더 버텨보자. 이 기세면 백 후반까진 본다. 그땐 진짜…… 다 털고 나갈 수 있을 것 같아."

2018년 1월 7일

1ETH이 170만원을 돌파했을 때, 우리는 거의 이마를 맞대다시피 하고 모여 있었다. 내가 먼저 입을 열었다.

"솔직히, 이제는 좀 무서운 거 있지."

"근데도 못 놓겠지?"

은상 언니가 물었고, 지송이와 내가 고개를 끄덕였다.

"우리 그럼 이번에는 아예 정확한 선을 딱 정해서 매도 걸어두고, 딱 그때까지 버틴다는 생각으로 더 가지고 있을까?"

지송이가 "얼마?"라고 물었고 언니의 시선이 손안의 그래프에 잠시 머물렀다.

"깔끔하게,"

뒤이어 손가락으로 브이자를 만들어 보이며 덧붙였다.

"200에 전부 매도 걸어놓자. 어때?"

"좋아."

지송이만 여전히 말이 없었다.

"너는 더 가지고 있게?"

"……나도 좋아."

언니가 브이 자 모양의 손가락을 내 눈앞에 한번, 그리고 지송이의 눈앞에서 한번, 단호하게 흔들었다.

2018년 1월 8일

1ETH이 200만원을 찍었다. 비트GO 앱에서 내가 보유한 모든 코인이 200만원에 매도되는 것으로 설정해놓은지 열시간도 채 지나지 않아서였다. 내 가상화폐 자산 현황이 원화로 계산되어 표시되었다. 나는 그걸 연결해둔 통장에 현금으로 인출했다. 현실감이 전혀 느껴지지 않았다. 그래프는 200만원을 뚫고 계속 치솟고 있었다.

2018년 1월 9일

1ETH이 219만원을 찍었다. 은상 언니가 아침부터 난리를 쳤다.

—아, 좀만 더 버틸걸!

지송이가 쭈볏대며 말했다.

—있잖아…… 사실 나 아직 안 팔았어.

—뭐? 우리 다 같이 200에 매도 걸어놓기로 한 거 아니었어?

—그러려고 했는데…… 언니들은 그래도 되지만…… 난 리스크를 감당하면서라도 좀더 벌어야 한다고 생각했어.

이 녀석, 보기보다 배짱이 대단한데?라고 속으로만 생각했다. 아직 오르는 그래프에 타고 있는 지송이가 미치도록 부러웠고, 그런 내 마음에 좀 놀랐다.

2018년 1월 10일

1ETH이 238만원을 찍는 순간, 깎아지를 듯 치솟는 그래프와 함께 그룹 채팅방에 은상 언니의 메시지가 도착했다.

—지송아, 아직도 안 팔았어?

— 언니…… 아 심장 떨려…… 나 방금 다 털었어.

— 얼마에?

— 237만원에.

— 잘했어.

— 잘했다.

그 메시지를 끝으로 채팅방이 조용해졌다.

침묵은 한동안 지속되었다.

다음 날, 그다음 날까지도. 새해가 밝은 이래 꼬박 열흘 동안 잠든 시간만 빼고 낮이고 밤이고 종일 울리던 알림창이 고요해졌다. 쉴 새 없이 들끓고 쏟아지던 선과 숫자, 그리고 주문의 말들이 멈췄다. 요란하게 퍼붓고 질척이던 욕망의 빗소리가 그쳤다.

높고 험한 바위산의 정상에 올라 거친 숨을 고르는 것처럼. 사납게 너울지는 파도 위에서 뗏목 하나에 의지해 휩쓸리다 가까스로 뭍에 다다른 것처럼. 우리는 격동하는 그래프 위에서 내려와 평지에 발을 디뎠다. 그제야 비로소 어지럼증이 몰려왔다.

최종적으로,

지송이는 2억 4,000만원을 벌었다.

나는 3억 2,000만원을 벌었다.

은상 언니는 33억을 벌었다.

내겐 이 모든 게 2017년 5월부터, 2018년 1월까지, 단 여덟달 사이에 일어난 일이었다.

나뭇가지에 실처럼 날아든

2018년 3월 17일

예전에 자리에서 물건 떼다 팔던 구매팀 강은상이가 비트코인으로 떼돈을 벌어서 강남에 건물을 사고 마세라티를 타고 다닌다더라.

퇴사 예정인 은상 언니와 관련해 떠도는 소문은 하나하나 따져보면 아주 없는 이야기는 아니었지만 팩트가 묘하게 다 어긋나 있었다.

우선, 떼돈을 번 건 사실이었지만 언니가 산 건 비트코인이 아니라 이더리움이었다. 또, 강남에 건물을 산 건 아니었지만 성수동의 5층짜리 꼬마빌딩을 하나 샀고, 건물주가 되었다. 나는 그렇게 큰 액수의 돈이 있어야만 마련할 수 있는 것에 '꼬마'라는 별칭이 붙는다는 걸 알고 깜짝 놀랐다. 마세라티를 뽑지는 않았지만 조만간 차를 살 생각이라 알아보는 중이긴 했다. BMW, 벤츠, 그리고 마세라티 중에 고민하고 있다고 들었는데 아마도 지난 주말 마세라티 전시장에서 언니가 브로슈어를 들고 나오는 모습이 누군가에게 포착된 모양이었다. 하지만 엄밀히 말하면 아직 구입을 한 건 아니었고, '타고 다닌다'는 건 더더욱 사실이 아니었다.

—사람들이 없는 얘기를 막 지어내더라니까? 심지어 그걸 자기가 봤다면서.

—내가 시승하는 걸 누가 봤을 수도 있긴 하지.

—시승?

—응, 미리 신청하고 가면 몰아볼 수 있어. 너희도 같이 가볼래?

그게 오늘 우리 셋이 벤츠 전시장 앞에서 만나기로 한 이유였다. 나도 언젠가는 차를 갖고 싶다는 마음이 있었지만 당장 살 생각은 없었고, 더구나 그렇게 비싼 수입차를 사겠다는 상상은 꿈에서도 해본 적이 없었다. 그래도 언니를 따라 시승은 한번 해보고 싶다는 마음이 들었고…… 봄기운이 느껴지기도 하고…… 이런저런 핑계를 대도 사실 오늘 은상 언니와 약속을 잡은 가장 큰 이유는 그냥 언니가 보고 싶어서였다. 꽉 채워 5년, 이제 햇수로 6년 동안 매일같이 회사에서 마주하던 언니를 못 본 지 벌써 열흘이 넘어가고 있었다. 아직 퇴사한 건 아니었지만 사용하지 못한 연차가 많아서 얼마 전 인수인계를 마치고 남은 휴가를 몰아 쓰는 중이라고 했다. 다가오는 금요일이 공식적인 퇴사일이었고 그날 하루만 마지막으로 나와서 사원증과 컴퓨터 일체를 반납할 예정이었다.

오랜만에 만난 은상 언니의 안색은 이전에 비에 확연하게 밝아졌고, 무엇보다 한결 생기 있었다. 눈동자가 말갛게 빛났고 눈매와 입매는 뭐랄까, 편안하고 개운해 보였다. 산뜻한 느낌마저 들었다. 그리고 전체적으로 피부가 몰라보게 반질반질해져 있었다. 누가 두 손가락으로 꿀이라도 찍어 쭈욱 발라놓은 것처럼, 관자놀이부터 광대뼈까지 사선으로 길게 광이 났다. 언니가 서 있는 자리가 천장에 달린 레일 조명을 곧바로 받는 자리이긴 했지만…… 아무리 그렇다고 해도…… 언니의 옆얼굴에 고여 있는 빛은 어쩐지 외부로부터 와서 반사된 것이 아닌 것만 같았다. 확실히 뭔가 달랐다. 반사가 아닌 발광(發光). 문자 그대로 빛을 발하고 있었다. 마치 얼굴 안쪽에 무언가를 환히 켜둔 것 같은 빛. 그건 분명, 안에서부터 시작되어 바깥으로 배어져나온 윤기였다.

직장인에겐 퇴사가 최고의 보약이라더니 역시 그런 걸까. 아직 퇴사한 것도 아닌데, 퇴사 예정이라는 것만으로도 사람 얼굴이 이렇게 좋아질 수 있는 건가. 그런 생각을 하면서 언니가 서 있는 곳으로 다가가고 있는데 언니가 날 발견하자마자 이렇게 말했다.

"세상에, 못 본 새에 다해 안색이 밝아졌다."

"나?"

"그래, 너. 반질반질 광이 나는데?"

바로 그때, 내가 뭐라고 대꾸를 할 겨를도 없이 지송이가 회전문을 통과해 출입구로 들어섰다. 그애가 우리 앞에 서자 은상 언니와 내가 지송이를 가리키며 동시에 외쳤다.

"얘 얼굴 좋아진 것 좀 봐."

우리는 만난 이래 가장 화사하고 건강해진 얼굴로 웃었다. 참 이상했다. 실제로 달라진 건 거의 없었다. 은상 언니가 사표를 내긴 했지만 우리는 아직 같은 회사에 다니고 있었고, 올해 평가에서도 나란히 '무난' 등급을 받았고, 여전히 5평, 6평, 9평 원룸에 살고 있었다. 구내식당 밥을 먹었고, 이따금씩 전주식 콩나물국밥이나 우동이 곁들여 나오는 돈가스 정식, 라면사리가 무제한인 김치찌개 같은 걸 먹었고, 가끔은 조각 케이크를 사 먹거나 핫도그를 설탕에 굴려 먹었다. 그런데 2018년 1월 8일 이후, 우리가 사는 세계가 통째로 달라진 것 같았다. 그건 몇마디로 설명하기 불가능한, 실로 거대한 변화였다. 우리 세 사람의 얼굴에 비슷하게 고여 있는 정체 모를 윤광만큼이나.

"들어갈까?"

몇번 해본 사람답게 언니가 당당하게 앞장서서 전시장 안으로 들어가자 멀끔한 정장을 빼입은 딜러가 우리 앞으로 빠르게 걸어나왔다. 점차로 가까워져오는 그의 표정에서 '애송이들이 여기에 왜 왔지?' 하는 느낌을 받은 건…… 우리가 애송이처럼 보여서였을까, 아니면 실제로 애송이여서였을까.

언니가 차를 살 생각이라고 말하며 딜러와 몇마디 나눴고 나랑 지송이는 쭈뼛거리며 전시장을 둘러봤다. 딜러가 이 자리에서 그나마 가장 자연스러워 보이는 언니를 보면서 물었다.

"모델 생각해두신 것 있으세요?"

"C클래스부터 한번 볼까 싶어요."

"잘 생각하셨습니다. 우리 여성분 타실 거면 C클래스 정도면 충분하시죠."

그 말에 지송이와 내가 움찔하면서 반사적으로 은상 언니 쪽을 힐끗했다. 아니나 다를까, 언니가 눈을 한번 지그시 감았다가 뒤집어서 다시 뜨는 걸 포착할 수 있었다.

"아니, 말이 잘못 나왔네요. 저 CLS랑 E클래스부터 볼게요. S클래스도 보여주시고요."

뒤이어 언니는 우리를 깜짝 놀라게 만들었다.

"저희 셋 다, 살 생각이에요."

뭔가 잘못 들었다는 듯, 딜러가 귀를 열고 다시 물었다.

"네? 세분 다…… 계약하신다고요?"

"맞아요. 저희 셋 다요. 애네들도 E클래스 이상으로요. 그렇지?"

언니가 지송이와 내 눈을 번갈아 바라보며 말했고, 그 눈빛이 너무 강렬해서 우리는 저절로 고개를 끄덕일 수밖에 없었다.

엉겁결에 차를 살 것처럼 행동해야 했다. 이유는 알 듯 말 듯 아리송했다. 이런 고급 세단에 대해서는 아는 바가 전혀 없었기 때문에 그저 언니의 행동을 그대로 따라 하는 수밖에 없었다. 언니가 "흐음" 하고 감탄사를 내뱉으면 우리도 "으음"을 했고, "와우" 하면 "오우" 했다. "이거 좋다"라고 하면 "좋네"라고 했고 차체나 내부의 어딘가를 매만지며 "이런 거 괜찮지 않아?"라고 하면 거길 보면서 고개를 끄덕였다. 우리 셋을 따라다니며 새로 추가

된 스펙과 옵션 등 차의 이모저모를 설명해주던 딜러가 셋 중 누구에겐지 모를—아마도 우리 셋에게 모두 해당할—질문을 던졌다.

“손님, 실례지만 혹시 사업하시나요?”

언니가 대표로 대답했다.

“아니요.”

“아, 네.”

그렇게 대화가 마무리되어버리자 딜러는 입안에서 뭔가를 넣고 굴리고 있는 사람처럼 입술을 조금씩 움찔거렸다. 그 모습을 본 언니가 이내 그 입술로부터 시선을 거두면서 혼잣말인 듯 아닌 듯 내뱉었다.

“너무 궁금하신가보다.”

“네?”

딜러가 되물었고, 언니가 다시 반복해 말했다.

“저희가 무슨 일 하는지 물어보고 싶은 것 같으세요. 엄청.”

“하하, 사실은 맞아요. 굉장히 궁금하네요.”

언니가 E클래스 익스클루시브 모델의 보닛 위에 뾰족하게 튀어나온 벤츠 엠블럼 위에 검지를 살짝 올렸다가 뗐다.

“저희, 그냥 회사 다녀요.”

"그러셨어요? 좋은 회사 다니시나봐요."

"세상에 좋은 회사가 어딨겠어요."

"하하, 그건 그렇죠. 그럼 잠시만 이쪽에 앉아 계시겠어요?"

딜러는 우리 셋이 얼렁뚱땅 선택한 옵션별로 출고가 언제 가능한지, 그리고 한명만 시승 예약이 되어 있기 때문에 나와 지송이도 추가로 시승이 가능한지를 알아보고 오겠다고 했다. 우리가 전시장 한쪽의 낮은 유리 테이블을 둘러싼 쿠션의자를 하나씩 차지하고 앉자 딜러가 테이블 한구석에 놓여 있던 손잡이가 달린 작은 피크닉 바구니를 우리 앞에 끌어다놓았다.

"이것 좀 드시고 계세요."

맙소사. 바구니 안을 가득 채운 건 개별 포장된 미니 초코밤이었다. 마론의 스테디셀러이자 사실상 우리 모두의 월급을 책임지고 있다고 해도 과언이 아닌 바로 그 초코밤. 중량과 포장 타입에 따라 제각기 다른 여러 버전 중에서도 가장 잘 팔리는, 한입에 쏙 들어가는 미니 타입. 우리는 개나리색 포장재 위 익숙한 마론 로고를 보고 작게 헛웃음 지었다. 딜러가 이상한 분위기를 감지했는지 되물었다.

"엇, 이거 안 좋아하시나보다."

지송이가 손을 내저었다.

"아뇨, 그런 거 아니에요."

우리는 왜인지 앞다투어 말하고 있었다.

"세상에 초코밤 안 좋아하는 사람이 어딨겠어요."

"초콜릿 바 중엔 솔직히 초코밤이 제일 맛있지."

"당연하지."

"신경 쓰지 마세요."

우리는 무언가를 증명해 보이듯 미니 초코밤의 포장지를 하나씩 까서 입에 털어넣었다. 표면의 딱딱한 다크 초콜릿이 부서지자 적당히 진득한 밀크 초콜릿이 입안으로 쏟아졌고 마침내 고소하면서도 달짝지근한 밤 알갱이가 부드럽게 씹혔다.

딜러가 자리를 비우자마자 나는 의자를 끌어 은상 언니 옆에 바짝 다가간 다음 옷소매를 잡아 늘였다.

"언니, 대체 왜 그러는 거야? 우리가 무슨 차를 산다고 그래? 구경만 하러 온 건데."

"사는 척만 할 거야. 그리고 난 다른 데서 계약할 거고."

지송이가 그럴 줄 알았다는 듯이 피식 웃으면서 고개를 절레절레 저었다. 나는 딜러가 사라진 방향으로 뒤돌아 아직 돌아오지 않은 것을 확인한 뒤 다시 언니 귓가에 대고 조용히 다그쳤다.

"왜 또 이렇게 쓸데없이 못되게 굴어? 요즘 일 안 하니까 기운이 넘쳐? 여기서 계약 안 할 거면 그냥 나가자."

언니가 투정하듯 말했다.

"저 사람이 내가 제일 싫어하는 말 했단 말이야."

"무슨 말?"

"나한테 그 정도면 충분하다는 말. 너한테 그 정도면 충분하다는 말. 난 그 말이 세상에서 제일 싫어."

역시, 그것 때문이었구나. 은상 언니가 목소리를 낮춘 채 이어 말했다. 그 정도면 충분하다는 말을 정말로 싫어한다고. 그렇게 사람을 아래로 보면서 하는 말이 어디 있느냐고. 그런 말을 들을 때마다 '그 정도'라는 말 앞에 '나한테는 아니지만'이 생략된 것 같다고 했다. 나한텐 아니지만 너한테는 그 정도면 족하지. 그 정도면 감사해야지, 그런 말들. 기만적이라고 했다. 그런 종류의 말을 하는 사람의 면면을 잘 봐두라고 했다. 그게 정말로 자신을 포함한 누구에게나 모자람 없이 넉넉하다고 생각해서 하는 말인지를.

"아님, 다해랑 지송이도 이참에 여기서 벤츠 뽑자."

이 언니는 오늘 왜 이렇게 폭주하는 걸까.

"무슨 소리야. 그럴 돈도 없고, 주차할 곳도 없어."

"어차피 이사 갈 거잖아? 집 알아보고 있다며."

"아직 한참 멀었지."

은상 언니가 앞니로 미니 초코밤의 껍질 끝을 물고 손으로 나머지 한쪽을 잡아내려 포장을 죽 찢으면서 말했다.

"너는 차 사면 바로 집에 가져가는 건 줄 아냐? 어차피 기다려야 돼."

"그런 거야? 그래도……"

"같이 사자. 주차 때문이라면 근처 월주차권을 끊어도 되고. 아니면 내가 일단 우리 건물에 주차하게 해줄게."

그때까지만 해도 나는 언니가 쓸데없는 말을 한다고 생각했다.

하지만 정확히 한달 뒤, 지송이와 나는 소형 SUV 신차를 5년 할부로 계약했다. 언니가 계약한 벤츠 E클래스에 비하면 작은 차였지만 그래도 내 연봉을 훌쩍 넘기는 가격의 차였다. 객기라고 해야 할지 기개라고 해야 할지 모를 선택이었다. 나는 스노우 화이트 색, 지송이는 오션 블루 색을 선택했고 둘 다 파노라마 선루프 옵션을 더해 아주 예뻤다.

마침내 첫 차의 키를 손에 쥐었을 때, 작은 털방울이 달린 키링을 하나 사서 걸었다. 더워 보이게 왜 그런 걸 샀느냐고 은상 언니에게 한소리 들었지만, 나는 그냥 그게 마음에 들었다. 털 끝이 조금씩 반짝거리는 그 복슬복슬한 연분홍색 방울이 내 눈엔 꼭 솜사탕처럼 보였기 때문이다. 입에 넣으면 달콤한 딸기 맛이 날 것 같은.

그래서 그런지 요즘은 어릴 때 학교 앞에서 팔던 솜사탕을 자주 떠올리게 된다. 수요일 하굣길마다 거대한 깡통을 닮은 기계를 뒷좌석에 싣고 온갖 감미로운 냄새를 풍기며 서 있던 오토바이와, 마치 어느날의 구름을 붙잡아 매달아놓은 듯 반투명한 비닐봉지에 싸인 채 걸려 있던, 끊어내면 당장 하늘로 날아갈 것처럼 하늘을 향해 비죽비죽 솟아 있던 봉긋한 색색의 솜사탕들을.

나를 수요일마다 속수무책으로 그 자주색 오토바이 앞에 붙들리게 만든 건 같은 반 친구의 손에 들려 있던 갓 뽑아낸 분홍색 솜사탕이었다. 윙윙대는 모터의 소음. 한 스푼 두 스푼 구멍으로 빨려들어가는 색색깔의 가루들. 쉴 새 없이 뽑아져나오는 가락가락의 설탕과 그것들을 한데 모아 휘휘 젓는 매혹적인 손놀림 끝에 자태를 드러낸 둥실한 솜사탕. 그러나 내 것은 아니었던 솜사탕. 커다랗고 보송보송한 솜사탕을 받아 들고 베어 먹기 직전, 너그러웠던 친구는 한조각을 떼어 그걸 뚫어져라 보고 있던 내 입에 넣어주었다. 보드라운 솜사탕은 혀에 닿자마자 순식간에 사라졌지만, 처음 맛보는 특유의 폭신하고 달콤한 감촉은 결코 쉽게 사라지지 않았다.

자기 몫의 솜사탕을 들고 유유히 사라지는 친구의 등을 바라보면서 나는 그 자리에 계속 머무를 수밖에 없었다. 시끄러운 소음과 매혹적인 향기를 동시에 분출하고 있는 오토바이와, 하얗게 센 머리를 캡모자로 꾹 눌러쓰고 바쁘게 손을 움직이는 솜사탕 아저씨와, 그 앞에 달라붙어 있다시피 모여 있는 아이들 주변을 맴돌며 서성였다. 몰려 있는 아이들의 무리가 몇번이나 바뀌고 수업이 끝난 고학년 언니 오빠들이 우르르 쏟아져나올 때까지. 나는 단 한번의 기회를 기다리며 거기 서 있었다. 보송한 한조각, 달콤한 한입이 내게 주어질 찰나의 순간을……

마침내 원심력에 튀어나온 솜사탕 한조각이 둥실 떠올랐고 나는 재빠르게 뛰어올라 허공에 떠 있는 솜사탕 조각을 낚아채 입에 넣었다. 그걸 본 주변 아이들이 야유와 함성을 동시에 내뱉었다. 솜사탕을 사 먹을 수 없었던 나와 비슷한 아이들이 점점 몰려들었고 솜사탕 파편이 날아오를 때마다 너도나도 손을 뻗어 점프하기 시작했다. 솜사탕 아저씨는 나무젓가락을 휘두르며 다들 꺼지라고 소리쳤다. 저리 꺼지라고. 거지새끼들이라고. 그럴 때마다 우리는 와아 웃으며 학교 운동장 안으로 도망쳤지만 그때뿐이었고, 어느새 다시 슬금슬금 오토바이 앞으로 몰려들어 간절한 점프와 착지를 반복했다. 나는 무리 속에 섞여

다음 주에도, 그다음 주에도 실수로 떠오른 솜사탕을 낚아채는 일을 그만두지 못했다. 너무나 포근하고 달콤했기 때문에. 그 달콤함이 좀처럼 잊히지 않았기 때문에.

돈은 어디로 가나요?

2018년 5월 30일

여태껏 강릉 하면 경포대만 떠올렸다. 강릉이 커피의 명소가 된 줄은 몰랐다. 동시에 나만 빼고 온 세상이 다 알고 있는 것만 같았다. 다들 이런 걸 어디서 듣고 어떻게 아는 걸까. 참 많은 걸 모르고, 또 모르고 있다는 사실조차 모른 채 살았다는 생각이 들었다. 어디에 어떤 것들이 어떤 형태로 존재하며 그중에 내가 좋아하는 건 무엇인지 같은 것들을.

우리는 회사 앞 커피빈 기차 칸이 아닌 동해 바다가 보이는 창가에 앉아 고풍스러운 찻잔에 담겨 이제 막 나온 핸드드립커피의 향을 맡고 있었다. 커피 명인의 수제자에게서 배운 사람이 독립해 차린 까페라고 했다. 물론 그 수제자의 수제자 또한 여러 제자를 두고 있었다. 언니가 찻잔의 손잡이에 손가락을 걸어 들고 한모금 마시려다가 무언가 할 말이 떠오른 듯 잔을 다시 내려놓았다.

"아참, 얼마 전에 동준이 연락 왔다?"

누군지 알면서도 어이가 없어서 괜히 한번 더 묻고 싶었다.

"정말? 걔, 치대?"

"응, 걔."

지송이의 표정이 잔뜩 구겨졌다.

"참나, 무슨 염치로?"

"나 건물주 된 거 들었나보지."

그렇게 말하는 언니의 입에서 헛웃음이 같이 터져나왔다.

"만났어?"

"응."

"잤어?"

"응."

"으이구……"

지송이가 작게 탄식을 내뱉는 동안, 내가 재차 물었다.

"걘 정말 건물 때문에 연락 온 거야?"

"그렇더라고. 처음엔 긴가민가했고 나도 따로 이야기 안 했는데 술 들어가니까…… 가관이더라."

"뭐라던데?"

"자기가 다 잘못했다고 너한테 너무 큰 상처를 준 것 같다고 그러더니 나중에는 아무리 생각해도 자기한테는 역시 나밖에 없는 것 같다는 거야. 거기까진 예상했거든. 그런데 뜬금없이 나중에 자기 국시 통과하면 네 건물 꼭대기 층에 신혼집 차리고 그 아래층에 자기 치과병원 차리고 알콩달콩 행복하게 살자며……"

듣고 있는 내가 다 민망해지는 상황이었다. 지송이가 배를 잡고 웃었다.

"너무 대놓고 그런다. 신혼집이랑 개인병원을 한 큐에 해결하려고 덜렁덜렁 온 거야?"

그래도 전 남자친구라고, 언니가 약간은 옹호하는 투로 말했다.

"얘가 원래 숨기는 걸 잘 못하고 투명해. 바람피우던 것도 완전 초장에 걸렸잖아."

은상 언니의 비위가 생각보다 강하다고 생각하면서, 내가 물었다.

"대체 왜 잔 거야?"

"워낙 오래 만났잖아."

습관처럼 또 그렇게 되어버렸다고 했다. 안 한 지 워낙 오래됐기도 했고. 그래서 아주 적은 노력만을 들여 할 수 있을 때 해둔 것일 뿐이라고. 누굴 새롭게 탐색하거나 소개받아 만나서, 서로에 대해 차근차근 알아가고, 점차 독점적이고 배타적인 관계가 되어가고, 나아가 함께하는 미래를 꿈꾸는 그 모든 연애의 절차가 너무 번거롭고 귀찮은데다 결국은 허무하기까지 해서 구태여 새로이 연애를 하고 싶진 않다고 했다. 그렇다고 누굴 가볍게 만나고 그런 건 요즘 이상한 놈들이 워낙 많아서 상상이나 할 수 있겠느냐고 되물었다. 동준이니까 한 거라고 했다. 너무 편하니까. 동준이도 안 그러란 법은 없지만 아무래도 확률이 적긴 하니까.

"너무 오래 사귀어서, 너무 익숙해서…… 뭐랄까, 약간 가족 같기도 하고……"

기가 막히다는 듯, 지송이가 말을 끊었다.

"그래서, 가족이 될 거야? 건물에 들일 거야?"

"내가 미쳤냐! 얘랑은 이제 이걸로 끝이지."

언니가 화제를 바꾸려는 듯 이어서 질문을 던졌다.

"너는, 사업 아이템 정했어?"

회사에서는 아직 모르지만 지송이 역시 퇴사를 계획하고 있었다. 창업을 할 생각으로 주말마다 쉴 새 없이 현장조사를 다녔고 자료조사도 열심이었다. 평일 퇴근 후에, 때로는 점심도 거르면서 사업 기반을 다지는 데에 박차를 가하고 있었다. 서류상의 준비와 심적인 준비가 모두 완료되면 그때 사표를 낼 생각인데 올해 말이 목표라고 했다. 저번에 언뜻 듣기로는 식품 원재료 수입 관련 일이라고 했는데 은상 언니는 그뒤로 진전이 된 게 있는지 더 듣고 싶어 하는 것 같았다. 은상 언니의 물음에 지송이의 눈이 반짝였다.

"우선은 흑당 수입으로 시작할 거야. 대만에서."

"흑당?"

"흑당이 뭐야? 흑설탕?"

"비슷한 거야."

"그걸 갑자기 왜? 국내에도 있지 않아? 슈퍼에서 본 것 같은데."

"대만 흑당은 그거랑 달라. 풍미 자체가 달라. 정말 맛있어."

또, 국내 최초로 흑당밀크티 전문점을 낼 거라고도 했다. 밀크티 매장과 원재료 수입 사업을 병행할 거라고. 흑당이라는 게 아직 국내 소비자들에게 친숙한 맛은 아니기 때문에 흑당을 사용한 디저트의 대표격인 밀크티를 같이 들여와야 한다는 거였다. 흑당밀크티 전문점을 운영하면서 대만과 한국의 흑당 유통 채널을 제일 먼저 뚫어서 기반을 닦아둘 거고, 나중에 흑당 수요가 많아져서 다른 곳에도 쓰이면 가장 먼저 빠르게 공급할 수 있도록 할 거라는 말이었는데…… 들으면 들을수록 불안했다. 지송이는 또 여러가지 경우의 수 중에 제일 잘되었을 때의 상황만 가정하고 있었다. 30분마다 한번씩 오는 급행열차를 두번 연속 놓치지 않고 탈 수 있다는 전제하에 스케줄을 짜는 것처럼. 어떻게 자기가 한 나라의 디저트 문화를 선도할 거라고 저렇게 천진하게 믿을 수 있는 걸까. 가진 거에 비해 일을 너무 크게 벌이는 건 아닐까. 엉뚱한 곳에 투자하는 건 아닐까. 나는 지송이가 자기가 가진 모든 걸 걸고, 어마어마한 리스크를 감당하고서 쥐게 된 돈이 허투루 쓰이지 않았으면 했다. 누구보다 진심으로 그걸 바랐다. 내가 조심스럽게 말을 꺼냈다.

"근데 지송아…… 흑당이 뭔지는 모르겠지만 어쨌든 대만 스타일 밀크티는 이미 너무 많지 않아? 체인점만 해도 여러종류에, 매장도 이미 여기저기 쫙 깔려서 거의 포화 상태야. 수도권은 말할 것도 없고 아산에도 몇개나 있던데."

"언니."

약간은 볼멘소리였다.

"흑당밀크티는 그냥 밀크티랑 아예 다른 거야. 흑당밀크티 안 마셔봤지?"

나는 고개를 끄덕였다.

"안 마셔봤으면 말을 하지 마."

한번 맛보면 맛있어서 기절한다고 했다. 은상 언니는 어느새 대만에서 파는 흑당밀크티 사진을 검색해보고 있었다.

"이렇게 생긴 거구나. 꼭 투명한 초콜릿 같다."

지송이는 웨이린 때문에 타이베이를 들락거리면서, 하루 세잔은 기본으로 마실 정도로 흑당의 열렬한 팬이 되었다고 했다. 웨이린이랑 헤어져도 흑당밀크티 때문에 대만을 가게 될 것 같다는 생각을 했을 정도라는 거였다. 흑당은 밀크티뿐만 아니라 커피에 넣어도 맛있고 젤리로 먹어도 맛있더라고. 어디다 넣어도 맛있고 어디다 붙여도 잘 붙을 거라고 했다. 미심쩍어하는 나와 달리 은상 언니는 긍정적으로 생각하는 것 같았다.

"인스타그램에 검색해보니까 한국 여행객들 후기가 정말 많아. 이거 괜찮네. 혹시 누가 알아? 나중에 마론이랑 일할 수도 있지. 우리 초코밤에도 흑당 넣어서 흑당초코밤 출시할 수도 있고. 이미 버전이 여러개잖아. 총 몇개더라?"

"일곱개."

내가 반사적으로 대답했다. 커피 한모금을 마신 은상

언니가 인상을 찌푸렸다.

"근데, 커피 맛이 왜 이러지?"

이내 다시 한모금 들이켰다.

"탄 맛이 너무 나. 원두는 산미 있는 걸로 골랐는데."

지송이와 내가 한마디씩 거들며 커피잔에 입을 번갈아 댔다.

"좀 이상하다."

"그러게."

"내 커피도 그런 것 같아."

우리는 각자의 찻잔을 손바닥에 받쳐 들고 조르르 카운터로 가서 커피 맛이 이상하다고 말했다. 사장으로 보이는 사람이 찻잔 가까이 코를 대고 향을 맡아보더니 고개를 돌려 누군가를 불렀다.

"대영씨, 이거 대영씨가 내리셨죠?"

대영? 익숙한 이름이다 싶었는데 갈색 앞치마 끈을 허리 뒤로 질끈 동여맨, 어깨가 구부정한 남자가 뒤를 도는 순간, 나는 그게 내가 매일 보는 사람의 이름이라는 것을 깨달았다.

"팀장님?"

얼굴을 마주하자마자 반사적으로 입에서 튀어나온 호칭이었다.

"어? 다해씨."

"여기서 뭐 하세요?"

내 물음에 팀장은 머뭇거리며 주말마다 뭘 좀 배우고 있다고 했다. '뭘 좀'이라니. 그가 커피를 배우고 있다는 건 누가 봐도 단번에 파악할 수 있는 사실이었다. 주말마다 커피를 배우러 강릉까지 온다고? 그제야 팀장이 커피 타령 원두 타령을 하던 게 그냥 하는 소리는 아니었겠다는 생각이 들었다. 누구든 주말에 놀러 간 곳에서 직장 상사를 마주하고 싶진 않을 것이다. 더구나 이런 곳에서 이런 모습으로는…… 상황이 어색하고 민망해서 어쩔 줄 몰라하고 있자 언니가 길게 이야기하지 말자는 식으로 내 팔을 잡아당겼다. 어리둥절한 표정의 사장이 다시 말을 붙였다.

"저기, 괜찮으시면 제가 새로 내려드릴게요."

"아니에요, 됐어요."

언니가 내게 눈짓하며 말했다.

"그냥 나가자."

지송이가 까페를 나서면서 고개를 갸웃거렸다.

"커피는 배워서 뭐 하려는 걸까."

"그러게. 영 소질도 없어 보이는데."

은상 언니가 아직도 잘못 내린 커피 맛이 입에 남아 텁

텁한지 입을 다시면서 말했다.

“살 길 모색하려는 거겠지. 조직개편 소문 못 들었어?”

“무슨 소문?”

“스낵팀이랑 파이팀이랑 합쳐진다는 얘기 있잖아. 파이스낵팀으로. 다해 너 같은 실무자들이야 신경 안 쓰고 하던 일 계속하면 되겠지만 팀장이 둘일 순 없잖아? 결국 한명은 내려와야 할 테고 그 직급에 팀장 자리 내놓으면 집에 가란 소리나 다름없는데, 너라면 둘 중에 누굴 집에 보낼 거라고 생각해?”

대답은 하지 않았지만 집에 가야 하는 사람이 파이팀장이 아니라 우리 팀장이라는 건 너무나 자명했다. 나는 은상 언니와 지송이를 따라 걷다가 괜히 무언가 확인하고 싶은 마음에 슬쩍 뒤를 돌아봤다. 유리문 너머로 찬장에서 이것저것 새로 꺼내며 허둥지둥하고 있는 팀장의 옆모습이 보였다. 그때 내가 왜 그랬는지는 나도 잘 모르겠다. 까페 쪽을 향해 바르게 서서 가슴께에 양손을 가지런히 합장하듯 모아 붙이고 고개를 꾸벅 숙였다. 숙이고 있는 동안은 잠시 눈을 감고 있었고, 이내 뜨고 일어나 다시 은상 언니와 지송이의 뒤를 쫓아 뛰어갔다. 파도의 색을 닮은 차 세대가 푸른 바다를 뒤로한 채 나란하게 서 있었다.

*

팔에 닿는 늦봄의 따사로운 햇살. 눈이 부실 정도로 새하얗게 빛나는 뭉게구름들.

구름은 멈춰 있지 않았다. 차츰차츰 움직이고 있었다. 둥실하고 포근해 보이는, 동시에 알게 모르게 어떤 방향으로 조금씩 이동하고 있는 저 솜사탕 같은 구름에 더 가까이 다가간다는 생각으로 속도를 냈다. 한낮의 밝은 풍경들이 양옆으로 빠르게 스쳐지나갔다.

뻥 뚫린 6차선 고속도로에 우리 셋밖에 없었다. 우리는 한 차에 타지 않았다. 각자의 핸들을 잡고, 각자의 액셀을 밟고 있었다. 때로는 서로의 앞에서 때로는 서로의 뒤에서 달렸다. 지금 내 눈앞에는 은상 언니의 차가, 그 오른쪽 차선에는 지송이가 달리고 있다. 뒤에서 그 둘을 지켜보고 있자니 기분이 조금 이상해졌다. 이상하면서도, 이상하게 좋았다.

손을 천장 쪽으로 뻗어 매끄럽고 납작한 버튼을 눌렀다. 파노라마 선루프가 천천히 열리기 시작했다. 낮은 진동음과 함께 눈앞이 서서히 밝아졌고 목덜미에 햇볕의 온기와 선선한 공기의 흐름이 한꺼번에 느껴졌다. 오른쪽 팔목에 감아둔 마차 문양의 실크 트윌리 끝자락이 바람에 나부꼈다. 액셀을 조금 더 깊게 밟아 최고속도를 냈다. 몸이 살짝 붕 뜨는 듯한 속도감이 짜릿하게 느껴졌다. 핸들을 왼쪽으로 꺾어 추월차로로 진입했다. 이제 우리 셋은 거의 나란하게 달리고 있었다. 언니 쪽을 보면서 자연스럽게 조수석 창문을 내리자 언니도 운전석 차창을 내렸다. 역동적인 바람 소리. 머리카락이 흩날려 뺨에 달라붙었다. 손가락 사이로 그것들을 쓸어넘기면서 언니에게 큰 소리로 외쳤다.

"승차감 죽인다!"

거센 바람이 사납게 펄럭거리는 소리를 뚫고 은상 언니의 목소리가 들려왔다.

"야, 돈맛 좋다아!"

나는 다시 은상 언니를 향해 길게 소리쳤다.

"언니이!"

"왜?"

"사랑해!"

은상 언니가 입을 쩍 벌리고 웃었다. 뒤이어 엄지와 검지로 작은 하트 모양을 만들어 왼팔을 창밖으로 쭉 뻗었다. 나는 냉큼 손키스로 화답했다. 건너편 차선의 지송이도 차창을 내리고 있었다. 그애도 쓰고 있던 선글라스를 머리 위로 올리면서 질세라 소리 질렀다.

"언니! 내가 더 사랑해!"

눈이 반달이 된 은상 언니가 정면을 주시하면서 외쳤다.

"거봐, 내가 다 잘될 거라고 했잖아!"

언니가 운전석 시트에서 등을 살짝 뗐다. 짧은 포니테일 머리와 그걸 한데 모아 묶은 쁘띠스카프, 양옆으로 삐져나온 잔머리들이 뒤쪽으로 마구 휘날렸다. 창밖으로 팔을 뻗자 하얀 반팔 티셔츠 소매 아래 타투가 드러났다. 동그란 달을 향해 불을 내뿜으며 날아가고 있는 꼬마 로켓.

"가자!"

은상 언니가 차선을 바꿔 추월차로로 진입했다. 나는 잠시 속도를 늦춘 다음 언니를 먼저 보내고 다시 그 뒤를 좇아 액셀을 밟았다. 상체가 기분 좋게 뒤로 젖혀지는 느낌이 들었다.

*

반나절을 달려 이름 모를 해안절벽의 꼭대기에 도착했다. 깎아지른 듯한 절벽 위, 작은 솔숲이 우거져 있었고 벼랑의 끄트머리 쪽에는 고즈넉한 분위기를 풍기는 팔각정이 자리하고 있었다. 여덟개의 붉은 기둥은 얼핏 봐도 아주 튼튼해 보였고 그 위로 얹어진 푸른 지붕은 멀리서 바라볼 때에도, 그 지붕이 만들어준 그늘 아래 있을 때에도 근사한 느낌을 받게 해주었다. 규모도 상당히 커서 한쪽 모서리에 셋이 앉았는데도 좁지 않고 여유가 있었다. 우리는 바다를 면하고 있는 쪽에 나란히 걸터앉아 다리를 꼰 채로 까딱이거나 번갈아 교차하면서 흔들었다.

눈앞이 전부 다 바다였다. 처음 이곳에 도착할 때만 해도 잔잔한 물결이었는데 시간이 지날수록 바람이 강하게 불면서 풍랑이 꽤나 거세게 일었다. 험한 파도가 거칠게 절벽을 때릴 때마다 하얀 물방울들이 우리가 앉아 있는 곳까지 튀어올랐고 그때마다 우리는 다리를 급하게 접어야 했다. 새로 산 리넨 소재의 바짓자락에 작은 물방울 자국들이 점점이 남았다. 옆에 앉아 있던 은상 언니가 그걸 손등으로 훌훌 털어내주면서 입을 열었다.

"있잖아…… 다 잘될 거라고 했던 거. 달까지 갈 거라고 했던 거."

지송이와 내가 양옆에서 언니를 바라봤다.

"뭐랄까, 사실 그건 주문 같은 거였어. 그냥 앞뒤 안 가리고 무조건 될 거라고 믿어야만 했어. 잘되지 않을 수 있고 그럴 가능성이 더 높다는 것도 한쪽으로는 늘 날카롭게 의식하고 있었어. 그래서 문득문득, 찌르듯 괴로웠어."

지송이가 한쪽 볼을 조금 실룩거리다 은상 언니의 손

등 위에 자기 손바닥을 얹었다.

"알아. 나도 알고 있었어. 위험한 거 다 알면서도 모험해본 거야. 잘 안 됐어도 언니 탓 할 생각은 없었어."

위험은 우려, 모험은 무릅쓰는 것.

위험과 모험 사이 어딘가에 우리 셋이 점점이 앉아 있었다.

나 역시 우려를 무릅쓰고 모든 걸 걸어보기로 마음먹었던 순간을 떠올렸다. 의구와 신중 같은 건 사치일 뿐이라고 여겼던 순간을. 달콤한 제안에 꼼짝없이 현혹되었던 순간을.

"언니, 그때 기억 나? 언니가 그랬잖아. 우리에겐 이제 이것밖에 남지 않았다고. 코인은 엉뚱한 곳에 난데없이 뚫린 만화 속 포털 같은 거라고. 요란하고도 희귀한 소리를 내면서, 기이하게 일렁이는 푸른빛을 내뿜으면서 열려 있는 이상한 구멍 같은 거라고. 께름칙해도 있을 때 들어가야 한다고. 이 기묘한 파장은 어디서부터 비롯된 건지, 이 요상한 소리는 대체 왜 나는 건지, 그런 거 계산하고 알아볼 시간이 없다고. 닫히기 전에 얼른 발부터 집어넣으라고. 오직 이것만이, 우리 같은 애들한테 아주 잠깐 우연히 열린 유일한 기회 같은 거라고."

기억난다는 듯 은상 언니가 고개를 끄덕였다.

"난 그때 그 불가해한 구멍 안으로 들어가겠다고 결심했어. 언니가 그 말을 하고 있는 동안에도, 눈앞에서 실시간으로 그 동그란 구멍의 지름이 줄어드는 게 보이는 것만 같았거든."

두렵지 않았다면 거짓말이었을 거다. 나는 내가 이 코인의 풍랑으로부터 아무것도 빼앗기지 않고 이렇게 안전하게 빠져나올 수 있을 줄은 몰랐다. 바라기는 했어도.

내심 그런 걱정도 했다. 이런 이야기, 그러니까…… 분수에 맞지 않는 걸 욕망하고 바라는 사람들의 이야기. 이런 종류의 이야기는 대게 욕심 부리다가 큰코다치고 괘씸죄로 천벌을 받으면서 끝나버리고 마니까. 이욕을 추종한 죄, 주제넘게 재물을 탐한 죄, 분별없이 반짝거리고 빛나는 것들을 좇은 죄.

"이제 와 하는 말이지만 나도 속으로는 두려웠던 것 같아. 말로는 달까지 갈 거라고 하면서 이러다 결국 쫄딱 망해버리면 어떡하지, 매일 걱정하면서 떨었어."

"망하면 어쩌려고 그랬는데?"

"그 생각 되도록 안 하려고 하긴 했는데…… 솔직히 안 할 수는 없었지. 얼마 안 되는 돈이지만 난 내 전재산을 부었고, 그 와중에 빚이 있었고, 심지어 거기다 또다른 빚까지 내서 저지른 일이잖아. 생각해보면 전부 다 말이 안 되는 일이야."

"그렇지. 그게 다 날아간다면……"

"콱 죽어버려야겠다, 그렇게 생각했지, 뭐."

잠시 침묵이 이어졌다. 지송이가 납작한 운동화 끝으로 땅바닥을 툭툭 차면서 내뱉었다.

"나도 딱 그런 마음이었어."

지송이가 냅다 찬 콩알만큼 작은 돌이 도르르 굴러갔다. 돌멩이는 멈추지 않고 계속 나아갔다. 얼핏 보기엔 평지인 것 같은데 알아채지 못할 정도로 살짝 기운 땅인 모양이었다. 데굴데굴, 끝도 없이, 점차로 가속해 굴러가더니 얕은 펜스 아래를 지나 절벽 아래로 툭, 떨어졌다.

평생을 저 작은 돌멩이처럼 아슬아슬한 감각으로 살아왔다.

언제나 낭떠러지 끝에 서 있는 기분이었다. 누군가의 혹은 나 자신의 사소한 실수에도 순식간에 곤두박질쳐질 것만 같았다. 누가 툭 건드리거나 빗물에 미끄러져서 발을 헛디디기라도 하면 그길로 그대로 추락해버릴 것만 같았다.

이런 내 심정을 고백하면 항상 이런 목소리들이 뒤따라 들려오곤 했다. 네가 그런 걱정을 왜 해? 너 지금 우리랑 같이 이곳에 발 디디고 똑바로 잘 서 있잖아. 대체 뭐가 그렇게 걱정이야? 너 정도면 엄청 괜찮은 편이야. 어찌 보면 아주 틀린 말은 아니었다. 하지만 그렇게 말하는 사람들은 우거진 솔숲 가까이에, 저기 가장 안쪽에서 나를 향해 그렇게 외치고 있었다. 에이, 너 정도면 안 떨어져, 안 떨어진다니까? 실상은 그렇지 않았다. 결코 그렇지 못했다. 내가 서 있는 곳은 명백한 벼랑의 끄트머리였다. 크고 사나운 물결이 너울질 때마다, 험한 파도가 벼랑을 힘껏 때릴 때마다 그 가장자리가 조금씩 침식되었다. 내가 서 있는 땅의 경계가 자꾸만 깎이고 부서졌다. 돌가루가 되어 아래로 굴러떨어졌다. 그게 내 눈에 고스란히 보였다.

다만 눈에 보이지 않는 것도 있었다. 부서져 추락한 것들이 어디까지 떨어지는지는 볼 수가 없었다. 도대체가 끝도 없이 떨어졌다. 땅에 닿는 소리가 들리지도 않았다. 그게 가장 두려웠다.

두려움 앞에서 할 수 있는 일은 많지 않았다. 깎여나가 떨어진 돌가루만큼, 딱 그만큼만 물러설 뿐이었다. 깎이면 깎이는 대로. 그때그때 조금씩 뒤로 비켜서면서. 추락의 시기를 기약 없이 유예하면서.

팔각정의 마루를 짚고 있던 손을 떼어 눈앞으로 가져왔다. 손바닥에 나뭇결 자국이 깊게 남아 있었다. 완만하게 구부러진 손금 위로 겹쳐진 붉은 직선들. 어쩐지 아찔

한 기분에 사로잡혀 앉아 있던 정자의 모서리를 다시 황급히 붙잡았다. 견고하고 단단한 감촉. 나는 뭔가를 확인받으려는 사람처럼 거길 힘주어 꽉 붙들었다. 고개를 들자 은상 언니가 그런 나를 보고 있었다. 나는 언니에게 무언가 묻고 싶어졌다.

"예전에 언니가 그랬잖아. 돈의 속성을 알아내고 말 거라고. 돈이 어디로 가는지, 어느 쪽으로 흐르는지, 그런 것들을 밝혀낼 거라고."

"그랬었지."

"그거, 알아냈어?"

내게서 시선을 거두며 잠시 먼 곳을 응시하던 언니가 다시 입을 뗐다.

"응. 이제 알 것 같아."

"어느 쪽으로 가는데?"

여전히 시선을 바다에 둔 채, 언니가 나지막이 읊조렸다.

"돈도, 자기 좋다는 사람한테 가는 거야."

바다의 물결이 크게 너울졌다. 차가운 파도의 포말이 얼굴까지 튀었다. 우리는 몸을 한껏 뒤로 젖히며 냅다 소리지르다가 이내 축축해진 서로의 몰골을 확인하고 웃음을 터뜨렸다. 웃음과 비명의 사이클이 한번 더 반복되었다.

에필로그

2018년 8월 18일

스물아홉해째 살고 있는데도 매년 처음 겪는 것들이 생긴다. 그런 게 문득 신기할 때가 있다. 막막할 때도 있고 때때로는 기가 막힌다는 느낌도 든다. 올해는 더위가 그랬다. 여름이면 어김없이 찾아오는 무더위에 불평해온 게 한두해 일은 아니지만, 이렇게까지 뜨거운 날씨는 처음이었다. 사상 초유의 폭염이라고 했다. 더위에 관한 최고기록, 최장기록을 연일 갈아치웠고 하루가 멀다 하고 폭염주의보가 떴다. 해가 떠 있는 동안의 거리는 단 몇분만 걸어도 온몸이 땀범벅이 될 정도로 불볕이었다. 어딜 가나 그 말도 안 되는 더위를 느낄 수 있었고 어딜 가나 그 믿을 수 없는 더위 얘기뿐이었다.

토요일 아침 일찍부터 노트북과 다이어리를 챙겨 집을

나선 것도 더위 때문이었다. 안 그래도 시원찮던 에어컨이 사흘 전 완전히 고장 나버린 거였다. 에어컨 수리 기사는 내일 당장 올 수 있다고 했다가 하루가 더 걸린다고 했다가 일주일을 기다려야 한다고 계속 말을 바꿨다. 낮엔 출근해서 괜찮았지만 밤엔 잠을 설쳐가며 열대야를 견뎌야 했다. 창문을 열면 밤늦도록 지나다니는 취객들의 고성과 노래주점 간판의 밝은 불빛이 침투해 잠을 방해했다. 그게 더운 것보단 나으려나 싶어 한동안은 열어두었지만 크게 효과는 없었다. 환기가 잘되지 않는 구조여서 그런지 낮의 열기가 고스란히 방 안에 머물러 있는 것 같았다. 휴대용 미니 선풍기에 의지해 땀을 뻘뻘 흘리며 자다 깨다를 반복했다.

해가 중천에 뜨기 전에 빨리 이 후끈하다 못해 절절 끓는 집을 벗어나야 했다. 나는 눈뜨자마자 밤새 흘린 땀을 샤워로 씻어내고 나갈 채비를 했다. 찬 우유를 한잔 마신 다음 자외선차단제를 발랐고, 가볍고 시원한 옷을 찾아 입고 머리를 최대한 높이 올려묶었다. 밤새 충전해둔 휴대용 미니 선풍기를 목에 걸었고, 마지막으로 찍찍이가 달린 샌들을 신었다. 별것 하지도 않았는데 그 약간의 외출 준비만으로 벌써 땀이 났다. 우선 빨리 나가자,라고만 생각하며 서둘러 집을 나섰다. 불과 몇시간 전의 소란을 다 잊은 듯 고요하게 텅 빈 토요일 아침의 먹자골목을 지나 마을버스 정류장까지 잰걸음으로 걸었다. 목적지는 미리 정해두었다. 아주 조용하고, 공짜 커피머신도 있고, 에어컨이 밤낮없이 빵빵하게 나오고, 내 엉덩이에 딱 맞는 푹신한 방석이 있는 곳. 커다란 창으로 서울 한복판의 전경이 보이는 곳.

나는 회사로 향하고 있었다.

*

아무도 내게 주말 출근을 강요하진 않았다.

그저 월요일까지 마무리해야 할 일이 남아 있을 뿐이었다. 그것도 두세시간쯤 집중하면 끝날 정도의 많지 않은 양이었다. 그냥 집에서 해도 상관없었지만 나는 이럴 때 주로 회사에 나가는 쪽을 택했다. 주말에 가깝지도 않은 회사까지 구태여 출근하는 게 누군가에게는 미스터리처럼 보일 수 있다. 물론 처음엔 나도 그런 입장이었지만 많은 업무량에 한창 허덕이던 시기에 자발적인 주말 출근을 몇번 해본 후 깨달았다. 주말의 회사는 평일만큼 기운을 축내는 공간은 아니라는 것을. 어떤 면에서는 충전이 되기도 한다는 사실을. 단, 나를 제외하고 사람이 한명도 없다는 전제하에 말이다.

회사는 집보다 훨씬 넓다. 그리고 냉난방이나 공기질의 측면에서 여러모로 더 쾌적하다. 모니터와 의자, 책상 모두 집에 있는 것보다 낫다. 생각해보면 회사라는 공간이 싫은 건 사무실 자체의 문제가 아니라 그 안에 있는 사람들 탓이었다. 내게 일을 주거나, 나를 못살게 굴거나, 내 상식으로는 이해할 수 없는 언행을 하는 사람들. 회사 사람이 없는 회사는 귀신들이 퇴근한 귀신의 집이나 마찬가지였다. 한마디로 아무것도 아니었다. 아무도 없는 사무실에서 평일에는 입지 못하는 편한 옷을 입고 빙글빙글 돌아가는 바퀴 달린 의자 위에 양반다리를 척 올리고 앉아 있으면 묘한 쾌감마저 일었다. 새로운 일을 시키거나 말을 거는 사람이 없으니 집중도 훨씬 잘됐다.

다행히 오늘도 우리 구역엔 나밖에 없었다. 어차피 오늘은 할 일이 그리 많지 않으니 점심 먹고부터 본격적으로 업무를 시작할 예정이었고, 그 전까지는 에어컨이 잘 나오는 시원한 곳에서 공짜 커피나 마시면서 다이어리에 앞으로의 인생, 그러니까 '3억 2천이 생긴 이후의 삶'에 대한 계획을 좀 세워볼 생각이었다.

책상 위 연필꽂이에서 뚜껑에 클립이 달린 볼펜을 색깔별로 챙겨 다이어리 커버에 나란히 끼웠다. 의자 등받이에 묶어두었던 방석의 리본을 풀고 옆구리에 끼웠다. 마지막으로 노트북을 챙겨 엘리베이터 쪽으로 향하던 길에 탕비실의 낡은 냉장고에 시선이 닿았고, 까맣게 잊고 있던 것이 번뜩 떠올랐다. 맞다, 푸딩! 아직 있을까?

냉장고 문을 열자 온갖 종류의 냄새나는 것들이 가득했다. 먹다 남은 팩 우유와 파우치에 든 각종 건강즙, 다 말라버린 편의점표 샐러드와 밀폐용기 속 도시락 반찬들. 이름 적힌 포스트잇이 덕지덕지 붙은 그것들을 꺼내 잠시 바닥에 내려놓았다. 적체된 것들을 하나씩 들어내자 비로소 가장 안쪽 벽에 바짝 붙어 있는 조그마한 항아리 모양의 유리병을 발견할 수 있었다.

있다! 나는 속으로 쾌재를 불렀다. 자그마하지만 단단해 보이는 유리병에는 하트 모양의 포스트잇이 붙어 있었고 '사랑하는 다해 언니 오늘도 파이팅!'이라는 메시지가 적혀 있었다. 며칠 전 지송이가 사다준 푸딩이었다. 회계팀 점심 회식 후에 단체로 유명한 디저트 맛집에 들렀다가 너무 맛있어서 내 것까지 사 왔다는 거였다. 바로 먹기가 아까워 탕비실 냉장고에 넣어놨는데 깜빡 잊고 있었다. 푸딩을 꺼내고 들어냈던 것들을 다시 제자리에 넣어둔 다음 냉장고 문을 닫았다. 유리병을 뒤집자 바닥에 깔린 진한 갈색 캐러멜이 보였다. 유통기한이 조금 지나 있었다. 나는 병을 다시 뒤집어 뚜껑을 열고 코를 들이댔다. 달짝지근하고 밀키한 커스터드 향. 냄새만 맡았는데도 벌써 침이 고였다. 아직 상태가 괜찮았다. 워크숍 때 쓰고 남은 물품들이 아무렇게나 쌓여 있는 박스에서 플라스틱 숟가락 하나를 찾아냈다. 시원한 아이스커피를 마시면서 푸딩을 곁들여 먹으면 딱 좋겠다는 생각이 들었다. 이제 아이스커피를 위한 얼음이 필요했다. 냉동실 문짝에 경고성 메모가 덕지덕지 붙어 있었다.

여름철 냉동실이 너무 좁습니다.

얼음 틀 1인 1개 부탁드려요. 30구 이상짜리는 쓰지 마세요! 제발!

지겨워, 정말. 나는 아주 조심하면서 냉동실 문을 열었다. 주의 없이 열었다간 각자 욱여넣은 얼음 틀이 바닥으로 와르르 쏟아질지도 모르기 때문이었다. 지난주에는 이것 때문에 아주 큰 싸움이 났었다. 우리 층 전체에 날 선 고성이 울려퍼지고 사람들이 그 주변을 동그랗게 에워싸고 싸움 구경을 할 정도였다. 그때 그 일 때문인지, 온갖 무시무시한 경고 문구 때문인지는 몰라도 다행히 수십개의 얼음 틀은 무질서 속에서도 틈새를 요리조리 메우며 고난도 테트리스처럼 차곡차곡 쌓여 있었다. 냉동실이 알록달록했다. 나는 옆면의 네칸에 '정 다 해 꺼'라고 매직으로 써둔 연두색 얼음 틀을 찾아 젠가 게임을 하듯 살살 빼냈다. 반투명한 뚜껑을 열고 틀의 양옆을 잡아 서로 반대 방향으로 쥐어짜듯 비틀자 얼음 가루가 튕겨져나오면서 네모난 얼음들이 틀에서 떨어져나왔다. 전날 몇개 빼먹어서 남은 게 다섯개밖에 없었다. 나는 다섯개의 얼음을 한개씩 집어 텀블러에 넣었다. 빈 얼음 틀에는 다시 정수기 물을 채워넣고 뚜껑을 닫은 다음 물이 흐르지 않게 조심하며 방금 빼냈던 자리에 다시 살살 꽂아넣고 문을 닫았다. 그러자 다시 보이는 문구. 여름철 냉동실이 너무 좁습니다. 얼음 틀 1인 1개 부탁드려요. 30구 이상짜리는 쓰지 마세요! 제발! 필요 이상으로 신경질적인 이 문구를 볼 때마다 어쩐지 넌더리가 났지만 이렇게라도 내 자리가 있는 게 어디냐는 안도가 들기도 했다. 계속된 폭염으로 너도 나도 얼음 틀을 사다 넣은 탓에 이제는 단 한개의 얼음 틀도 더 집어넣을 수 없는 상황이었다. 아마 우리 층에 새로 오는 사람이 있다면 편의점까지 가서 얼음을 사 먹거나 매번 까페에서 아이스커피를 사 마셔야 할 것이다. 아, 그러면 돈이 너무 많이 들 텐데. 만약 그런 사람이 있다면 얼음 틀 있는 사람들이 몇개씩 나눠주면 어떨까, 생각했지만 지독하게 이기적인 이 얼굴 없는 냉장고 유저들이 과연 그렇게 하려 할까 싶었다. 나는 옆구리에 방석과 다이어리를 끼우고 노트북 위에 푸딩과 텀블러를 올린 다음 그걸 쟁반처럼 받쳐 들고 조심조심 엘리베이터를 탔다. 목적지는 꼭대기 층인 8층이었다.

우리 회사는 짝수 층마다 로비에 자동 커피머신이 있다. 내가 근무하는 곳은 3층이라서 보통 2층이나 4층의 커피머신을 이용하곤 했는데 팀장이 늘 8층까지 다녀온다는 사실을 우연히 알게 되어 왜 거기까지 가느냐고 물어본 적이 있었다. 그때 팀장으로부터 꽤 놀라운 이야기를 들었다. 2, 4, 6층에 쓰는 원두는 싸구려 중에 싸구려이고, 8층에 있는 커피머신에만 최고급 원두를 쓴다는 거였다. 8층에 사무실을 둔 소수의 사람들, 그러니까 대표와 함박사와 고위 간부들이 이용하는 에스프레소 커피머신이라고 했다. 자긴 커피 맛에 민감한 사람이기 때문에 8층 로비에 사람이 없을 때 몰래 올라가서 커피를 받아온다는 거였다.

평일에는 그럴 용기가 없었지만 주말에는 나도 8층의 커피를 마셨다. 게다가 8층에는 훌륭한 휴게 공간도 마련되어 있다. 가로로 길쭉한 바 형태의 높은 책상과 의자가 통창을 향해 놓여 있었는데 그 자리의 전망이 기막히게 좋았다. 나는 그곳에 내 짐을 올려둔 다음 텀블러만 들고 커피머신 쪽으로 갔다. 8층의 에스프레소 커피머신은 언뜻 봐도 2, 4, 6층의 그것과는 때깔부터 달랐다. 얼음이 든 텀블러를 세워두고 에스프레소 더블샷 추출 버튼을 눌렀다. 기분 좋은 기계음과 함께 고소하고 향기로운 커피 냄새가 서서히 퍼지기 시작했다. 바로 그때였다.

어디선가 우르르 쾅쾅 하는 천둥소리 같은 게 났다. 소리가 난 쪽으로 고개를 돌리자 범상치 않은 원목 선반장이 하나 보였다. 윗 선반 아래에는 봉이 달려 있고 거기에 체크무늬 커튼이 걸려 있었다. 분명 저 뒤에서 난 소리다. 저 뒤에 뭔가가 있어. 나는 왠지 비장한 걸음걸이가 되어 선반장 쪽으로 서서히 다가갔다. 방금 전과 같은 큰 소리는 아니었지만 낮은 진동음이 계속 이어지고 있었는데 공교롭게도 주름진 커튼 앞에 서자 그 진동음마저 뚝 끊겼다. 뭐지? 팔을 뻗어 커튼을 확 열어젖혔다. 거대한 검정색 기계의 표면에 내 실루엣이 희미하게 비쳤다. 뭐야, 이거? 설마? 손잡이로 보이는 부분을 잡아 위로 들어올리자 얼굴에 냉기가 훅 끼쳐왔다.

세상에. 단단한 큐브 얼음이 한가득이었다. 나는 얼마간 아연한 심정이 되어 그 많고 많은 얼음 더미를 내려다봤다. 제빙기는 말 그대로 거대했고, 그 안에 얼마나 많은 얼음이 들어 있는 것인지 가늠조차 되지 않았다. 한쪽 구석에는 은색 스쿱까지 비스듬히 꽂혀 있었다. 고급 원두, 제빙기까지는 그래, 그렇다 쳐도 커튼은 정말이지 치사하다는 생각밖에 들지 않았다. 그사이에 격자 형태의 토출구에서 또다시 새로 만들어진 얼음이 우르르 쏟아져나왔다.

나도 모르게 뒤를 돌아봤다. 아무도 없는 것을 확인한 다음 은색 스쿱으로 얼음을 가득 퍼서 내 텀블러에 부었다. 뚜껑을 닫지 못할 정도로 한가득 채운 다음 제빙기의 문을 닫고 다시 커튼을 치려다 그대로 두었다. 창가의 테이블까지 걸어가는 동안 얼음들이 서로 맞부딪치며 달그락달그락 소리를 냈다.

의자 위에 방석을 깔고 앉은 다음 다이어리를 펼쳤다.

이제 앞으로의 인생, 그러니까 내게 더이상의 빚이 없고, 3억 2천이라는 돈이 생긴 이후의 삶에 대한 계획을 세울 시간이다. 나는 빈 페이지에 이렇게 적었다.

1. 집

할로겐 조명이 알알이 박힌 아늑한 여분의 공간이 마음에 들어 계약했지만 겨울엔 너무 춥고 여름엔 너무 덥고, 기어이 에어컨마저 고장 나버린 나의 1.2룸. 창문을 열면 취객의 말소리와 노래주점 간판의 불빛과 음식물 쓰레기 냄새가 침투해 들어오는 곳. 이사를 가긴 가야 했다. 나는 다음번 이사 갈 집에서 내가 바라는 점들을 적어봤다.

출퇴근 40분 이내. 방 최소 1개 이상. 거실과 부엌 분리. 환기 잘되는 구조. 주차장. 베란다 있으면 좋음. 신축이면 좋음. 아파트면 더 좋음. 근처에 공원도 있으면 좋겠다. 9월 중 이사하자. 전세로.

은상 언니는 자꾸만 내게 집을 사라고 한다. 그것도 내가 원하는 것보다 방과 화장실이 하나씩은 더 있는 그런 넓은 집을. 요즘 자기도 집을 사기 위해 공부하는 중이라고 했는데, 들어보니 그게 앉아서 하는 공부가 아니었다. 매일같이 이곳저곳을 다니며 발품을 판다고 했다. 부동산에 들러 마치 당장 이 동네에 이사 올 것처럼 행세하면서 매물로 나와 있는 집을 보여달라고 한다는 거였다. 그렇게 온갖 동네의 부동산을 다 돌아보면서 주변의 분위기나 인프라 등 요모조모를 열심히 저울질하며 따져보고 있다고 했다.

은상 언니 말이라면 다 귀담아듣는 나지만 솔직히 집은 잘 모르겠다. 그렇게 뻔뻔하게 여기저기 다니면서 당장 살 것처럼 집을 보여달라고 할 배짱이 아직까지는 없기도 하거니와, 그런 집은 이미 너무 비쌌고, 사려면 또 많은 대출을 받아야 했다. 그렇게 비싼 걸 빚까지 내서 샀는데 살다보니 집이 마음에 안 들면 어떡하지? 팔려고 보니 집값이 확 떨어져 있으면 어떡하지? 하는 생각도 들었다. 언젠가는 마음이 바뀔 수도 있었지만 아무튼 당장은 아니라는 생각에는 변함이 없었고, 우선은 전셋집을 알아보기로 했다. 나는 전세라는 단어 위에 동그라미를 쳤다. 솔직히 내가 전셋집에 살 수 있다는 사실만으로, 더는 월세를 내지 않아도 된다는 사실만으로도 너무나 흥분되고 기뻤다. 나는 여러겹의 동그라미 옆에 별표를 하나 더 친 다음 다이어리를 다음 페이지로 넘기고 이렇게 적었다.

2. 회사

잠시 턱을 괴고 창밖의 풍경을 바라봤다. 저 멀리 사거리에 아이보리색 카니발 한대가 지나가는 게 보였다. 딱 예전 우리 엄마 버스 같았다. 엄마는 09번 버스의 운전대를 다시 잡지 못했다. 다 낫고서도 어쩔 수 없이 한동안 일을 쉬던 엄마가 얼마 전 제이마트에서 캐셔 일을 구했다면서 전화를 걸어왔다. 제이마트가 집에서 꽤나 먼데다 지난번 부상 이후에 비만 오면 다리가 쑤신다고 하는 엄마가 계속 서서 일해야 하는 게 마음에 걸렸지만 엄마는 괜찮다고, 아직까진 할 만하다고 했다.

"거기서 하루 종일 사람들이 뭘 사가는지 보고 있으려니까, 새삼 다들 마론 과자를 참 많이 사 먹는구나 싶더라. 초코밤은 항상 잘 팔리고 날이 더워 그런가 아이스초코밤도 엄청 잘 팔리더라."

엄마는 계산대에서 우리 회사 제품을 마주할 때마다 우리 딸이 이런 걸 만드는구나, 우리 딸이 만든 걸 사람들이 이렇게나 많이 찾는구나, 우리 딸 참 능력 있구나, 우리 딸이 이렇게나 사회에서 필요로 하는 존재구나, 하는 생각이 들어서 뿌듯하다고 했다. 마론제과에 다닌다고 하면 다들 초코밤을 만드는 줄 안다. 나는 엄마에게 이렇게 말하고 싶은 충동에 사로잡혔다.

엄마, 내가 하는 일은 초코밤이랑은 아무 관련이 없어. 요즘 내 담당 제품은…… 사감칩이야. 사과 맛 나는 감자칩…… 들어는 봤지? 나 그거 해, 엄마. 아마 거긴 안 팔 거야. 그게…… 파는 데서만 팔거든. 이름이 사감칩이 아니라 감사칩이기만 했어도 조금은 더 잘 팔렸을 텐데…… 감자 맛이 나는 사과칩이 아니라 사과 맛이 나는 감자칩이라서 감사칩이 될 수 없었대. 그런 걸 대체 누가 먹냐고? 호불호는 갈려도 매니아층이 꽤 있어. 그 사람들 덕에 나 이렇게 벌어먹고 살아. 이상할 것 같아도 막상 먹어보면 생각보다 맛은 있어, 엄마.

이 말들은 입술 안쪽에 그대로 머물러 있었다. 나는 말없이 미소만 지음으로써 내가 초코밤을 만드는 데 기여하고 있다는 엄마의 기대를 수동적으로나마 저버리지 않았다.

잠시 끄적거리는 것을 멈추고 지송이가 준 푸딩 병의 뚜껑을 열었다. 챙겨온 일회용 숟가락으로 떠먹으려 했는데, 안타깝게도 병의 입구가 좁아서 숟가락이 거의 들어가지 않았다. 나는 힘주어 숟가락을 밀어넣다 이내 포기하고 유리병 입구에 혀를 쑥 집어넣고 할짝거려봤다. 커스터드 푸딩의 단맛이 혀끝에 부드럽게 감겼다. 아, 참 맛있는데…… 아주 조금은 맛볼 수 있었지만 그 이상은 무리였다. 다시 유리병의 뚜껑을 닫는 동안 테이블 아래 놓인 과자 상자들이 눈에 들어왔다. 초코밤이랑 미니 초코밤이랑 그밖에 여러가지 마론 과자들. 나는 그중 반달 모양의 파이 하나를 뜯어 한입에 집어넣었다. 익숙한 이 맛. 이미 너무나 잘 알고 있는 초콜릿 맛과 밀가루 맛의 대향연 끝에 느껴지는 촉촉하고 폭신한 마시멜로의 달달한 맛. 나는 그 뻔하면서도 다채로운 맛들이 입안에서 사라지기 전에 아이스커피를 한모금 더 빨아올리면서 생각했다. 우리 거, 솔직히 맛은 있어. 어쨌든 그건 부정할 수 없는 사실이었다.

한창 가상화폐에 몰두해 있을 때에는, 떼돈을 벌어 퇴사하는 게 꿈이었다. 그런데 막상 돈을 벌고 나자 퇴사 생각이 그때만큼 간절하지는 않다. 퇴사를 하고 뭘 할 수 있을까? 내겐 지송이 같은 사업 아이디어도 없고, 열렬하게 좋아하는 것도 없다. 이제부터 차차 알아가야 하겠지. 내게 그런 게 생길까? 아직은 의문이다. 그리고 결정적으로, 전세금을 깔고 앉으면 남는 돈이 거의 없을 터였다.

그래도 이사는 빨리 가고 싶다. 이번에 전셋집을 구하면 비로소 월세와 이자를 내지 않아도 되는 삶을 살기 시작할 것이다. 6년 차. 이제야 버는 돈이 조금씩이나마 쌓이기 시작할 것이다. 그동안은 밑 빠진 독에 물을 붓고 있다는 느낌이었다. 내 떡두꺼비 같은 3억 2천이 그걸 막아줬다.

사실 회사에 다니는 게 예전처럼 싫지만은 않다. 어쩐지 묘하고도 얄궂은 일이다. 그래, 그러면 일단…… 일단은…… 나는 계속 그 단어만을 중얼거리면서 내가 쓸 수 있는 가장 반듯하고 단정한 필체로 이렇게 적어내려갔다.

일단은, 계속 다니자.

| 해설 |

아폴로 프로젝트, AGAIN!

한영인

1. 풍속의 해부학

장류진은 오늘날 한국사회의 세태를 포착하는 시선이 누구보다 날렵하며 그렇게 포착된 사회의 풍속도를 유머러스하고 속도감 있는 문체로 서술하는 데 탁월한 재능이 있는 작가이다. 어떤 사람들은 '세태'라는 용어에 눈살을 찌푸릴지도 모르겠다. '세태소설'을 사상성이 결여된 자연주의의 아류로 규정한 임화 이후 '세태'는 주로 세계의 본질을 파악하지 못한 채 현상의 단순한 관찰에 머무른다는 식의 부정적 평가를 동반해온 탓이다. 임화의 입론은 지금으로부터 백여년 전에 제출된 것이지만, '세태'를 개인의 눈에 비친 쇄말적인 현실을 무기력하게 모사한 것쯤으로 치부하는 태도는 여전히 강고하다.

그런 태도는 '세태'를 누구나 지각 가능한 객관적인 것으로, 독서의 체험에 앞서 이미 우리 앞에 주어진 자명한 현실의 덩어리로 오인하게 한다는 점에서 문제적이다. 하지만 '세태'는 어디까지나 작가에 의해 사후적으로 구성되어 제시된 것이면서도 일단 성공적으로 제시된 후에는 현실의 자연스러운 일부처럼 간주되는 '인공적 구성물'에 가깝다. 거기에는 모종의 전도가 내재해 있는 셈인데, 이런 전도는 작가의 솜씨가 빼어날수록 교묘해져서 더욱 눈치채기 힘들어진다. 작가가 지닌 개성적 시각과 구사하는 문체의 공력이 뛰어날수록 독자는 작가에 의해 새롭게 창조된 현실을 보면서도 이미 존재하는 현실에 관한 핍진한 재현을 마주하고 있다는 달콤한 착각에 빠져들게 되는 것이다. 그렇다. 이는 정확히 우리가 장류진의 소설을 읽을 때 경험하게 되는 일이다.

장류진은 오늘날 한국인들이 지닌 몸과 마음의 생리를 문학적 풍속으로 육화시킴으로써 빼어난 현실성을 확보해낸다. 풍속이 사회구조와 길항하는 개인적 욕망에서 시작하는 것이라면 사회적 환경에 조응하는 생동감 있는 인물의 형상은 '풍속의 해부학'의 성패를 가늠하는 중요한 잣대라고 할 수 있다. 장류진은 그 점에 있어 현재 독보적인 영역을 개척해나가고 있다. 장류진의 인물들은 사사로운 개인으로 존재하는 듯 보이는 순간에도 자신이 서 있는 위치에 작용하는 사회와 환경의 힘을 본능적으로 감각하며 사회의 규정적인 힘에 나름의 비책으로 맞서고자 분투한다. '흙수저 여성 청년 3인의 코인열차 탑승기'로 요약할 수 있는 이 작품에서 무엇보다 우리의 눈길을 사로잡는 것도 그와 같은 입체적이고 개성적인 인물의 뚜렷한 존재감이다.

'흙수저 여성 청년 3인의 코인열차 탑승기'라고 요약했지만 이 문장을 구성하고 있는 개념 하나하나가 오늘날 한국의 현실을 설명할 때 피해갈 수 없는 무게를 지니고 있다. '흙수저'는 만성화된 저성장 국면과 맞물린 세습 자본주의화의 경향을 관통하는 키워드이며 '여성 청년' 역시 오늘날 한국사회의 문제적 현실과 문학적 재현의 양상을 살피는 데 빼놓을 수 없는 주체의 형상이다. '코인열차'는 오늘날 평범한 청년들이 겪는 사회경제적 폐소감(廢所感)을 반영하는 동시에 서정시인조차 금광으로 달려가게 만드는 '황금광 시대'(『소설가 구보씨의 일일』)를 우울하게 관조했던 구보의 시대로 소급해 들어가는 '한탕주의'의 장구한 내력을 떠올리게 만든다.

2. 도약 상실의 시대

작품의 화자인 다해와 은상 언니, 그리고 지송은 각자 다른 성격을 지닌 인물이지만 "여러가지 이유들로 집안에 빚이 있고, 아직 다 못 갚았으며, 집값이 싸고 인기 없는 동네에 살고, 주거 형태가 월세이고 5평, 6평, 9평 원룸에 살고 있다는"(105면) 점에서 비슷한 사회경제적 위상을 공유하고 있다. 곤궁한 '가계의 내력'에도 불구하고 이름만 들으면 아는 대기업에 들어가는 데 성공한 이들의 삶은 겉보기에 그리 나빠 보이지 않는다. 하지만 "보수적인 조직, 멍청한 리더, 짜디짠 박봉, 밀어주고 끌어주는 인맥의 부재, 배움 없이 발전 없이 개인기로 그때그때 업무 쳐내기, 별다른 혁신도 자극도 없이 평생 이 상태로 근근이 유지만 할 것 같은 정체된 업계"(123면)에서 소진될 대로 소진된 그들은 자신이 누리고 있는 안정이 "누군가의 콧김 같은 것에도 쉽게 부스러져내릴 수 있"(95면)을 정도로 허약하다는 불안에서 자유롭지 못하다. 그들은 스스로를 "앞으로 전진하는 방향 키를 아무리 눌러도 발에 모래주머니 단 것처럼 무겁게 천천히 나가는"(57면) 게임 캐릭터처럼 세상에 발목 잡힌 존재로 여기며 "자기 발목에 매달린 쇠사슬 같은 걸 눈앞에서 툭 끊어내고"(106면) 자유롭게 훨훨 날아가고 싶어 한다.

그들을 옭아매고 있는 발목의 쇠사슬에 관해서라면, 물론 조금 다른 브랜드의 쇠사슬이지만, 맑스의 유명한 선언이 오래전에 제출되어 있다.("프롤레타리아들이 잃을 것은 쇠사슬이요, 얻을 것은 전세계다!") 하지만 법은 멀고 주먹은 가깝다는 말처럼 그들에게 '노동 해방'은 멀고 가상화폐가 눈앞에 열어준 '포털'은 손에 잡힐 듯 가깝다. 불가사의하게 열린 상승의 기회를 만화영화 「시간탐험대」(1989)에 등장하는 '돈데크만'의 '포털'에 비유한 작가의 재치는 감탄을 자아내는데, 그 '포털'이 최근 들어 새롭게 발견된 건 아니다. 요새는 자본주의의 투기적 성격을 특별히 부각시켜 '카지노 자본주의'라고 부르기도 하지만 자본주의는 태생에서부터 조금이라도 판돈을 쥐고 있는 모든 사람을 잠재적인 '투자자'로 대접해왔다. 박태원의 황금광(『소설가 구보씨의 일일』, 1934)과 채만식의 미두(『탁류』, 1939)를 거쳐 박완서의 부동산(「낙토의 아이들」, 1978)으로 이어지는 한국문학사의 면면한 계보를 보라. 이제 우리는 여기에 장류진의 '이더리움'을 추가할 수 있게 되었다.

흥미로운 것은 앞선 '투기의 계보'와 달리 여기서의 가상화폐 '투자'(혹은 '투기')는 무구할 정도로 무해함의

외양을 띠고 있다는 점이다. 이 무해함과 무구함은 작가가 의도적으로 채택한 서사적 전략으로 보인다. 그로 인해 얻을 수 있는 것과 잃게 되는 것들의 목록 역시 작가의 대차대조표 안에 요연하게 정리되어 있겠지만 저널리즘적 양비론에서 벗어날 수 있다는 게 무엇보다 큰 수확이 아닐까 싶다. 가상화폐 열풍이 거느린 빛과 어둠을 추적하는 르포 기사라면 최대한 풍부하고 균형감 있게 그 명과 암을 고루 살펴야 옳겠지만 좋은 르포 기사의 덕목이 반드시 좋은 소설의 덕목과 일치하는 것은 아니다.

좋은 소설은 선택한다. 그리고 그 선택이 옳았음을 끝내 납득시킨다. 장류진은 이 작품을 모든 역에 고루 정차하는 완행열차가 아니라 어지럽게 등락을 거듭하는 청룡열차, 즉 롤러코스터로 설계했다. 그렇다면 우리는 두가지를 물을 수 있을 것이다. 첫째, 롤러코스터가 그 소재를 서사화하는 데 적절한 양식인가? 둘째, 그렇게 설계된 롤러코스터는 탑승객에게 충분히 짜릿한 스릴감을 선사하는가? 내 대답은 모두 '그렇다'이다. '떡락'과 '떡상'을 거듭하는 가상화폐 그래프는 롤러코스터라는 형식과 더할 나위 없는 상동성을 이루며 가상화폐에 냉소적인 (나 같은) 독자들조차 어느 순간 조마조마한 마음으로 손에 땀을 쥐며 그들의 더없이 속된 욕망의 성취를 응원하게 된다.

그 응원과 공감의 마음은 우리 역시 소설 속 그들처럼 나아질 희망 없는 지지부진한 현실에 짓눌려 있다는 실감을 공유하는 데서 비롯한다. 제자리걸음이나마 겨우 면할 뿐 훌쩍 날아오르는 상승과 도약을 꿈꿀 수 없는 청년들은 자신의 좌절된 상승욕구를 장류진의 롤러코스터를 통해 기꺼이 대리 충족한다. 얼핏 그 충족감은 가상화폐의 가상성(virtuality)을 닮아 있지만 그와 같은 가상성에 자신의 미래를 의탁하게 만드는 오늘의 현실은 결코 가상적이지 않다.

> 이런 식의 박음질이 더는 지겨웠다. 나는 그냥 부스터 같은 걸 달아서 한번에 치솟고 싶었다. 점프하고 싶었다. 뛰어오르고 싶었다. 그야말로 고공 행진이라는 걸 해보고 싶었다. 내 인생에서 한번도 없던 일이었고, 상상 속에서도 존재하지 않았고, 그렇기 때문에 당연히 기대조차 염원조차 해본 적 없는 일이었다.(98면)

케네디정권에서 국무성 정책기획위원회 의장을 역임한 로스토우(W. W. Rostow)는 사회의 발전단계를 전통사회, 과도기적 사회, 도약단계의 사회, 성숙단계의 사회,

고도의 대량소비사회의 다섯단계로 나눈 것으로 유명하다. 그런 로스토우가 1965년 방한해 박정희 대통령을 만나 "한국은 지금 도약단계에 있다"고 선언한 일화는 상대적으로 덜 유명하지만 당시 로스토우의 격려에 크게 고무되었던 박정희 대통령은 이후 강력한 근대화를 추진했고, 심각한 문제를 동반하긴 했으나 한국 경제는 급속도로 성장했다. 당시의 근대화 프로젝트는 한국인들에게 도약과 상승의 경험을 집단적으로 각인시킨 계기가 되었지만 오늘날 청년들에게 그런 도약과 상승은 "내 인생에서 한번도 없던 일이었고, 상상 속에서도 존재하지 않"는, 빛바랜 신화에 불과할 뿐이다. 마침 미국이 '아폴로 프로젝트'를 통해 달에 인간을 올려보내는 데 성공했던 때도 1969년, 한국 경제가 막 도약의 날갯짓을 펼치기 시작하던 때였다.

글로벌 경제위기 이후 저성장 국면이 고착화되면서 세습자본주의의 경향이 심화되고 있지만 도약과 상승을 향한 개인의 욕망마저 사라지는 것은 아니다. 욕망은 사라지지 않았으되 기존의 방식으로는 자신의 욕망을 충족할 수 없는 상황에 맞서 오늘날 주체들이 취하는 태도는 단일하지 않다. 어떤 사람들은 세속적 욕망을 통제하면서 적정한 삶의 양식을 스스로 정립해나가는 '자아의 테크

놀로지'를 계발해나가기도 하고* 어떤 사람들은 이 작품의 인물들처럼 자신의 욕망을 실현시키기 위해 기꺼이 투기의 장으로 진입하는 모험을 택하기도 한다. 그 욕망은 "1 말고 1.2를", "그 추가적인 0.2"(73면)를 간절하게 염원하는 다해처럼 소박하기도 하고 "나를 좋아하는 사람이 아니라 내가 좋아하는 사람 만나고 싶어"(237면) 하는 지송처럼 때론 열렬하기도 하며 "너한테 그 정도면 충분하다는 말"(309면)에 화르르 불타오르는 은상처럼 공격적이기도 하다.

서로 다른 열도를 지니고 있지만 모든 욕망은 주체로 하여금 그 실현을 향한 모험을 추동한다. 실제로 이 작품의 커다란 매력 중 하나는 모험담의 형식을 취한 데 있다. 거기에는 낯선 땅을 향해 용감하게 닻을 올린 리더가 있고("뭔지 알려주면, 너희도 같이할래?", 42면) 그 리더를 따르는 충실한 협력자가 있으며("장장군님! 장군님만 믿습니다!", 116면) 처음에는 사사건건 발목을 잡다가 모종의 계기로 회심한 뒤 누구보다 열심히 모험에 빠져드는 캐릭터가 있다("있잖아…… 사실 나 아직 안 팔았어.", 297면). 『로빈슨 크루

* 저성장 시대의 주체들이 채택하는 '자아의 테크놀로지'에 주목한 글로는 졸고, 「'뉴노멀' 시대의 소설」(『창작과비평』 2019년 가을호)을 참조.

소』(1719)나 『보물섬』(1883)처럼 우리가 어렸을 때 즐긴 대표적인 모험담들이 제국주의적 팽창으로 대표되는 당대의 욕망을 은밀하게 반영하고 있었던 것처럼 이 작품 역시 오늘날 청년들의 포기되지 않은 욕망에 의해 전개되는 한편의 모험담인 것이다.

3. '해피엔드' 이후의 삶

그들의 모험은 성공했다. "우리 같은 애들한테 아주 잠깐 우연히 열린, 유일한 기회"(102면)는 은상 언니를 33억 자산가로 만들어주었으며 지송이 이더리움으로 번 돈을 종잣돈 삼아 벌일 대만 흑당 수입 사업은 곧 불어닥칠 '흑당 열풍'을 타고 그에게 큰 성공을 안겨줄 예정이다.(물론 이 성공은 암시될 뿐 작품 속에서 실현되지는 않는다.) 그런데 다해는 조금 다르다. 그는 1.2룸에서 벗어나 거실과 부엌이 분리된 베란다가 있는 아파트로 거처를 옮길지언정 그토록 간절하게 바라왔던 퇴사를 결행하지는 않는다. 그건 지송처럼 당장 뛰어들 사업 아이템이 없는 탓이기도 하고 3억 2,000만원이라는 돈이 당장 회사를 그만두고 평생 먹고살 수 있을 만큼 충분하지 않아서이기도 하지만 무엇보다 "우리 딸이 이렇게나 사회에서 필요로 하는 존재구나"(345면) 하는 엄마의 오해 섞인 뿌듯함으로부터 그녀 역시 그리 멀리 있지 않기 때문이다.

"이상할 것 같아도 막상 먹어보면 생각보다 맛은 있"(345~46면)는 '사감칩'처럼 회사는 "자신에게 원래 있는지도 몰랐던, 알 수 없는 무언가"(162면)를 갉아먹고 때론 냉동실 얼음 틀로 쩨쩨하게 굳게 만드는 곳이지만, 그럼에도 회사를 그만두지 않는 다해의 선택은 '해피엔드' 이후에도 끝나지 않은 삶이 여전히 우리 앞에 놓여 있다는 사실을 일러준다. 그건 앞서 이 작품의 구조가 롤러코스터와 제유적 관계를 띠고 있다고 지적한 것과도 무관하지 않다. 우리는 롤러코스터에 탑승해 있는 동안 현실을 잊고 무한한 속도감을 만끽하며 질주할 수 있지만 약속된 짧은 시간이 끝나고 나면 다시 일상의 삶으로 복귀해야 한다. 물론 다해의 경우 롤러코스터 탑승 전과 후의 삶이 똑같기만 한 건 아니다. 그동안의 월급 생활이 "밑 빠진 독에 물을 붓고 있다는 느낌"이었다면 이제는 "내 떡두꺼비 같은 3억 2천이 그걸 막아"(347면)주고 있다는 사실에 조금은 안도할 수 있게 된 것처럼 말이다.

하지만 그가 누리는 행운을 오늘날 대다수의 청년들이 일반적으로 기대하기는 어렵다. 그러니 그의 삶에 든든한 버팀목이 되어줄 이 '떡두꺼비'를, 어떻게 더 많은 사람들이 평등한 사회적 삶의 조건으로 누릴 수 있게 할 것인지에 대한 질문은 '해피엔드' 뒤에 남아 있는 삶의 시간 속에서 필연적으로 제기될 수밖에 없다. 물론 이 작품은 그와 같은 질문을 정면으로 제기하지 않는다. 어쩌면 그 질문과 해답을 궁리하는 일은 언제나 작품으로부터 한걸음 더 나아가기 마련인 독자들의 몫인지 모른다. 그렇지만 앞으로 펼쳐질 장류진의 작품 세계가 이 책의 마지막 페이지를 덮는 순간 시작될 독자들의 궁리로부터 멀리 떨어져 있을 것 같지는 않다. 그가 작품의 결말에 펼쳐놓은 '해피엔드' 이후의 시간은 이후의 삶을 채워나갈 또다른 이야기를 숙제처럼 남겨놓은 듯 보이기 때문이다. 장류진은 이 경쾌한 모험담을 통해 앞으로 그가 써내려갈 이야기에 대한 응원과 관심이 결코 헛되지 않으리라는 기대를 품게 만드는 데 성공했다. 이후의 이야기들이 벌써부터 궁금해진다.

韓永仁 | 문학평론가

| 작가의 말 |

이십대 때 나는 "아이씨, 누가 백만원만 주면 좋겠다!"라는 생각을 정말 자주 했다. 특히 지난달 월급은 동나버리고 이번 달 월급이 들어오기 직전, 그 열흘 남짓한 기간 동안은 거의 매분 매초 그 생각을 했던 것 같다. 삼십대가 되면서 오래 만난 연인과 둘이 살 신혼집을 구할 때에는 "누가 일억만 주면 좋겠다!"라는 생각을 또 정말 많이 했다. 흔한 이야기지만, 원하는 주거지의 요소 중 한두가지를 취하고 나면 나머지 요소들은 포기해야 했다. 그즈음은 영험한 꿈을 꾸고 나면 로또를 샀다. 용꿈, 피꿈, 똥꿈, 월드 스타, 스포츠 스타, 전직 대통령들, 조상님이 나오는 꿈을 꿨던 날에 로또를 사러 갔는데, 꿈 내용을 아무에게도 발설하지 않은 상태에서 1등 당첨자가 나온 판매점을 찾아가 사는 것이 나름의 원칙이었다. 추첨을 기다리면서는 몽상을 해주는 것이 인지상정. 얼마가 생기면 내가 원하는 모든 조건을 갖춘 집을 구할 수 있을까? 이 책을 내는 시점의 시세로는 믿기 어려운 일이지만, 불과 6년 전만 해도 딱 3억이 있으면 아무것도 포기하지 않아도 되는 최적의 집을 구할 수 있을 것 같았다. 나는 추첨을 기다리면서 또 "아, 3억만 되면 좋겠다!" 생각하곤 했다.

로또는 한번도 된 적 없지만 몇년 후 나는 소설가가 되었다.

소설가라는 직업의 장점은 키보드와 모니터만 있으면 어떤 이야기든 만들어낼 수 있다는 것이다. 나는 '누가 3억 주는 소설'을 써보고 싶다고 생각했고, 첫 장편소설을 구상하면서 '다해와 친구들에게 3억씩 나눠주는 이야기'를 만들어보기로 했다. 어차피 소설이라 내 마음대로 줄 수 있으니 좋을 것 같았다. 그렇게 단순한 발상에서 시작해 여기까지 왔다. 소설 쓰기가 늘 그렇듯 쓰면서는 아주 많이 복잡해졌지만…… 그래도 나는 이 이야기를 마지막엔 꼭 설탕에 굴려서 내놓아야겠다고 마음먹었다. 그게 이 소설을 쓰기 직전, 내가 미리 정리해둔 레시피의 마지막 단계였다.

*

마론제과는 허구의 회사이다. 평가 등급과 관련한 우스

갯소리는 내가 회사원일 때 동기들끼리 한탄하듯 나누던 농담을 일부 차용했다. 등급의 명칭은 실제와 다르다. 스위트룸 전용 계단이 있는 제주의 7성 호텔도 허구의 공간이다. 시멘트로 붙여놓은 돌탑도 가상의 탑이다. 다만 제주가 아닌 국내 다른 지역에서 이런 식의 돌탑을 본 적이 있다. 아산 시내를 순환하는 09번 마을버스도 실제로는 존재하지 않는다.

마론제과의 조직구조와 업무에 관한 장면은 식품 MD인 친구 J의 감수를 받았다. 지송이가 부상당해 응급실에 가는 장면은 전문의 N선생님께, 웨이린의 이름과 관련 대사 일부는 번역가 W선생님께 자문을 구했다. 바쁜 와중에 원고를 검토해 준 세분께 이 자리를 빌려 감사의 인사를 드린다.

은상 언니가 사내에 차린 잡화점 '강은상회'는 예전 직장 동료 K님의 '○○상회'에서 이름을 빌려왔다. 이윤 목적인 강은상회와는 달리, 맛있는 과자를 나누어 먹기 위한 곳이었다. 흔쾌히 허락해 준 K님께 감사드린다. '돈도 자기 좋다는 사람한테 간다'는 말은 사회학과 친구 셋이 모인 채팅방에서 스스로를 자조하며 쓰던 우리만의 유행어였다. 그 말을 처음 했던, 그리고 기꺼이 소설에 쓰라고 말해준 친구 Y에게도 고맙다는 말을 전한다.

단단하고도 반짝이는 격려의 문장을 보내주신 정세랑 작가님, 앞으로의 동력이 될 큰 응원을 보내주신 한영인 평론가님, 열원와 성원으로 이 소설을 완성하게 해주신 김선영 편집자님. 세분께 각별한 애정과 감사의 마음을 전하고 싶다.

*

장편소설을 쓴 건 처음이라 많이 두근거린다. 어릴 적 과자를 먹을 때면 다분히 의도적으로 닦지 않고 남겨둔 손가락 끝의 양념 가루들을 마지막 순간에 쪽쪽 빨면서 '음, 괜찮은 한봉지였어' 생각하곤 했다. 이 책의 마지막을 읽고 있는 당신도 최후의 맛을 음미하듯 '음, 괜찮은 한권이었어'라고 느껴주시면 좋겠다고 감히 소망해본다. 이 장을 덮고 나서 앞의 것들을 모두 잊어버리더라도 그 느낌 하나만 남는다면 더는 바랄 것이 없겠다고.

2021년 봄
장류진

달까지 가자

초판 1쇄 발행 • 2021년 4월 15일
초판 2쇄 발행 • 2021년 4월 20일

지은이 / 장류진
펴낸이 / 강일우
책임편집 / 김선영
조판 / 박지현
펴낸곳 / (주)창비
등록 / 1986년 8월 5일 제85호
주소 / 10881 경기도 파주시 회동길 184
전화 / 031-955-3333
팩시밀리 / 영업 031-955-3399 · 편집 031-955-3400
홈페이지 / www.changbi.com
전자우편 / lit@changbi.com

ISBN 978-89-364-3449-6 03810

* 책값은 뒤표지에 표시되어 있습니다.